【八咫烏系列】卷三

黄金の烏

黃金烏

阿部智里
Chisato Abe

目次

用語解說 4
人物關係圖 7
序章 11
第一章 垂冰鄉 19
第二章 少女 74
第三章 藤箭 137
第四章 深層 190
第五章 涸井 249
第六章 神秘火 316

・用語解説・

山　內　山神開闢的世界。掌管山內的族長一家稱為〈宗家〉，宗家之長稱為〈金烏〉。由東、西、南、北深具實力的四家貴族，分別治理東領、西領、南領和北領。

八咫烏　生活在山內的住民。卵生，可變身成鳥形，平時以人形生活。〈宮烏〉指貴族階級，尤其是住在中央的貴族；相對於居住於街上從事商業活動的居民，稱為〈里烏〉；在地方從事農業的庶民，稱為〈山烏〉。

招陽宮　宗家皇太子、下一代金烏的居所，也是治理政治之地，與朝廷中心的〈紫宸殿〉相連。

櫻花宮　日嗣之子后妃之居所，相當於後宮的宮殿。硬實力貴族的女兒搬入櫻花宮成為候選皇后，稱作〈登殿〉。日嗣之子在此一見傾心的女子，將成為皇太子妃，稱為〈櫻君〉，未來掌管櫻花宮。

谷　間　允許妓院和賭場存在的地下社會，擁有與一般社會不同的獨特規定之自治組織，而掌管該區住民的幹部住處，則稱為〈地下街〉，很少允許外人進入。

勁草院　專門培養名為山內眾的宗家禁衛軍的機構。

山內眾　宗家的禁衛軍，在名為〈勁草院〉的培訓機構，接受成為高階武官的嚴格訓練，只有成績優秀者才有資格成為宗家貼身護衛。

羽林天軍　由北家家主擔任大將軍，為保衛中央所成立的軍隊，也稱為「羽之林」。

人物關係圖

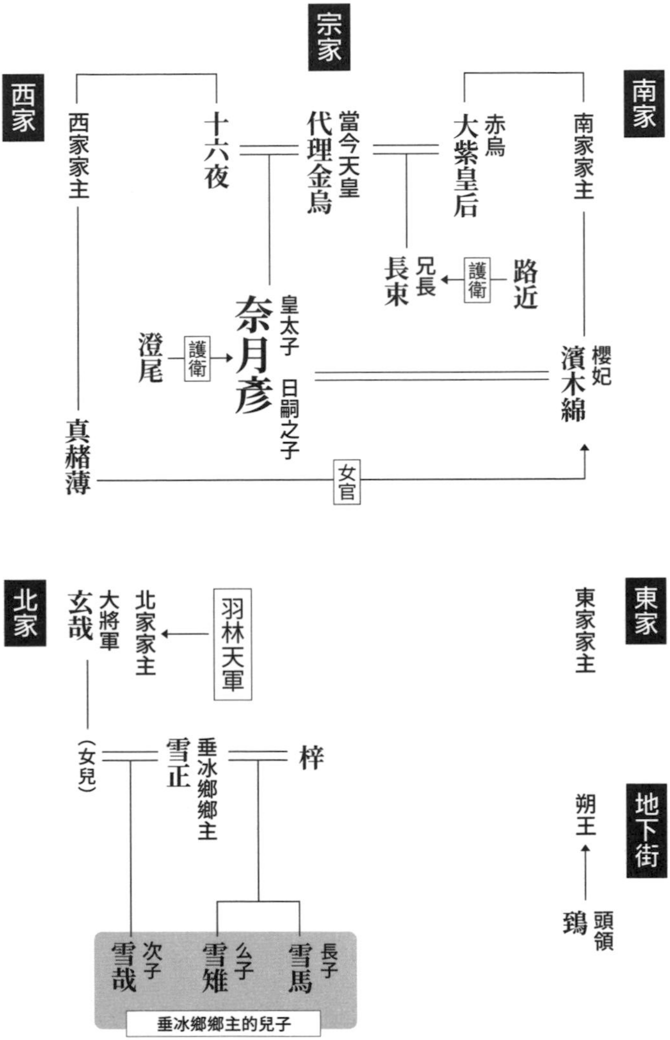
宗家
西家
南家
西家家主
十六夜
當今天皇
代理金烏
赤烏
大紫皇后
南家家主
兄長
長束
護衛
路近
皇太子
奈月彥
日嗣之子
澄尾
護衛
櫻妃
濱木綿
真赭薄
女官
北家
大將軍
玄哉
北家家主
羽林天軍
東家
東家家主
（女兒）
垂冰鄉鄉主
雪正
梓
地下街
朔王
頭領
鵄
次子
雪哉
么子
雪雉
長子
雪馬
垂冰鄉鄉主的兒子

金烏乃所有八咫烏之父、之母。
任何時候，都必須帶著慈愛出現在子民面前。
無論面臨任何困難，都必須守護子民，教導子民。
金烏乃所有八咫烏之長。

摘自《大山大綱》貳「金烏」

序章

我能得到那個，簡直是奇蹟。

「妳把這個送去山上的公館。」

老闆娘如此交代時，我正用濕抹布擦拭桌子。

老舊的桌子無論怎麼擦抹都拭不乾淨。不知道哪個醉鬼在窗外嘔吐，飄來陣陣餿酸味，我對瀰漫著酒臭味的空氣感到有點吃不消。

我工作的這家酒館，位在湖畔城鎮的後巷。大馬路上有許多氣派的客棧，但後巷內的店家幾乎都是服務本地客人，以及在湖上討生活的水手，客層很庶民，我每天都必須面對醉鬼的騷擾。

雖然在內心打定主意，總有一天，我要辭掉這家酒館，但又覺得只要認真做事，或許有機會找到更理想的工作。所以老闆娘派我去山上跑腿，也是極其理所當然的事。

「妳和其他人不一樣，不會趁機偷懶。而且即使把重要的東西交給妳，我也很放心。」

雖然酒館的老闆娘生性吝嗇，也很會使喚人，但她很有看人的眼光。

我跑腿送貨的山上，是貴族的居住地，尤其被視為宮中的區域，搞不好是我一輩子都無緣踏入的地方。

我原本就很嚮往宮廷內光鮮亮麗的生活，有機會能到那裡令我欣喜若狂。

我喜孜孜地通過連結中央城下和山上的橋樑，走進位於橋樑另一端的〈中央門〉，完全是另一個世界。

一踏入〈中央門〉，就清楚感受到周圍的空氣變得不一樣了。

貴族出入的商店門口，都打掃得一乾二淨，還灑了水。和空氣混濁的酒館不一樣，這裡的水都帶著清新的香氣。整齊漂亮的石板路兩旁，氣派的房子宛如城堡。來往的行人身穿富有光澤的外衣，應該都是真絲綢緞布料。

貴族子弟前後擺動著寬大的袖子，走在路上談笑自如，舉手投足都散發著優雅。就連看起來像是他們下人的男人，也都是在我平時生活的地方，很少有機會看到的出色打扮。

山上這一帶，身分地位的差異十分顯著，也是中央最殘酷的地方。

我在送貨去山上公館的沿途深受打擊，覺得衣衫襤褸的自己很丟人現眼，無地自容。在回程的路上很自然地加快了腳步，半路和一個年紀與自己相仿的年輕女孩擦身而過。

女孩和看起來像是她母親的女人走在一起，頭上戴著在春天陽光下閃閃發亮的銀製髮飾，一身飄逸的現下流行衣裳。紅色的單衣*外，穿了好幾件真絲薄紗，交織出柔和細膩的色彩，宛如在清晨漸漸綻放的芍藥。

頓時想到自己為了來這裡充分打扮過這件事，感到極度悲哀。因為自己唯一的衣服，是件到處都磨損的薄衣。

我情不自禁低下了頭，想從她的身邊快步過去。

這時，有什麼東西從那個女孩的懷裡掉了下來。我旋即撿起定睛一看，是把有著漂亮裝飾的髮梳，黑色漆器梳子上，螺鈿*的野花綻放出七彩光芒。

---

*注：單衣，日本和服十二單之一，穿於小袖外層，多以綾、絹所製作。

*注：螺鈿，是一種在漆器或木器上鑲嵌貝殼或螺螄殼的裝飾工藝，也用於金屬和其他表面的裝飾。

我怔了怔猛然抬頭，看見女孩開心地和母親談笑的背影，有那麼一剎那，我差點鬼迷心竅——只要不叫住她，她就不會發現在哪裡遺失了這把梳子。她的衣著那麼奢華，一定有很多類似的東西，即使我佔為己有，也不會有任何人受到影響……

雖然我這麼想，但還是歎了一口氣。

「喂，妳的東西掉了。」

我跑過去叫住了她們，母女倆轉過頭，驚詫地瞪大眼看著我。本以為看到一身粗衣的我，她們會露出嫌惡的表情，看來自己的擔心是杞人憂天。

「啊！我真是的，也太大意了。」

女孩只是叫了一聲，便伸手從我的手上接過梳子。她的手又白又柔軟，想必從來沒有做過粗活。在她身體靠近的瞬間，我聞到了淡淡的香氣。雖然我洗過澡後才出門，現下突然擔心自己身上是否有汗臭味。

「謝謝妳！這把梳子對我很重要！」

她說話時的笑容也很爽朗。

「妳要小心點，不要枉費了妳父親大人的心意。」

「我知道，對不起嘛！」

女孩看到母親皺著眉頭提醒，聳了聳肩回答。

「妳這孩子真傷腦筋。」母親苦笑著說完，接著露出溫和的笑容轉頭看著我。「萬分感謝，如果她遺失了，真的就慘了。」

「不客氣……這把梳子真美。」

「是啊！她捨不得馬上用，所以就帶在身上。但如果遺失的話，就失去意義了。」

女孩把手指放在唇上思忖了片刻後，伸手拔下一根頭上的髮簪，然後把剛才差一點遺失的精美髮梳插在頭髮上。

「怎麼樣？好看嗎？」

「……嗯，很好看！」

她活潑可人的樣子，更讓我為自己感到悲哀。**啊，她真的是和我生活在不同世界的人。**我心裡這麼想著。

養尊處優的少女欣然接受了我勉強乾笑所說出的恭維話，露出了燦爛的笑容，接著把剛才拔下來的髮簪塞到我手上。

「謝謝妳撿到我的梳子，這是一點心意。妳的髮色很明亮，我相信會比我更適合這個髮簪。那就先這樣囉，再見！」

她說完，向我輕輕揮了揮手，轉身離去。

我一時還無法理解突然降臨的幸運，怔怔地低頭看著手上的東西——那是一個彷似海棠花般的可愛髮簪，細得像白線般的銀絲和桃紅色水晶薄片，做成了小小的花瓣，珊瑚珠則做成花蕊的部分，而搖曳的銀色葉子放在太陽下，幾乎呈現澄澈透明。

這麼精緻的銀製工藝品，好似稍微用力，就會把它捏壞。然而，美麗的髮簪確實正閃閃發亮地躺在，因洗碗而變得粗糙的手心上，我不由得發出了無聲的歡呼。

在急忙回到酒館向老闆娘報告跑腿一事時，我也是滿腦子都想著放在胸前的髮簪。

我要比之前更加努力工作，有朝一日，一定要買能夠配得上這個髮簪的衣服。

不，不必執著於這個髮簪。總有一天，我也要擁有像那女孩持有的精緻髮梳，然後離開這種垃圾地方。

只要穿上漂亮衣服，有錢人家的公子也許會看上我，這樣就可以飛上枝頭當鳳風。現在回想起來，剛才在山上看到的年輕人個個都很迷人，不僅長相英俊，最重要的是，從他們的言談舉止中，就可以感受到良好的家世，是這一帶絕對無法看到的。

我滿腦子想著這些事，蹦蹦跳跳地回家。

我家位在後巷更深處，是幾乎沒有整頓的區域。由於剛去過山上，如今更覺得家裡的破房子很寒酸，但……那就是我出生的家。

「我回來了。」

我一邊說著話一邊掀起了簾子，忍不住驚愕地停下腳步——幾個一看便知非善類的陌生男子等在家中，共有四、五個人，他們雙眼異樣地炯炯發亮，將我從頭到腳打量了一番，簡直就像是用視線舔遍了我的全身。

我感到不寒而慄，猛然想要立刻轉身逃走，卻被人從身後一把揪住頭髮，硬是把我拉進了屋內。我大聲尖叫，拼命抵抗，男人對我說了令人難以置信的話——

「不要掙扎了，妳爸爸已經收了我們的錢。」

「妳就乖乖認命吧！」

「我們可是花錢買下了妳。」

下流的笑聲；帶著矯情的同情聲；好像什麼都沒有思考、滿不在乎的聲音……

我在情緒激動的喘息中，這些聲音聽起來都一樣。我茫然地注視著，父親那逃也似地走出門外的微駝背影。

不記得自己之後喊叫了什麼，只清楚地記得，在我掙扎時掉在地上的海棠花髮簪，被那些長滿腿毛的腳給踩碎了。

海棠花被踩扁了，銀製的碎片四散，從底座掉落的珊瑚珠滾了幾下……

我還來不及看到它滾去哪裡，黑影就撲了過來……什麼都看不到了……

我至今仍然不知道珊瑚滾去了哪裡？

第一章　垂冰鄉

「雪哉，你也該起床了吧？」

雪哉感覺到有人輕拍他的肩膀，醒了過來，最先映入眼簾的是，眼角有魚尾笑紋的母親正探頭看著他。

「……早安。」他揉著惺忪的睡眼。

「早安。」母親下意識回應，怔了怔，感到有些哭笑不得，「這已經是今天第二次早安了，都快中午了啦！」

雪哉一聽，張嘴發愣了片刻，他打量著周圍，發現並非躺在自己房間的床上，而是在沒有生火的地爐旁。

門扉敞開著，舒服的風吹了進來，從這黑亮的木板房間，可以看到門外鮮豔的綠意。

周遭不見平時向來吵鬧的兄弟兩人身影，除了鳥囀聲以外，一切都悄然無聲。

「兄長和雉弟呢？」

「他們早就下去了。」

「下去？今天有什麼事嗎？」

「不是說好今天要幫忙醃青梅嗎？」母親看著睡迷糊的兒子，微微顰眉。「你該不會哪裡不舒服吧？」

雪哉見母親把手伸向他的額頭，慌忙跳了起來。

「我的身體沒問題。抱歉，我只是忘了。」

「是嗎？記得出門之前要洗臉喔！」

「我知道了。」

他趿著草履來到戶外，走向引了泉水的集水處，就著竹筒滴下的水洗完臉後，探頭看向積在岩石凹洞裡的水面。

因為剛睡醒的關係，盤在頭上、略帶棕色的頭髮到處亂翹。不知道是否因為睡了太久，整張臉都浮腫起來，平時就很難稱得上是美少年的臉，現在看起來更醜了。

他硬是把翹起的頭髮抹平，用力拍了拍臉，重新打起精神，然後從主屋的後門探頭，向正在和僕役說話的母親打了聲招呼。

「母親大人，我出門了。」

「路上小心！等一下會送吃的過去，代我向大家問好。」

「好的。」

他脫下衣服放在地上，雙臂微微使力，隨即感受到好像有一層薄薄的霧靄上身，下一剎那，就變成了黑色羽衣。他跳起來試飛幾次，讓羽衣和身體融為一體後，奔向大門口。

雪哉家的大門前，是大烏和飛車可以降落的寬敞車場，車場後方是向天空突出的山崖。這裡是在鄉長家長大的孩子們，最棒的玩樂空間。

雪哉加快奔跑的速度以利助跑，接著以人形從山崖飛了出去，在空中翻了一圈後，一身黑衣瞬間幻化成羽毛，變身為三腳大烏鴉。雪哉可以感受到骨骼的伸展，張開前一刻還是手臂的雙翅，緩緩在天空中飛翔。

下方是寧靜的田野。插秧前的農田灌了溉，拂過水面的風，吹皺了宛如鏡子般的水面。

這一帶是四面環山的盆地，官府執行鄉政的地方、鄉吏及其家人生活的村落，都在鄉長一家所居住的山城裡。堅固的房子排列在農田之間，可以感受到這裡的人安居樂業的生活。

經過這片美麗的水田，位在和緩山坡角落之處，正是他打算前往的梅林。

這時，他看到一行人背著大籮筐走出梅林，心裡忍不住暗叫「慘了」。

「少爺，你來晚了。」

「都已經摘完了。」

來到那一行人上方時，下方不斷傳來語帶調侃的聲音。

雪哉在即將接近地面時恢復了人形，咚地一聲，在他們面前著地。

「嬸嬸，我不小心睡了回籠覺。」

「你還是老樣子啊！」

「不過，我們也在其他少爺來之前就開始了。」

鄉吏的妻子、母親和女兒們皆無奈地揶揄著。

這些大部分的女人，平時都在山城山麓下鄉長名下的農田耕作，或是照顧鄉長一家的生活起居。

雪哉是北領垂冰鄉鄉長家次子，雖然是主家的孩子，但只要哪裡有需要，他就會火速趕到，所以幾乎未受到任何特殊對待。在她們眼中，已把他當成了親戚，雪哉亦是如此。

「原以為你經過宮中的洗禮，回來之後會稍微牢靠些。」

「才一年多一點，根本不可能有什麼改變。」

「沒關係、沒關係，無憂無慮正是你的優點。」

「沒必要勉強改變自己。」

雪哉聽了她們七嘴八舌的話，忍不住露出愧疚的表情。

「既然我已經來了，就會加倍努力。」

「那就好好表現吧！」

眾人歡快地發出笑聲時，驀然傳來了怒吼聲：「雪哉！你也太晚到了！」

雪哉轉頭一看，在一群小孩子中發現了兄長及么弟的身影。

兄長只比今年十五歲的雪哉大一歲，但比個子矮小的雪哉高了一個頭，頭髮服貼，五官也長得端正。走在旁邊的么弟和兄長很相像，雪哉覺得還真是一眼就可以看出，他們是有血緣關係。

也許是因為兄長在這群男孩中最年長，所以被迫負責照顧小孩。雖然兄長對著雪哉怒目而視，但他身上背了一個嬰兒、雙手牽了兩個幼兒的樣子，絲毫沒有威嚴可言。

「既然這樣，你為什麼不叫醒我？」雪哉邊說邊跑向兄長，接過他身上背的嬰兒。

哥哥不屑地冷笑道：「因為我做夢都沒有想到，你會睡到這麼晚！更何況哪有人吃了早餐之後，還繼續睡回籠覺的？」

「雪哉哥，我有叫你喔！但你就是不起來，所以是你自己的錯。」

一臉若無其事說話的，是小名叫做「雉弟」的雪雉。他身上背的籮筐雖不大，但已裝滿了青梅。

「好啦、好啦！是我的錯。」雪哉惱怒地嘟囔著。

「既然知錯，就廢話少說，趕快做事。」

雪哉聽著兄長的數落，快步走去附近最大的集水處。

午後才開始進行下一步作業，趕著回家煮午膳的女人們，紛紛帶走了自家小孩。在飯煮好之前，鄉長家三兄弟無事可做，便在柿子樹下蔭涼處坐了下來，準備搶先一步清洗青梅。

現下還沒有蚊子，初夏舒爽的風吹在微微滲汗的額頭上，感到舒暢無比。青梅上濺起的水沫，在穿過樹林縫隙的陽光下閃閃發光著。綠意盎然的枝葉透著黃玉般的日光，三兄弟樹下專心地洗刷著青梅。

「兄長，這個時間在這裡打雜，還真是難得。你不用幫父親大人做事嗎？」

長子雪馬和兩個弟弟不同，將來要繼承鄉長的職務，平時這個時間都會在外協助父親。

「這個嘛，」雪馬滾動著竹盤上的青梅，露出異樣的表情。「聽說街道附近出了事，所以父親大人出去了。」

鄉吏會接手處理，即使鄉長不在也能應對的雜務，因此雪馬暫時無事可做。

「老實說，他們也覺得我很礙事，便把我趕了出來。於是，我決定在父親大人回來之前，先來這裡幫忙。」

「這種想法真是讓人肅然起敬啊！聽說今年的青梅大豐收。」

雪哉才剛說完，一旁的雪雉眨了眨眼，突然拿起一顆青梅出伸到他的面前。

「數量或許是多了，但你看，不覺得每一顆都很小嗎？」

聽雪雉如此一說，雪哉發現雖然青梅收成豐足，但確實都偏小。剛才採收時聽大人們說，以前的青梅更大顆，每棵樹上能採收到的數量也更多。

「似乎不光是青梅，最近連蔬菜的品質也欠佳。雪哉哥，你在中央時沒聽說嗎？」

兩個月前，雖然雪哉還在中央的宮中當差，但宮廷中只使用各地特產品中的高級品，所以對此他幾乎無法體察。不過，他記得經常聽聞農作物欠收的消息，而且聽都聽膩了。

「嗯……確實經常聽到稻米欠收。」

「果然真的是這樣。南方好像還發生了洪水，真是討厭！」

雪雉搖著頭嘟囔地抱怨，想必這些話都是向剛才那些婆婆媽媽現學現賣的。雪哉對裝大人的雉弟露出不置可否的笑容，把竹盤上洗好的青梅倒進籮筐裡。

雖然么弟只說了一句「真是討厭！」但如果是在中央，必定會接著說，「皇太子是這一切的始作俑者。」

日後將背負起山內一切的日嗣之子，也就是皇太子殿下本人，正是雪哉之前在中央侍奉的主子。由於風評良好的皇兄的讓位之舉，進而讓地位尊貴的皇太子成為宗家繼承人，卻也使得他落得惡名昭彰之名，在宮廷內樹立了眾多敵人。這幾年農作物欠收和洪水，都被認為是「皇太子破壞原來的規則使然」，令他身陷困境。

雪哉在宮廷內當差的時日雖淺，但在宮廷期間，經常聽到有人將天災的責任怪罪於皇太子。即使現在聽到這種事，心情仍然很複雜。

他轉過頭看向遠方，驀然看到一片蔚藍的天空中有一個黑影——那是一隻大烏鴉。

哥哥和弟弟順著雪哉的視線望去，也立刻發現了。

「父親大人回來了嗎？」么弟感到疑惑。

雪馬望著天空，冷靜地分析。「應該不是！不見有人騎在馬上，所以那並不是『馬』，而是鳥形的八咫烏。」

雪哉和其他八咫烏具有人形和鳥形兩種樣貌。

對八咫烏而言，變成鳥形是「羞恥之事」、「無禮之事」。像雪哉等武家的地方貴族，以及被稱為〈里烏〉、〈山烏〉的庶民，大部分都不排斥變身鳥形，但很多被稱為〈宮烏〉的中央貴族，一輩子都沒有變身鳥形的記憶。

基本上，八咫烏都希望以「人形」過日子。因為一旦無法維持人的樣貌，就必須一輩子以鳥形生活，不再被視為是八咫烏。這些無法自由變身人形的八咫烏和飼主簽約後，會由飼主供應三餐，變成為飼主工作的家畜，被稱為〈馬〉。

不過，漸漸逼近的鳥影身上，看不見飼主的身影，可見並不是馬，但如果是鳥形的八咫烏，又顯得過於慌張。

「……你們不覺得有些不太對勁嗎？」
雖然距離還很遠，卻已可以聽到呱呱叫聲，宛如溺水般在空中橫衝直撞。
「我去看看。」雪哉不假思索地提議。
「好。」雪馬點了點頭。「雉弟，你趕快去通知鄉吏。看那樣子，可能哪裡受了傷。」
「好的。」
「那就交給你了。我去通知嬸嬸她們。」
在兄長飛奔出去的同時，雪哉和雪雉也立刻幻化成鳥形。么弟飛向鄉長官邸，雪哉則轉過身，朝向逼近的鳥影直線飛去。
當他飛上天空後發現，上空果然並無強風，照理說那隻烏鴉不需要那麼用力拍翅。等到飛到可以看清可疑者的面容時，不禁大吃一驚。
烏鴉好像忘了如何飛行，拼命地擺動翅膀，看起來精神恍惚，張著黑色的鳥嘴，垂著舌頭，口吐白沫，眼珠子拼命轉動，毫無意義的怪叫聲直刺耳膜。
——你到底怎麼了？
雪哉飛到那隻烏鴉的身旁，用力地「呱」了一聲，但是可疑者非但沒有聽到，甚至沒有察覺到雪哉的存在。

村落內的成年八咫烏聽到叫聲感到詫異，紛紛從各處探頭張望。

——少爺，發生什麼事了？

一名原本正在工作的鄉吏，接到了雪雉的通報，急忙飛到雪哉旁邊。

——如同你所看到的。

雪哉拍動著翅膀示意，鄉吏立刻意識到可疑者的異常，稍微思量了一下後，「呱」地回應了一聲。

——先讓他回到地上。麻煩少爺幫我。

雪哉慢慢地下降，表示瞭解鄉吏的意思，便和鄉吏交換了位置。

鄉吏呱呱叫著，緩緩靠近可疑者，沒想到下一剎那，被可疑者用三隻腳緊緊抓住身體，並咬住了脖子。

——混蛋，你想幹嘛！

鄉吏忍不住怒叱，但可疑者的翅膀好像手一般，試圖抱住鄉吏的身體。如此一來，當然不可能繼續飛行，但可疑者的舉動簡直就像忘了自己目前是鳥形。

——叔父！

雪哉看見兩隻烏鴉抱成一團直線墜落，忍不住大吼。

鄉吏拼命想要甩開可疑者，卻還是晚了一步。這時，正在田裡工作的人也察覺到天空中的異常，慌忙無措地跑開。

呼咚。隨著沉悶的聲音，兩隻烏鴉一頭栽進了農田。

「喂！」

「你沒事吧？」

仍是烏形樣貌的鄉吏，可能撞到了要害，蹲在那裡呻吟著。

雪哉看著想跑過來關心的八咫烏，不禁捏了一把冷汗，因為他察覺到與鄉吏一起墜落的可疑者，身體稍微動了一下。

——嬸嬸，不可靠近！

雪哉全身緊繃，扯開喉嚨發出警告。可疑者於此同時猛然站了起來，他的鳥喙裂開，額頭鮮血直流，卻仍然不顧一切地想試圖用尖嘴攻擊眼前的女人。

雪哉見狀，立即下定了決心，以鳥形急速下降，用力踢向可疑者的後腦杓。

「少爺！」女人見到舉止發狂的可疑者，嚇到雙腿發軟，不斷地後退發出尖叫。

——妳趕快逃！

可疑者因重心不穩跌落的關係，翅膀不自然地扭曲。雪哉料定他無法再追上天空，持續急速下降和急速上升，一次又一次地踹向大鳥的身體。

果然不出所料，已經無法再飛的可疑者中了雪哉的計謀，動作生硬地拍著翅膀，試圖想追上他。

再撐一會兒，鄉長官邸的援兵就會趕到。只要撐到那時候，就勝券在握了！

雪哉閃避了可疑者胡亂的攻擊，翻身躲過了鳥喙時，瞧見農田後方有一名已嚇傻的幼童，一位剛才逃走的女人正跑過去，準備把孩子帶離這裡。

可疑者對雪哉的俐落閃躲感到心浮氣躁，把頭轉向了愣在原地的幼童和女人的後背。

啊！王八蛋，把頭轉過來！

雪哉拼了命地一次又一次的狂踹，但可疑者完全無視他的回擊，聲嘶力竭地吠叫，完全不像是八咫烏，三隻腳一陣亂抓，簡直就像發現獵物的蜘蛛，撲向女人和孩子。

女人抱緊了孩子，一臉驚恐的表情轉過頭。

這下躲不掉了。雪哉心想。

說時遲，那時快。後方有什麼東西從雪哉頭上飛過，在他的臉上投下短暫陰影。

以驚人的速度飛過來的，是真正的馬。騎在馬背上的人宛如射出的箭，從馬鞍上飛了下來，一把抱住大烏鴉的腦袋，單手抓住鳥喙，看似正要著地，霎時大烏鴉一個翻身，巨大的身體飄向空中……可疑者身上的黑色羽毛飄落，身體在空中旋轉了幾圈，最後隨著一聲巨響，摔落在泥土地上。

當雪哉回過神時，可疑者已被用力按倒在農田，半張臉都埋進了泥土。

原來男子輕鬆制服了拼命掙扎的大烏鴉，卻因為俯衝的勢頭太猛，一時停不下來，只好擰著大烏鴉的腦袋，直接丟往地上。

「有沒有受傷？」男子臉不紅，氣不喘地慰問女人和孩子。

兩人都目瞪口呆，難以置信眼前發生的事。

雪哉聽到這個熟悉的聲音，不禁愕然瞠視，完全無法置信，急忙變回人形，衝向那名男子。一看到男子的臉，雪哉大驚失色。

「雪哉，好久不見了。」

雖然他說話雲淡風輕，但銳利深黝的眼神令雪哉想忘也忘不掉。

「你……為什麼會在這裡？」雪哉茫然地嘀咕著。

「可以先拿繩子來嗎？等一下再詳談。」

男子眼中露出苦笑說完，一臉為難地低頭看著自己手中。

當鄉長回家時，迎接他的是受了傷的鄉吏、被繩子五花大綁的鳥形八咫烏，和讓女眷發出尖叫聲的陌生客人。

鄉長起初還搞不清楚狀況，顯得有點不知所措，在得知自己外出期間所發生的事後，不禁臉色大變。

「竟然遭到神智不清的男人攻擊？損失有多嚴重？」

「農田遭到破壞，一名鄉吏受了傷。」

「傷勢重不重？」

長子笑容溫和地說道：「所幸並非重傷，只是撞到了頭，令人有點擔心。不過，剛才已經醒了，正在為自己的失手深感懊惱。真是不幸中的大幸。」

「太好了……真是嚇出一身冷汗。」

目前凶手已逮捕歸案，看來暫時沒有緊急問題。鄉長放鬆了肩膀，緩了一口氣。

「不，現在安心還為時尚早。」正在地爐旁接受女眷斟酒的客人，一副凜然的模貌。

仔細打量著從女眷身旁走出來的男子，是個翩翩美少年，年紀尚輕，大約比鄉長的長子雪馬大兩、三歲，全身卻散發出成熟穩重的優雅感。一頭宛如蠶絲般的黑髮綁成一束繫在頸後，肌膚宛如白瓷般白皙透亮。

不過，男子臉上並無太多表情，近似冷漠淡然的端正五官，看起來宛若人偶。身形挺拔頎長，細長雙眸深處毫無怯弱。身上衣物雖然粗陋，舉手投足皆可感受到宮烏的尊貴氣質。

「垂冰鄉鄉長，初次見面。在下叫墨丸，今日從中央來到此地。」

鄉長尚未開口，周圍的女眷已七嘴八舌、口沫橫飛地說起墨丸如何救了她們。

垂冰原本就有很多武人，也許是因此緣故，這裡的人向來輕視中央那些溫文儒雅的貴族男子，欣賞身強力壯、有男子氣概的粗獷男人。不過，若是面貌俊美無儔，武藝又高強的話，情況又不同了。

這個清瘦的年輕人救了大家！鄉長心裡雖有些難以置信，卻對於他營救鄉民一事不容懷疑，也鄭重地向他道謝。

「但是，你說現在安心還為時尚早，是什麼意思呢？」

墨丸聽了鄉長發問，雙眸一亮。

「我就是為了此事來此叨擾。如果說，我是因為街上的傳聞，不知鄉長能否理解？」

鄉長聽到這番意想不到的話，驚訝地看著墨丸。

「剛才攻擊的八咫烏……該不會是……？」

「他不可能無緣無故失常。恕我踰越本分，剛才已經請鄉吏調查他的身分，也已徵得雪馬的同意。」

鄉長對眼前的年輕人刮目相看。

「那就勞你費心了。你說你來自中央，是指朝廷嗎？」

「是的。」墨丸率直地點了點頭。「此次來訪，是奉主人之命。兩個月之前，我和雪哉建立了良好的交情。」

「你的主人是……？」鄉長驚詫地想開口發問時，妻子梓委婉地插了進來。「你們一定有很多話要聊，請先來用晚膳吧！」鄉長這時才發現周圍人都好奇地看著他們。

墨丸看到女眷們和擠在門口的一群孩子，便點點頭。

「那就恭敬不如從命了。」

他們決定移駕到其他地方。

女人們大顯身手，送上來的晚膳食案上，擺放了不少美味佳餚。

加了高湯和很多食材的山菜湯，隨著熱氣飄來了垂涎的味噌香氣。烤過的肉串放在厚朴葉上，淋在上面誘人的紅燒醬汁和半熟蛋黃，好像隨時會滴落下來。用山上採的山菜所炸的天婦羅，金色麵衣上灑了少許鹽，味道搭配得恰到好處。

美食當前，先乾一杯。墨丸接過大碗，把酒一飲而盡。

「啊呀啊呀，喝得真豪邁啊！」

「因為北領的酒太好喝了。」

「承你美言，真是太高興了。北領的人都愛喝酒。」

「請多吃點，雪哉承蒙你們照顧了一年，千萬別客氣。」梓笑容可掬地端菜上來。

墨丸一臉正色地說道：「不，是我們受他照顧，令公子幫了很多忙。皇太子殿下得知雪哉要回垂冰時，還大感失望。」

「這樣啊！」梓露出了欣喜的眼神。

一旁的鄉長露出苦笑。「承你貴言，不勝感激。不過，請不需要說恭維話，我們都已經知道那小鬼被皇太子殿下驅逐回來的事了。」

「父親大人！」原本靜靜坐在一旁的長子雪馬，突然語帶責備。「客人好不容易談到了中央的事，我正想聽聽雪哉在中央當差的情況。」

轉頭一看，發現么子嘟著嘴，梓也露出了失望的表情，只有被稱為「那小鬼」的人，一臉若無其事的表情扒著飯。

鄉長快快不悅，一臉不以為然。

「你說想聽雪哉在中央當差的情況？他這個人，能指望聽到什麼好事？」

墨丸輪流看著在座的所有人，微微歪著頭感到疑惑。

「請問，此話怎講？」

「因為雪哉已經說了實際發生的狀況。」

雪哉的工作能力可以說慘不忍睹。由於皇太子殿下身邊近侍人數不多，所以雖未遭到解僱，卻經常給周圍人添亂，就連皇太子殿下也為他深感頭痛，好不容易等到約定的一年時間，便立刻將他趕出了宮中。

「連皇太子殿下也為他深感頭痛……」

墨丸重復著鄉長的話，露出欲言又止的眼神看向雪哉。雪哉事不關己，默默地喝著湯。

「說來慚愧，三個犬子中，雪哉特別不成材，真是傷透腦筋。」鄉長搖著頭，數落著雪哉有多不成器。「他身為武家之子，既無膽量，劍術也差。即使和長子對戰，也從來沒辦法好好比試，腦筋也比普通人遲鈍一倍。」

「我不知道皇太子殿下的想法，」墨丸以極度自然的語氣，打斷了鄉長滔滔不絕的數落。「若允許曾經和雪哉共事的我表達一下意見，我認為雪哉很優秀。」

「如此美言，愧不敢當。」

「我只是實話實說，也正因為這樣，我才會來到此地。」

「此話怎麼說？」鄉長察覺終於進入了正題，露出嚴肅的表情。

「我想借用雪哉一段時間。」

雪哉一聽，嘴裡的湯噴了出來。

「借用雪哉？又是為何呢？」鄉長不理會用力咳嗽的雪哉，挑起單側眉毛。

「我希望他能協助我一起辦理殿下吩咐的工作。聽說有禁藥從中央流入北領。」

「禁藥？」雪馬撫摸著咳得很大聲的弟弟後背，詫異地抬起了頭。「是麻葉嗎？」

「不，是比麻葉更惡質的東西。麻葉的問題，至少谷間的人已做好了確實的管理。」

〈谷間〉位於中央，是流氓無賴聚集的地方，其規模很大，幾乎可以成為一個城鎮，是朝廷的規定也鞭長莫及的無法地帶。朝廷禁止的危險物品，可以在那裡流通；但谷間有谷間的規矩，生活在那裡的人各自有地盤，流通途徑和販賣對象也都很固定，即使不去干涉，也不會造成太大危害。

不過，這次完全不同。墨丸敢如此斷言。

「因為並非谷間的人掌握了買賣，所以就連住在山上的貴族都受到危害。」

目前尚未查明得到禁藥的途徑和精製的場所，也無法取得現貨，甚至不知原材料是什麼，但淪為禁藥犧牲品的人數卻不斷增加。

該禁藥會讓人有欲死欲仙的飄然快感，甚至覺得自己無所不能，但數次服用之後，就無法再變回人形。據說有人為此而精神失常，衰弱死亡，也有人自絕身亡。

「該不會就是像今天那傢伙那樣？」雪雉聽了墨丸的說明後，忍不住插嘴。

「正是如此，此藥名叫〈仙人蓋〉。」墨丸轉頭看向雪雉，一臉嚴肅地頷首。

「仙人蓋……」

「皇太子殿下在十天前，知道有這禁藥的存在。」

從花街送來的陳情書中，有一份報告寫著：『一名遊女精神失常，以鳥形橫衝直撞。』因為事態嚴重，便向相關各處打聽，結果發現光是近半個月，就有超過二十名八咫烏出現了相同症狀。

「起初以為他們生了什麼病，但事態太不尋常。去了谷間之後，即刻知道了原因。由於谷間比山上更早出現這禁藥，在將近兩個月之前，就嚴禁買賣及使用仙人蓋，已是眾所周知的事。」

谷間是由各自擁有眾多手下，保護自身地盤的頭目所掌管，這些頭目會定期召開會議，會議上的決定事項便成為整個谷間共同的規則，無一例外。

「話雖如此，派系之間也有利害關係，最近幾乎沒有做出任何重大決議，但在仙人蓋一事上，是全場一致的決定。」

由此可見，仙人蓋是危險的藥品，但朝廷並未像谷間那樣立刻採取相應措施，結果災情就以住在中央的里烏為中心擴散，進而傳入皇太子耳中。

雪馬聽到這裡，表情凝重地看向父親。

「……仙人蓋已經流入垂冰了嗎？」

「雖然我不想承認，但事實恐怕就是如此。」

日前接獲線報，街道周圍出現可疑藥品，請鄉長官邸注意此事。所以鄉長已通報中央，今天也是為此事出門前往察看。

「在現場有沒有發現任何狀況？」墨丸探頭問道。

鄉長深感歉意地搖了搖頭。「提供線報的人也只是因為有人問了他：『有這樣的藥，你是否要買？』……很遺憾，並未發現任何有用的線索。市面上流通的量應該並不多，所以也無法拿到實品。」

今日的襲擊者便是服用了市面上少數出現的仙人蓋。

「說來慚愧，是我太輕忽了，沒想到是如此嚴重的問題，不以為意地先回來。我明天會立刻派人正式展開調查，同時向鄉民貼出布告。」

墨丸用力點了點頭。「目前除了中央以外，只在垂冰發現受到仙人蓋的危害，敬請即刻採取行動。皇太子殿下也非常擔心此事。」

就墨丸所言，幾天之內，朝廷就會要求展開正式調查，但皇太子殿下認為到時候就太晚了，於是先派墨丸前來此地。墨丸又提出，希望可以在鄉長巡察的同時，他能著手進行調查，鄉長也欣然答應。

「只不過如果是這樣，犬子恐怕難以擔當協助之任。如果墨丸大人不介意，我可以派鄉吏陪同……」

鄉長對次子抱著極大的不安，所以含糊其辭，但墨丸完全不在意。

「這就不勞費心了，豈敢打擾鄉吏的工作呢！更何況若由雪哉陪同，可以不拘謹地請他幫忙很多事。」

「喔，原來是這樣。」

鄉長終於瞭解，原來不是要叫雪哉做什麼困難的工作，只是要他打雜而已。

「既然這樣，請不必客氣，有任何事就儘管吩咐他去做。」

一直板著臉把頭轉到一旁的雪哉，此刻滿臉不悅地轉過頭。

「不要未經當事人的同意就擅自決定……」

「你這個笨小子，有資格拒絕嗎？」鄉長不滿地瞟了他一眼。

雪馬原本想要說什麼，但遲疑了一下，最後閉了嘴。

吃完晚膳，墨丸正在客房內歇息。

雪馬跪坐在客房的走廊前，低聲通報。

「墨丸大人，雖然有點晚了，但浴池已準備就緒，容我為你洗背。」

紙拉門立刻打開，墨丸滿臉驚訝地探出頭。

「雪馬，感謝你為我備妥熱水，但豈能讓你為我洗背？」

照理說，通常由男僕役或是奴婢協助客人入浴。即使退一百步，如果是雪哉或是雪雉，或許還說得過去，怎麼想也不可能由下任鄉長的雪馬來請他入浴。

雪馬當然深知這件事，這次特別要求下人不得說出去，也瞞著家人，偷偷來見墨丸。

「請恕我無禮，但你明天早晨就要出發了吧？」

雪馬的言下之意，就是只有現在有時間能聊天。

「……好的，雖然愧不敢當，那就拜託你了。」墨丸也立刻心領神會。

雪馬對客人的機靈心存感激，帶著墨丸前往浴場。

鄉長官邸的浴場當然與中央無法相提並論，據說宗家和宗家關係密切的四大貴族的宅第，都有可以泡澡的浴池。鄉長終究只被稱為地家的鄉下貴族，頂多將其他地方燒好的熱水，搬至只能容納兩、三人的小房間內，但墨丸對此並無半句怨言。

雪馬把裝了熱水和冷水的水桶放於地上，對身著入浴時穿的單衣〈湯帷子〉的墨丸探問：「是否能在沐浴時與你交談呢？是關於雪哉的事。」

「但說無妨。」墨丸了然於心地頷首。

雪馬將熱水和冷水倒入空的水桶中，調節至適當溫度後淋在墨丸背上。

「你說大家為雪弟離開中央一事感到惋惜，此話當真？」

「千真萬確。」墨丸毫不猶豫地回應。「雪哉非常優秀，交辦的事也處理得很出色。皇太子殿下對他離開朝廷尤感不捨，甚至希望將他拔擢為近臣，一直在自己手下做事。」

雪哉主動拒絕了皇太子的提議，並非皇太子驅逐了雪哉。

「剛才聽了鄉長的話，我大吃一驚。雪哉沒有向父親報告自己在中央做了什麼嗎？」

果然是這樣。墨丸發自內心感到不可思議。

「雪哉說，自己在中央一事無成。」雪馬深深地歎息。

雪哉從中央回來後的報告始終如一——自己對皇太子殿下並無任何幫助，反而礙手礙腳。雖因人員不足，在那裡當差一年，卻也是情非得已，皇太子找到其他近侍後，就即刻將他辭退了。

「憨直的父親把此話當真，但我一直不認為有這種事。幸好這次有機會向你問清楚。」

「是否可聞其詳？」墨丸的眼神露出疑問，好奇地看著雪馬。

雪馬深呼吸後下定決心，回視墨丸雙眸。

「你是否知道我們三兄弟中，只有雪哉的母親和我們不同？」

「我知道。」墨丸直直地望著雪馬的雙眼，緩緩點了點頭。

雪哉的親生母親生下雪哉之後，便撒手人寰。由於他出生在垂冰鄉的主家北家，母親的高貴身分反而成為災難。雪哉和兄長雪馬只相差一歲，之前有人提議廢除長子雪馬，由雪哉擔任下任鄉長。眾人一度為該由雪哉或雪馬繼承而爭執不休。然而，父親對主家的北家察顏觀色，又無法承受親戚的攻擊，始終沒有明確表態該由誰繼承鄉長一職。

「我之所以能夠成為繼承人，是因為雪哉處處以我為尊。無論學問還是劍術，他一旦得知是和我較量，每次都潦草處之，很明顯是故意的。因為只要父親不在場，我們兄弟吵架時，無論是口舌之爭還是比力氣，我從來沒有贏過一次。」

母親和么弟都知道這件事，只有父親不瞭解。

「父親完全沒有想到雪哉是刻意假裝自己是廢物，也許是害怕瞭解真相，所以故意不去思考這個問題。」

雪馬低頭停下了手，他對必須由自己說出這件事感到極度可悲，更對雪哉深感歉意。

「我想父親只想求安心，告訴自己讓我當繼承人是正確的決定，自己的判斷沒有錯。實際上，並非父親選擇了我，而是雪哉讓我成為了繼承人。」

正因為這個原因，母親和自己都對雪哉抱有歉意。雖然清楚知道雪哉並非如父親與親戚所言是個「廢物」，但又不得不接受雪哉的用心，對此深感不安。因此，自己與母親都發自內心為雪哉能前往中央，感到高興。

「……只要父親持續蔑視雪哉，他就會一直如此。我真的很希望雪哉能夠到中央去闖一闖，如此一來，就不必顧忌我和母親大人，自由自在地過日子。」

這絕對不是因為討厭雪哉而有此想法。母親向來把雪哉視如己出，雪馬和雪雉也將他視為家人，既希望他一直留在垂冰，卻又為他必須勉強收斂自己的能力感到扼腕。

「雪哉為何又回來這裡呢？」

既然皇太子殿下挽留他，他應該留在中央，而且對他來說，這樣反而更好。

雪馬露出求助的眼神抬眼望著墨丸，這位來自中央的客人露出凝望遠方的眼神，似乎想起了什麼。

「他似乎無法從侍奉皇太子這件事中感受到價值，因為他曾經再三提及，對他而言，家人和故鄉最重要。」

「他……仍然受到垂冰的束縛。」雪馬低喃著，內心沒來由地揪緊，他不顧弄濕衣服，雙腿跪在墨丸身旁。「墨丸大人，我有一事相求。既然我日後將成為鄉長，無法拯救雪弟，是否能懇請你幫忙家弟重獲自由？」

墨丸目不轉睛地注視著雪馬，輕聲命令道：「請抬起頭。」

當看到雪馬露出懇求的眼神望著自己，墨丸露出了柔和的笑容。

墨丸眉清目秀、俊美無儔，在此之前，他始終保持淡然的表情，當他露出笑容時，宛如乾枯的地面突然冒出了鮮花，頓時滿室生輝。而且他的笑容不僅迷人目眩，更有一種猶如守護幼童的慈祥。

雪馬受寵若驚地看著他突如其來的表情變化。

「你這樣的想法是否太草率了呢？雪哉想要守護重要東西的想法，絲毫沒有虛假。如果完全不顧他的本願，未免太可憐了。」墨丸平靜沉穩地說完，停頓了半晌後，安慰道：「雪哉並不笨，相信你最清楚這件事。我認為，尊重他自己的決定是最理想的。雪哉不僅聰明，卻也很頑固，他不會在意別人說了什麼，一旦找到自己真正想要保護的對象、想要完成的目標，他就會自由飛翔的。到時，你目前的這些擔心，都會變成杞人憂天。」

雪馬體悟到墨丸在勸導他要相信自己的弟弟，不禁暗自羞愧。雖然他和墨丸年紀不相上下，但總覺得好像在向年長的八咫烏討教。

當雪馬表達此想法時，墨丸露出了微妙的表情。

「雖不中，亦不遠矣。」

為什麼會變成這樣？雪哉百思不得其解，瞪著眼前的背影。

這是自稱為墨丸的男人來到垂冰鄉的翌日早晨。

垂冰鄉的廢物次子雪哉，在父母兄弟、鄉吏和鄉吏家人滿面笑容、揮手歡送下，與墨丸一起離開了鄉長官邸。他們一同騎著墨丸的馬，在天空中飛翔片刻，來到絕對不會被別人聽到的談話地點後，雪哉才終於吐出了這一整天來，想說卻無法說出口的怨言。

「什麼『奉皇太子殿下之命』！竟然不帶任何護衛，獨自來到這裡。」雪哉怒不可遏地忿言。「皇太子殿下，您要胡鬧也該適可而止！」

墨丸，亦即是日嗣之子。

皇太子奈月彥一本正經地反駁道：「你可別誤會，皇太子殿下尚在宮中執行公務，此刻的我，是皇太子殿下的近侍『墨丸』，我可是有正式的戶籍。」

說話的同時，他向後方出示了證明身分的身分票。

雪哉緊抓著他的後背，一把搶了過來，確認之後，驚詫地瞪大眼。

「您準備的還真是充分……雖然應該不至於，但您該不會沒有向中央的人打聲招呼，便擅自跑過來吧？」

在仇敵環伺的宮中，願意支持他的奇特人物簡直是至寶。若沒有告知這些盟友，那他真是無可救藥了，幸好皇太子很乾脆地否認了。

「我當然不可能如此胡來。不必擔心，敵人應該以為皇太子成天與新迎娶的皇太子妃，廝混樂逍遙。」

皇太子雖然說得輕描淡寫，但光是想像他如何欺敵，就感到害怕。雪哉在宮中的一年期間，皇太子的敵對勢力，就隨時想取他性命。

皇太子並非八咫烏族長一家，也就是宗家的嫡子。八咫烏之長為金烏之長，幾乎都是世襲，由現任金烏和正室之間所生的嫡長子，也就是皇太子的皇兄成為下一任金烏。由於皇太子被視為「真正金烏」，即使身為次子，母親也為側室，仍然成為了日嗣之子。

代表族長的金烏指兩種不同的情況：其一是，金烏原來樣貌的〈真金烏〉。另一種情況則是，真正的金烏並不存在時，暫時代理金烏職務的〈代理金烏〉。

代理金烏僅是宗家出身的八咫烏，但真金烏被視為和八咫烏迥然不同的生物。八咫烏無法在夜間變身，但真金烏即使在日落之後也可自由變身，完成普通八咫烏無法做到的事。

此刻在雪哉前方策馬奔騰的皇太子，被視為真金烏，這也正是皇太子擠掉兄長，成為日嗣之子的原因。真金烏以外的宗家人，都被視為代理金烏，當宗家出生的孩子經神官認證為真金烏時，就無需多言，真金烏將成為君主。

然而，雪哉侍奉皇太子一年期間，從未看過他有過任何像是真金烏的舉動，因此，雪哉認為所謂的真金烏或是代理金烏，都是為了主張宗家正統性的說詞罷了。

據說真金烏現身的時代，歷史都會陷入動盪混亂。一旦實際發生乾旱或洪水等天災，就難免會被世人認為「**真金烏會帶來災難**」。

話雖如此，雪哉完全無法理解那些試圖「**乾脆殺了皇太子**」等人的想法。正因為他厭倦宮中野心勃勃的明爭暗鬥，才辭去中央的差事，回到垂冰。

「……那裡還是老樣子嗎？」雪哉沒料到自己無奈的語氣中，帶著一絲寂寥。

「老樣子，不可能有什麼改變的。」皇太子似乎也察覺到，無聲笑開了。

「既然如此，你不該長時間離開宮中。」皇太子達觀的語氣讓雪哉感到不悅。

「眼前的狀況無法顧及這些，否則我不可能特地親自出馬。」

「仙人蓋是這麼危險的藥嗎？」雪哉發現皇太子異常嚴肅，也露出了正色。

「以前從未聽說任何藥可以導致八咫烏無法變成人形，而且你昨天也看到了那傢伙，應該很清楚，除了服用者本身，還會危害周圍的八咫烏。市面上的仙人蓋數量只有極少數，卻影響極大。」

如今甚至完全不瞭解，仙人蓋到底是何物？中央的大夫傾全力尋找治療方法，仍然無法讓那些變不回人形的八咫烏恢復原狀，這顯然是十分異常的情況。雖然目前的危害尚不嚴重，但遍尋不著解決方法，也讓現況極度堪憂。

「總之，必須儘速取到仙人蓋，並逮到禁藥的來源。否則不久之後，仙人蓋將會殃及八咫烏的存亡。」

雖然朝廷已採取行動，但此事不宜拖延。正規手段就交給官方，皇太子則採取了只有他自己能夠做到的非常手段。

「我打算在緊要關頭，使用金烏的權限。為了保護山內的百姓，我想做力所能及的所有事。你願意幫助我嗎？」

雪哉聽得出來，皇太子的言下之意是在說：**你不必緊張，我並不是來帶你回去**。他沉默了片刻，下定決心。

「……現下垂冰也出現了受害者，這就成為我要面對的問題了，我將不遺餘力。」

「很好！為了你珍惜的一切，請好好努力。」

皇太子說完，轉頭看向前方，一個勁地策馬飛天。

山內除了朝廷所在的中央，還有圍繞中央的東、南、西、北四個領地。四個領地分別由東家、南家、西家和北家等四大貴族所統治，也就是四家分治，各領地皆有三個鄉。

山內的交通網，除了從中央通往地方的放射狀道路之外，還有一條貫穿十二個鄉的環狀街道。

八咫烏可變身為鳥形，基本上不需要街道，但實際上，使用街道者為數眾多。雖然用馬運送很快捷且方便，但每次可載運的貨量很少，運費也高。來自地方的進貢米，或是一次搬運大量貨物時，通常都由割斷翅膀、特別訓練了腳力的馬牽貨車來運送。

街道旁的驛站，除了是沿街道而行的路人住宿的客棧，也是馬休息的地方。大部分市集都設在有驛站的城鎮驛站町，來自外地的商人和旅人，都在這裡購入本地的特產品。

皇太子和雪哉為了尋找仙人蓋的流通途徑，前往名叫〈田間利〉的驛站町。

今天清晨，根據黎明時分回來的鄉吏帶來的消息，得知已查出那名可疑者的身分。該名男子剛好住在位於鄉長官邸和田間利中間的村莊，單身的他原本以狩獵為生。據村民所言，前天早晨，他前往驛站出售在山上獵捕到的野獸，幾乎可以肯定，他是在田間利得到仙人蓋的。由於他並非素行不良之人，當村民聽聞他行凶傷人，無不感到驚訝。

當雪哉和皇太子離開鄉長官邸時，該男子仍舊尚未恢復平靜，也無法變回人形，依舊被五花大綁著。想到除非得知解毒的方法，否則該男子一輩子都將如此，比起對他昨日行為的恐懼，更對他感到憐憫。無論如何，都必須阻止危害繼續擴大。

然而不知為何，皇太子並未直奔田間利，而是途經所有村莊時，他都會前往打聽，並詳細詢問最近是否有出現異常事件、路過村莊的旅人情況、村莊內交易物品的情形、村民最近的身體狀況等。

雖然有些人對於陌生人窮追不捨地發問感到詫異，但在得知雪哉是鄉長的次子後，隨即放鬆了警戒。此刻，雪哉這才終於瞭解皇太子找自己同行的理由。

「基本上，地方上的人對於來自中央的宮烏，都十分不友善。最簡單的方法，就是找本地人協助，所以幸好有你。」

皇太子大大咧咧地豪語著，他戴著很不適合他的斗笠，一身樸素羽衣，配帶著像山賊用的大刀，看似經常旅行的樣子。

雪哉不禁揉著太陽穴。之前就曾聽聞皇太子從幼小時就一直在外界遊學，直到一年前才回到山內。但為何對巡視地方如此駕輕就熟呢？

「如果時間充裕，在北領的話，與人一起喝酒不失為好方法；在東領的話，可以吹笛；若在南領，可以暗示很熟悉中央的政情，對方就會熱情款待；至於西領，比較難有共同話題，但基本上稱讚他們的衣服和住家，就可以搞定。」

皇太子不在乎地念不絕口。

雪哉見狀，決定放棄思考這件事。

兩人終於來到田間利，沿途並未打聽到任何有價值的線索。

田間利是垂冰鄉最大的驛站，由於垂冰鄉在北領中也算是邊陲的鄉下地方，所以驛站的規模並不大，並沒有像中央那樣的商店，只有客棧和提供簡單餐飲的小攤子。

這個時間市集尚未開始，田間利看起來頗為冷清，很難感受到活力。

皇太子和雪哉前往這一帶最大的客棧，是驛站內有頭有臉的人所經營，儼然已成為鄉長派來此地的鄉吏活動的據點，而他們早就開始四處打聽，所以打算來此與之交換線索。

當皇太子和雪哉踏進客棧，鄉吏立刻滿面笑容上前迎接。鄉長早已通知他們要盡力協助墨丸，因此他們報告了至今為止掌握的所有消息。

鄉吏為皇太子和雪哉送上茶點的同時，描述了可能把仙人蓋帶來此地的人。

「是商人嗎？」

「是的。據我們打聽到的消息指出，此人是沿著街道做生意的行賈，確定並非本地的八咫烏。」

淪為仙人蓋犧牲品的那個男人，並非將獸皮和獸肉直接賣給客人，而是全數交給特定業者收購。每次賣了錢之後，就會走進客棧旁邊的食攤，和從其他地方來的人一起喝酒。

「因為是老主顧，食攤老闆記住了他的長相。記得他和來自他處的商人聊天，一起結了帳，還一起離開。」

食攤老闆證實，和那個男人最後在一起的人「以前從來沒見過」。因為身上並沒有帶著大包袱，猜想應該住在附近的客棧。

「接下來才是真正的辛苦。」鄉吏歎了口氣。「我們打算將那個男人和商人的畫像貼在廣場上，同時去向客棧的老闆娘打聽。問題在這裡出沒的人，有八成都是旅人。」

恐怕很難獲得新的線索，而且目前也沒有明確證據顯示，仙人蓋真的來自那位商人。若男人離開食攤，與商人分道揚鑣後，從其他人手中拿到禁藥，那目前所進行的所有調查，就等於是白費力氣。

雪哉和皇太子向鄉吏道謝後，離開了那家客棧。這時，太陽已高掛天空，兩人都飢腸轆轆，於是就坐在廣場旁的樹蔭下，吃著雪哉母親為他們準備的飯糰。

「沒打聽到什麼有利的消息。」

飯糰內包著去年這個季節醃的小梅乾，雪哉被酸得瞇起了眼睛，把竹水筒遞給皇太子。

「也不見得。在鄉長官邸就已經掌握到相關情報，而在這個驛站應該有不少人曾經和藥頭接觸過。食攤老闆的證詞，還有最初提供線報的人所說的話……只要對照從這幾個人手上得到的消息，就可以自然拆解出答案。」

皇太子認為，藥頭可能曾向其他人兜售來路不明的藥，但那些人都沒有買。目前鄉吏在大力呼籲，只要驛站町的有力人士願意提供協助，即使可能會花一點時間，一定可以查到藥頭的下落。

「那我們怎麼辦？要協助鄉吏嗎？」雪哉抬起頭詢問

「不，既然已來此地，就試試鄉吏絕對無法做到的方法。」皇太子立刻搖頭。

「有這種方法嗎？」

「嗯，你跟我走就對了。」

皇太子舔了舔指頭上的米粒，離開原本倚靠的樹站了起來。雪哉不明所以跟在其身後，不由得納悶起來。因為皇太子和來到驛站町前一樣，只是四處尋問最近是否有何異常。他發問的問題種類五花八門，像是不同時節出入客人的變化、這幾年的商品變動，甚至是在酒樓工作的女人漫罵老闆的壞話等，大部分都和仙人蓋完全沒有關係，但皇太子還是很有耐心地聆聽。

雪哉無法理解皇太子行為背後的用意，覺得自己完全在狀況外。之前在宮中侍奉他時，就時常體會到這種感覺。

當走完所有客棧後，雪哉也感到累了。這時，皇太子聽了賣麥芽糖水老翁的話，第一次表現出明確的興趣。

「要說有什麼變化，就是聽說最近栖合那一帶經常出現神秘火。」

「神秘火？」

「對，以前很少見，但最近這十年左右，聽說每年都可以在山邊看到五、六次。」

老翁說，會在山邊看到火焰。

山邊，是指離中央最遠的邊境，也就是山內的邊緣。據說一旦越過山邊，就再也無法回到山內。神秘火，被認為是夜晚迷惑在邊境處迷路者的妖怪。

照常理來講，越過山邊的地區無人居住，也無住家的燈火，一片漆黑，什麼都看不見。然而，在黑暗中失去方向的人，卻在山邊的遠方看到了不可能存在的光，便以為那裡有民宅，慢慢走向那個方向後，在不知不覺中越過山邊，無法再回到山內。幸運地未受迷惑而回到山內的人，稱這種看到不可能存在的火光現象為〈神秘火〉，也成為一種傳說。

「因為神秘火一直被視為不吉利，大家都覺得很可怕。」

老翁只是把此事當成閒聊，但坐在長凳上喝麥芽糖水的雪哉發現皇太子的眼神變了。

「要怎麼去那個叫栖合的村落？」

「棲合是舊街道的終點，是這一帶最靠近山邊的村落。」

「舊街道……」

「在老夫祖父那個時代，那裡曾經十分繁榮，但在新街道完成之後就徹底荒廢了，目前幾乎無人往來。不過，舊街道仍然留下了路的痕跡，只要沿路而行，就可以到棲合。」

沿著舊街道走到底，就是棲合。

剛才也聽人提過這個地名。雪哉抬頭看向身邊。

「剛才那人不是說，和棲合的人約好今天見面，結果對方到了約定的時間還未出現？」

一名行賈曾經向他們提及此事。棲合的人平時很少會來驛站，如有不易購買的必需品時，就會透過驛站向行賈訂購。之前棲合的人都會提前來等待，從來不曾讓行賈等不到人，因此令人感到狐疑。

「老闆，麥芽糖水很好喝，謝謝！」皇太子猛然站了起來。

「休息夠了嗎？」老翁眨著眼問道。

皇太子把兩人份的錢交給老翁之後，快步向前走。

「公子，等一下。」雪哉慌忙把麥芽糖水喝完，小跑步追上了他。「您怎麼了？仙人蓋和神秘火到底有什麼關係？」

「不知道。」皇太子堅定地不知所言。

「不知道……」雪哉說不出話來。

「雖然不知道，但總覺得不能置之不理。第一次聽到棲合這個地名，我就有點在意，現在終於確信，線索就在棲合。」

皇太子十分嚴肅，但雪哉還搞不清楚狀況。

「不，請等一下！」雪哉不知所措地反駁。「這不是只憑直覺嗎？」

在至今為止的相處中，皇太子雖然經常會突然採取行動，但都有明確的根據，只是不會向雪哉說明。從來沒有像這次一樣，說出聽起來好像完全沒有意義的話。

「雖是直覺，卻是金烏的直覺，其中必有蹊蹺。」

皇太子甚至沒有看雪哉一眼，如此斷言。雪哉不太苟同，卻還是決定閉嘴。

〈真金烏〉不是宗家為了維護自己的勢力創造的說詞嗎？但聽皇太子剛才說的話，他似乎並不這麼認為。

他們跑回剛才提到棲合的那位行賈所在地方，那名行賈還在尚未離開。為棲合所準備的商品賣不出去，他正因此事傷透腦筋，不知接下來該怎麼辦。

「我特地為栖合的人帶了商品來這裡，如果賣不出去，這筆生意就虧大了。又沒時間送去那裡，我還有其他事，要馬上離開這裡。」

「我全買下。商品要送去那裡？」皇太子遞了金子給他。

「我當然很感激，但你真的願意去嗎？」金子明顯高於商品的金額，行買愕然瞠目。

「我剛好有急事要去栖合。」

行買歡天喜地收了錢，交出了商品，皇太子即刻動身前往最初去的那家客棧。而後從鄉吏口中得知並無新的進展後，便到馬廄牽了馬。

「您打算直接去栖合嗎？」

「你不去嗎？」

「……我去。」雪哉除了跟隨皇太子以外，並無其他選擇。

皇太子和雪哉騎上馬後，立刻起飛離開了田間利。

經過環狀街道，沿著舊街道飛行，發現房舍一下子變少了，周圍一片冷清，根本看不到可以稱為村莊的聚落，只有零星幾棟民宅。聽客棧的人說，栖合有一個只有幾戶人家的小村莊，並沒有八咫烏住在比栖合更遠的地方。

太陽漸漸下山，皇太子最先察覺了異樣。

「你是否聞到奇怪的氣味？」皇太子的聲音隱約帶著緊繃。

「沒有啊，是怎樣的氣味？」雪哉沒有嗅到任何氣味。

皇太子遲疑了片刻，低聲道：「……腥味，有血的味道。」

「血……」

「對，而且是不同尋常的量。」

風吹來的方向正是他們前進的方向。

雪哉沉吟了半晌後，故作開朗不在意的笑了笑。

「……這裡是深山，可能是村民獵到了山豬，拖回到村裡宰殺。也可能是鹿喔！」

皇太子看向前方並沒有任何動靜，雪哉也很清楚，一旦如皇太子的預感，仙人蓋和栖合之間有某種關係，栖合的住民之間發生流血衝突也並不奇怪。

不多久，就看到村莊的屋頂出現在前方，但皇太子並未發出欣喜的聲音。

「我們在上空觀察，如果發現狀況，馬上告訴我。」皇太子語氣凌厲地命令道。

「遵命。」雪哉也霎時全身緊繃起來。

他們在村莊上空盤旋巡視。目前的時間還不到傍晚，照理說應該有人在外工作，但無論是村莊內，還是開墾的一小片農田中，都完全不見任何村民的身影。

「一個人都沒有……？」

老鷹發出悠然的鳥鳴聲，從皇太子和雪哉的坐騎旁飛了過去。

好安靜。洗好的衣物晾在晾衣竿上；屋簷下掛著醃製過的乾貨，顯然有人在此生活；兩輛空的板車丟棄在那裡，看起來像是才剛用過。

原以為村莊裡的人都到山上去了，突然看到有什麼東西被丟棄在某戶住家前的水井旁。

「殿下。」雪哉拉著眼前的羽衣，用另一隻手指向下方。「那個看起來像什麼？」

水井前打掃得很乾淨的泥土上，有一堆好像水漬般的黑色污漬，和看起來像揉成一團的布片。

「從這裡看不清楚。」

「要不要下去看看？」

皇太子思忖了片刻點了點頭，他操作手上的韁繩，將馬降落在離水井稍遠處。從馬背上跳下來的瞬間，雪哉立刻皺起眉頭，忍不住向後退了一步，他終於嗅聞到皇太子剛才所說的血腥味。

血腥味的確很重，像是有什麼動物流了大量的血，甚至還有已經開始腐爛的屍臭味。

雪哉順著飛過眼前的蒼蠅瞟了一眼，不禁驚愕地倒吸了一口氣……水井旁的東西是……八咫烏的手臂。

剛才以為是揉成一團的布片，其實是右手手肘前半部，蒼蠅聚集的手掌朝上，血跡已經乾了，這隻手就這樣掉在從上空看起來以為是水漬的血泊中。

雪哉瞠目驚恐地注視著眼前慘不忍睹的景象，隨即察覺到血泊前方的跡象——從手臂掉落的地方到最近的民宅門口，留下了被拖行的痕跡，但那棟民宅的拉門關閉著。

雪哉感到渾身起了雞皮疙瘩，還來不及出聲，皇太子便低聲警告他遠離門口。

「不要出聲，做好隨時變身的準備。」皇太子悄聲提醒，雪哉默默點頭。

皇太子見雪哉離開後，拔出腰上的刀，然後把手放在門上，一口氣拉開。

陽光從敞開的門射進屋內，照亮了室內的狀況——慘不忍睹。

室內滿地都是殘肢斷臂，還有深紅色的內臟。臉頰被咬掉的女人腦袋露出痛苦的表情，翻著白眼掉在泥土地上。地爐旁已經一片黑色血海，根本看不出原本的顏色。濺到牆上的血跡下方，還殘留著肉片的白骨堆積如山。

房間中央似乎有黑影蹲著在動，在一片濃烈的血腥味中，傳來了吸吮的聲音。

猛然間，專心啃咬手上東西的傢伙停下動作。仔細一瞧，那傢伙駝著背，露出驚詫表情轉過頭的臉是紅色的。

不是八咫烏！瞪大的銅眼沒有眼白，虹膜發出金色的光，滿是血跡的身上長滿了毛……是猿，而且是大得驚人的猿猴。

碩大無比的猿猴，正在啃食八咫烏。

「殿下，快逃！」

「雪哉，快飛！」

雪哉和皇太子同時狂叫了起來。

原本搞不清楚狀況的巨猿，一聽到他們的聲音，立刻改變了行動。牠吐出正在吸吮的骨頭，呲牙咧嘴地衝向皇太子。皇太子旋即一扭身，躲過了巨猿的攻擊。巨猿失手後，打破了拉門，連滾帶爬衝出門外。

雪哉在剛才大叫後隨即變成鳥形，在上空看著巨猿緩緩站直身體，不禁感到絕望。

巨猿果然巨大，身高足有七、八尺，一旦對戰，根本毫無勝算。如同岩石般的龐大身軀，只有紅色的臉特別顯眼，一雙大眼混濁無神，似乎陶醉在血腥味中，長了指甲的指尖上，還沾著前一刻大快朵頤的八咫烏鮮血。

巨猿和日前的大烏完全不同，顯然想置皇太子於死地。

——您在幹嘛？趕快逃啊！

雪哉呱呱叫了一聲，試圖傳達這個意思，但皇太子寸步不動。

「你是誰？到底從何而來？」他對著巨猿舉起了手上的刀，凌厲寒瑟地沉聲問道。

巨猿的嘴巴只是稍微動了一下，那一剎那表現出輕蔑之色，立刻覺得無需多言，牠舉起雙手，露出醜陋的牙齒，發出震耳欲聾的咆哮聲。不知道是否打算用蠻力將皇太子壓垮，身形暴掠地整個撲向皇太子。

皇太子咂著嘴，陰鷙地瞪著迎面而來的巨猿，輕輕揮下右手握著的刀，刀身發出冷光，下一刻，鮮血四濺，勝負在一眨眼的工夫就見了分曉。

就在皇太子和巨猿身影重疊的瞬間，巨猿的頭已從龐大的身軀上分離，飛向空中的腦袋仍然呲牙咧嘴著，在地上彈跳數次之後滾到一旁。皇太子森然地看著落地的猿腦，氣定神閒地後退了幾步，以免被噴濺鮮血倒地的猿猴壓到。

沒想到巨猿這麼快就死了，雪哉簡直懷疑自己的眼睛，慌忙降落在地，恢復人形後，跑到皇太子身旁。

「有沒有受傷？」

「沒有，但有多名八咫烏被牠吃了。確認災情後，先回田間利。」

驛站町有自警備隊，而且只要驛站向鄉長官邸提出請求，就可以動用在領地內警戒防守的兵力。

「這個村莊應有四戶人家，十三名八咫烏。雖然我不願意去想全數遭到了殺害……」

雪哉已猜到了皇太子的言外之意，用力地歎著氣，驚魂猶未定。

「這傢伙……這傢伙到底是什麼？」雪哉幾近驚恐地尖聲問道。

以前從未見過，也從未聽聞有巨猿會吃八咫烏，對來路不明的巨猿所產生的恐懼，讓雪哉根本無暇顧及因仙人蓋發瘋的八咫烏。

「我也想問這個問題。」皇太子面色凝重地回應。

不過，眼前必須先確認狀況——

「你等在這裡。」皇太子把雪哉留在馬旁，轉身去其他房屋調查。

雪哉膽戰心驚地看著皇太子挨家挨戶推門檢查的背影，既希望有倖存者，但又很沒出息地想即刻離開此地。

當皇太子走進第三棟房子看不見身影時，雪哉察覺到身後有動靜，膽顫心驚地回頭一望，整個人都跳了起來……

「啊、嗚。」雪哉失聲驚呼，瞪圓了眼睛。

那個人影抖了一下，一屁股坐在茂密的雜草上。人影穿著簡陋的棕色衣服，頭髮凌亂，不知道是否受了傷，身上還沾著血。躲在樹後的人影，絕對是人形的八咫烏。

雪哉目不轉睛注視著害怕地縮成一團的人影，暗自鬆了一口氣。他轉身面對皇太子的方向，大聲喊叫：「殿下，有倖存者！」

「什麼？」皇太子驚叫一聲，急忙從屋內跑了出來。

「但好像受了傷，所以必須趕快……」他原本想說「**必須趕快治療**」，但話才說到一半，背後伸過來的手臂繞住了他的脖子。

他還來不及驚愕，皇太子便臉色大變地暴叱道：「那傢伙並非八咫烏！」

當雪哉發現時，已經為時太晚。前一刻還是人形的手臂，肌肉突然隆起，轉眼之間就長出了毛，頓時感覺好像被毛皮圍巾用力綁住脖子，下一刻，脖子被緊緊地勒住。

脖子會被勒斷。雪哉事不關己地思忖著，只能任憑身體懸在半空。雖然只是很短暫的片刻，但雪哉覺得極度漫長。

他和皇太子之間有一段距離，而自己目前的姿勢根本無法抵抗，更何況只要那條手臂稍微用力，自己就會沒命。

他與皇太子四目交接，皇太子直視著雪哉的雙眼，動作流暢地舉起刀子，如行雲流水般彷彿曾經重複做了數千次、數萬次，沒有絲毫躊躇，從揮刀到投擲之間的時間，甚至來不及眨眼。刀子像鞭子般微微抖動，穿越了風，直直朝著雪哉飛了過來，然後擦過雪哉的臉頰，還削掉了太陽穴的幾根頭髮，毫不留情地刺向後方。

雪哉的耳邊傳來滋咚的悶響，沒有聽到任何呻吟，原本從背後勒住他脖子的身體抖了一下，可以感覺到手臂突然失去了力氣。雪哉拼命掙脫那雙毛絨絨的手臂，回頭一看，發現刀了深深插進前一刻想要取自己性命的巨猿眉間。

他逃也似地離開巨猿，無力地癱坐在地上，心跳加速，冷汗直流。

「你沒事吧？」皇太子跑了過來。

雪哉抬頭看著他，勉強擠出了僵硬的笑容。

「……我以為自己不是死在這隻猿猴的手上，而是死在你手上。」

「我怎麼可能失手？」皇太子倨傲地說完，眼神銳利地看向周圍。「剛才太大意了，可能還有其他猿猴。」

「這傢伙剛才是人形，所以我以為是八咫烏。」

「如果以人形出現，你就無法分辨是不是八咫烏嗎？」

「完全無法分辨。」

「那真傷腦筋。」皇太子喃喃嘀咕著，接著抓住雪哉的脖子，將他拉了起來。「我去確認完最後一棟房子後，我們立刻離開此地。不必在戶外警戒，不要離開我身旁。」

「知道了。請問……其他屋內的情況如何？」

「無一生還。」皇太子的聲音很抑鬱。

皇太子從猿猴屍體上拔出刀子，走向最後一棟房子，雪哉拖著發抖的雙腳緊跟在後。

當做好了心理準備走進第四棟房子後，發現裡面乾淨得令人洩氣。屋內沒有血腥味，也沒有啃咬過的屍體，只是有一個長方形的大箱子，很不自然地放在地爐旁。箱子很大，只要幻化成人形，完全可能躲進裡面。

皇太子充滿警戒地用刀鞘敲開了大箱子的蓋子，小心謹慎地往箱子內一瞧，不禁怔了一下，眸子猛然瞪圓了。

「有什麼東西嗎？」

「不……」皇太子含糊其辭。

隨時做好逃跑準備的雪哉，對皇太子含糊不清的態度感到納悶，於是從他身後探頭向箱子內一瞧，也和皇太子一樣瞠目結舌。

箱子裡躺了一個和雪哉年紀相仿，差不多十四、五歲的嬌小的少女。她似乎睡得很熟，發出均勻的鼻息。從她的衣著打扮看來，像是中央的女孩，不像邊境村莊的人。

即使戰戰兢兢地想喚醒她，輕拍著肩膀，她也完全沒有醒來跡象。

「……她也是猿猴嗎？」雪哉無法判斷，抬頭望著皇太子。

「不是，因為我沒辦法解決她。所以她絕對是八咫烏。」皇太子即刻回答。

「啊？」

皇太子說得自信滿滿、斬釘截鐵，雪哉還來不及細問那句話的意思，皇太子已經抱起少女，朝著馬的方向走去。

「我們盡快離開此地吧！你變成鳥形跟著我們。」

皇太子安撫了情緒激動的馬準備出發，雪哉回頭看著一片淒慘的村莊。

來路不明的巨猿。

鄉民們慘遭殺害。

僅剩這名少女倖存。

我的故鄉，究竟發生了什麼事？

第二章　少女

眼下一大片民宅的燈光迅速向後移動。

太陽早已西沉，吹來的寒風冰冷刺骨，曝露在外的皮膚陣陣疼痛，但已無暇顧及。

日嗣之子和雪哉道別後，獨自從北領飛回中央，行色匆匆地直奔朝廷。途中不時有負責警備的士兵前來準備盤查，但聽到響徹四方的驛鈴聲後，便慌忙退下。

這個鈴聲是金烏親自交給鄉長的驛鈴，以便危急時用之。平時很少聽到這個鈴聲，因為它同時也代表了發生緊急事態，需要直接向宗家呈報。

皇太子在關隘換了馬後繼續策馬飛奔，終於來到了朝廷正門的〈大門〉。向斷崖外突出而建的舞台上，松明火把*燒得通紅，在黑暗中照亮紅色的巨大門扉。

「傳令！垂冰發生異常事態，鄉長要求緊急派兵！」

猛然降落在舞台上的皇太子，對著跑過來的門衛厲聲呼喝，他將馬交給呆若木雞的門衛後，跑向相當於朝廷的山內部。值宿的官吏聽到闖入者所說的話，無不面面相覷。

「要派兵去那種鄉下地方？」

「是不是當地百姓發生暴動？」

皇太子從摸不著頭路的官員之間走過，在尚未暴露身分之前，衝上了樓梯。

「北大臣！北大臣在嗎？」

他一路衝進了值宿所，心生警戒的護衛擋住了他的去路。

「什麼事？吵死了。」北大臣，亦是北家家主從護衛身後探頭。

「北大臣，是我。」

「皇太子殿下？」北家家主不禁訝異地露出疑惑的表情。

皇太子喘著粗氣，停下了腳步。「垂冰出現了食人巨猿，已出現眾多死傷。垂冰鄉的鄉長判斷難以自行解決，請求中央派兵前往支援。」

北家家主聽到食人巨猿四個字，露出了奇怪的表情。

皇太子不發一語地將帶來的包裹塞到他手上。

※注：松明火把，松明木枝條點燃的照明火把。松樹因木質中富含油脂，在枯死後會形成一種特殊的朽木，稱為松明木。

「你先看一下這個。」

北家家主狐疑地打開了包裹，定睛仔細一看，旋即瞠目驚叫：「怎麼會！」雖然包裹沒有掉到地上，但他整張臉因嫌惡和驚愕皺成了一團，用顫抖的手把包裹交還給皇太子。

「皇太子殿下，這到底……？」

「現在無暇細說，總之，目前已經確認有兩隻，但不知到底是何種生物？也不知為何出現在垂冰？但因為這些傢伙，導致邊境的一整個村莊遭到滅村。現下已將發現的兩隻巨猿殺死，但可能還有其他食人猿潛伏，光靠垂冰的武人無法搜山獵殺。」

皇太子說完，露出銳利的眼神。

「雪正，垂冰鄉鄉長如此判斷嗎？」北家家主原本錯愕的表情頓時變得嚴厲。

「鄉長正在當地指揮，應該很快就會派正式使者前來。由於此事刻不容緩，所以他將這個交給了我。」

皇太子從懷裡拿出了驛鈴。

「我瞭解了，我會即刻準備派兵。」恢復冷靜的北家家主點了點頭。

「近距離交鋒十分不利，命令士兵全帶上弓箭作為主要武器。」

「臣遵命。」

「我還有其他要事，你先召集其他大臣到紫宸殿，無需更衣，事不宜遲。」

皇太子聽著傳令聲此起彼落，隨即轉身離去。

官人們看著他一身缺乏威嚴的羽衣，皆一臉詫異地瞪著眼。他無視那些猜疑的視線，快步穿越朝廷，前往紫宸殿，也就是與金烏宮殿相鄰的朝廷中心。

沿途有許多警備，看到皇太子的服裝雖未驚惶失措，還是露出了驚訝的表情。皇太子通過他們面前，來到一道華麗的門前，在黑漆上雕刻了櫻花和柑橘的門扉，吊掛著用紫色繩子繫著的銀鈴。

「開門。」皇太子邊走邊命令道。

內側的門鎖未經任何人之手，門自動開啟，完全沒有阻擋皇太子的去路。

眼前是雕梁畫棟、富麗堂皇的殿堂，四方的牆壁上，用螺鈿刻劃了山內的成立和儀式的進行。當皇太子走在殿堂中央時，裝在欄杆間的鬼火燈籠可能感受到主人的來訪，全都自行亮了起來。

皇太子一踏進紫宸殿，裝飾在門上及室內的鈴聲大作，當他在高台的上座坐下時，鈴聲戛然而止。目前紫宸殿內只有他一人，殿內悄然無聲，但很快就會聽到情緒激動的高官紛紛議論，他望著半空，手裡抓著放在旁邊的大包裹……等著。

果然不出所料，官員火速趕到後，在會議上爭論不休。幾名官員聽完說明後，紛紛露出皮笑肉不笑的表情，完全不相信有巨猿這件事。

「巨猿？」

竟然說有巨猿！高官語帶同情地嘲笑著不懂世故的皇太子。

「雖然我不知道是誰在皇太子面前說這種無稽之談，但開玩笑也該有點分寸。」

「雖說是垂冰鄉鄉長提出請求，但是否在稟報時故意誇大其詞呢？」

語帶諷刺地說出這種話的，都是對皇太子成為日嗣之子感到不滿的人。

「八成是邊境地區的貴族看到大熊被嚇破了膽。」

「羽之林並非您的私人軍隊，若堅持派兵，那就派遣擔任您護衛的山內眾前往呢？」

羽之林，是羽林天軍的別名。山內眾是宗家的禁衛軍，羽之林是保衛中央的軍隊。率領羽林天軍的大將軍是北大臣玄哉公，也就是雪哉的外公，北家家主。

北家家主正準備開口，皇太子斜睨了他一眼，示意他退下，接著將身旁包裹內的東西，丟向紫宸殿的木地板上。

那東西就像球一樣，在兩側高官之間一路滾動，前一刻盛氣凌人的高官，在看清腳下的東西後，都驚恐地倒吸一口氣失聲尖叫——

那是一顆巨猿的腦袋，差不多要大人的雙手才能抱住的腦袋。

巨猿露出的犬齒尖銳無比，不難想像任何人只要被咬一口，就會馬上送命。帶著憎惡的表情含恨而死的臉上，黏著乾掉的血，斷面可以看到白骨及黃色脂肪。在木地板上滾動時飛濺的血又黑又稠，黏在滿是毛的腦袋上。

「即使看到這個，你們仍然認為有巨猿這件事是無稽之談嗎？」皇太子凌厲地瞪著理屈的官吏怒叱道。「這傢伙至少吃掉超過十名八咫烏！用牠的牙齒，用牠的嘴，啃食了和你們妻兒同年紀的八咫烏。如果不及時採取措施，將會演變成所有八咫烏的危機。羽林天軍必須出兵！」

北家家主瞥了一眼啞口無言的高官，沉穩地開了口。

「雖然目前尚未收到具體的損害報告，但至少已確認巨猿的存在，我打算派遣羽之林前往垂冰。」

剛才七嘴八舌指責皇太子的人，現下都不敢吭聲。看到巨猿的腦袋後，已無人反對派兵，更何況大將軍已表明態度，旁人無論說什麼都毫無意義。

「……既然此事屬實，我們也無異議。」

剛才認為巨猿一事是無稽之談的高官，怔忡了好半晌後收回前言。

「可是，若真有這種東西的話，是否該封鎖垂冰？」

「太荒唐了，這根本不可能。」

「但無論如何都必須防止巨猿闖入中央吧？」

周圍又響起一陣不安的議論，就在此時，突然傳來一聲喟嘆。

「有巨猿會吃八咫烏……實在是令人難以置信。」

說話的是四家之一，統率西領的西大臣，西家家主，他抖動著棕色的鬍子提出疑惑。

「山內是山神守護的聖地，自從山內開闢至今，從來不曾看過這種東西。這隻巨猿到底是從哪裡冒出來的？」

坐在西大臣斜對面的男人，是東大臣的東家家主，也慢條斯理地開了口。

「出現之前不曾有過的東西，只有兩個可能性……」

第一種可能，就是山內內部的普通猿猴因為某種原因發生異常，變成了巨猿。

另一種可能，就是巨猿來自山內以外的地方。

「是否有任何判斷依據？」東家家主心平氣和地提問。

「……後者的可能性較高。」皇太子暗忖後謹慎地回應。

雖然只有短暫交戰，但巨猿能用獨自的語言咒罵，而且看似有相當的智能，不像是普通猿猴突然發生了變異。

「而且牠們還會幻化成人形，比普通的野獸更接近我們八咫烏。」

「您說什麼！」

「一旦混入八咫烏中，豈不無法分辨？」

眾高官頓時陷入了恐慌。

皇太子隨即補充道：「少安勿躁，雖然乍看之下無法分辨，但猿猴似乎並不會說我們山內的〈御內詞〉，而且變成人形時，身上的衣服和猿猴的毛皮同色。」

說的話不同，而且羽衣的顏色也不同。既然有這兩大判斷基準，應該可以找出混入八咫烏中的猿猴。只要要求對方變身，無法變成鳥形者就是猿猴。

眾官不安地交頭接耳，東家家主再度看向皇太子，鎮定自若地再度提問。

「皇太子殿下，您認為這些猿猴來自外界嗎？」

皇太子聞言，窒了窒一時語塞。

「……至少我在外界期間，尚未見過這種猿猴，如此斷言為時尚早……但以目前的狀況研判，認為是從外界闖入的可能性最合理。」

遭到巨猿襲擊的栖合位在山邊，也就是山內的末端，就某種意義上來說，是在外界和山內交會處發生的事件。雖無前例，但確實是有可能從山邊闖入。

北家家主眉頭深鎖思忖道：「無論如何，都必須即刻展開調查，查明損害的狀況，以及巨猿從何處闖入，或是如何出現的。」

「還要注意一件事。」皇太子環顧四周，開口提醒。「目前並不知道巨猿從何處而來，如果是從山邊闖入，光封鎖垂冰也沒有意義，與外界相鄰的所有地方都有同樣的危險。」

即使派一部分羽之林前往垂冰，也必須留一部分兵力在中央待命。

皇太子眼光掠過面露緊張之色的高官，用響亮的聲音宣告。

「這正是我召集各位來此的目的。」

此話是什麼意思？所有人的視線都集中在皇太子身上。

「受害的是位在邊境的村莊。」

據說與附近村落之間很少有來往，即使將近一年沒有任何音訊，也完全不會有人產生懷疑。這次幸好察覺得快，萬一沒有及時發現，結果又會是如何呢？

「最糟糕的狀況……就是可能還有其他受害的村莊，卻無人發現。」

殿堂內剎時鴉雀無聲。

一名高官臉色鐵青，惴惴地問：「皇太子的意思是……巨猿之前也曾經闖入，只是我們沒有及時發現嗎？」

皇太子向他頷首後，下達了命令。

「請諸位火速確認居住在邊境者的安危，同時勘察山邊附近是否有任何異常，尋找出巨猿闖入的途徑。另外，聽說在遭到襲擊的栖合，頻繁出現神秘火，不知兩者是否有關，希望也一併進行調查。」

不消說，這件事是最優先事項，即使暫時放下其他公務，也必須立刻蒐集相關線索。

適才在一旁默默聆聽討論的官吏，緊張地喃喃道：「但是再怎麼火速，從中央到山邊往返都要花費一天的時間，若要實地探查偏僻地區村落的狀況，至少也需要兩天的時間。」

「即便如此，也必須這麼做，刻不容緩盡快採取行動。」

各部門將分別派出一名調查員投入巡察，以便即時因應發生的任何狀況。

最後，皇太子環視著紫宸殿，凜然地下令。

「這是所有八咫烏的危機，各位必須全力以赴。」

「卑職遵命。」

高官紛紛離席散會後，剛才始終不發一語，也沒有任何動靜的男人走向皇太子。

「聽殿下說話的語氣，簡直就像親眼目睹了巨猿。」

南大臣，亦是南家家主，以完全無法猜測到任何感情的語氣探問。

南大臣在四家家主中年紀最輕，一直擁護著先前讓位的皇太子兄長，長束。不過，長束本身是皇太子派，卻也無法瞭解南家家主內心的想法，因此南家家主也是皇太子在目前朝廷中最警戒的對象。

「我是聽前來通報的部下陳述的，有何問題嗎？」

即使皇太子佯作不知，南家家主仍舊不肯罷休。
「聽說殿下是從大門直接來此，為何您會比朝廷的任何人先得知這個消息呢？」
「垂冰鄉長的次子曾經是我的近侍，我的屬下剛好去垂冰找他，得知了異常，直接把猿頭送到我手上。」
在劍拔弩張的緊張氣氛中，皇太子若無其事地說了謊。
「……原來如此啊！」
南家家主彷彿洞悉一切般瞇起眼，嘴角露出深意的微笑。
「既然眼前發生了這種危急狀況，接下來就交由我們處理。請您多保重！」
「當然，那還用說。」皇太子神情嚴肅地頷首。

田間利的客棧內，雪哉在窗邊仰望著露出魚肚白的天空。天亮了，他一整晚都沒闔眼。
垂冰鄉的狀況極度混亂。栖合發生的悲劇很快被傳開了，有些投宿的客人慌忙準備離開。能夠馬上離開的人固然輕鬆，但在這裡紮根的客棧人員只能不安地交換眼神，除此以外無能為力。

雖然有人想去栖合確認狀況，但已經下了禁令『絕對不可前往』。也因為如此，對山村悲劇有許多真真假假的傳聞，無論如何，現實終究太殘酷了。

有人說是發了瘋的八咫烏殺人，也有人說不是巨猿，而是遭到熊的攻擊。由於傳聞隨時都在改變，甚至因為無法親眼確認，有人懷疑只是謠言，簡直豈有此理。

從栖合回來後，皇太子把雪哉和昏睡的少女暫時留在田間利，獨自飛往鄉長官邸，讓雪哉一人說明詳細的情況，幸好鄉吏正在這裡調查仙人蓋的事。

原本雪哉很擔心有多少人會相信自己說的話，但鄉吏證明雪哉是鄉長的兒子，向來不會亂說話，因此驛站町的官差也立刻採取措施。

他帶回來的猿頭，發揮了很大的作用。皇太子在栖合砍下巨猿的腦袋時，雪哉還不明就裡，如今很感謝皇太子的行為。

當驛站的人看到巨猿的腦袋，全都大驚失色。自警團*的男子都紛紛拿起武器，女人囑咐著小孩子不得擅自外出。接到鄉長官邸的通知時，已經開始召集領內警戒防備的兵力，很快就會上山進行大規模獵捕。

「少爺，鄉長來了！」鄉吏在外面叫喊道。

「我這就下去。」雪哉馬上站了起來。

他從二樓走到一樓，來到客棧門口，看見南方的天空中，有許多馬的黑影——垂冰鄉的鄉長帶著召集的兵力趕來了。

「父親大人。」雪哉一邊叫喊著，一邊跑向降落在車場的父親面前。

「墨丸已經把情況告訴了我，接下來就交給我。」父親一臉緊張地點了點頭。

他們可能已經在鄉長官邸決定了對策，因此鄉長的應對很迅速。鄉長和率領自警團的驛站代表簡單交談後，組隊出發前往栖合瞭解情況。

驛站除了自警團以外，還有負責處理糾紛的保鑣，但由於人數並不足以上山展開大規模獵捕，也無法統一管理，所以那些為了支付保鑣的錢而陷入煩惱的商人，打從心底感謝鄉長能親自指揮行動。

雖然客棧的人都議論紛紛地說：這下子沒問題了。雪哉還是提心吊膽地等待父親和其

＊注：自警團，意指由民間所組成的團體，出於自衛的需求、或是為了維持地方治安，集結組織的共同體。

他人歸來。很快地，率隊前往瞭解情況的鄉長回來了，但是當驛站的人看到他們的神情，終於明白事情沒那麼簡單。

村莊內並沒有巨猿的身影，有士兵看到村內的殺戮慘狀，忍不住嘔吐出來，實際前往栖合瞭解情況的人，臉色都十分慘白。雖然有人提出，既然已經能夠確保村莊安全，就必須確認遺體的狀況，但鄉長並不同意。

不，即使想要確認，也無法做到。

「由於屍體嚴重受損，連臉部都無法辨識，核對長相成為一件極其困難的事。村民幾乎全都死了，可能真的難以判別到底死得是誰？」

聽說只有掉在泥土地上的女人腦袋保持了原形。

「恐怕很難期待還有人存活。」鄉長臉色凝重地告訴驛站的代表。「……事到如今，只能向唯一倖存的那名少女瞭解情況了。」

鄉長詢問了那名少女目前的情況

「她還沒有醒來。」站在房間角落的雪哉回答。

「陷入昏迷了嗎？」

「不，只是睡著而已。」

回到驛站後，立刻請了大夫來看診。大夫說，少女只是睡著了，並沒有發現任何異常。因為用盡各種方法都無法叫醒她，大夫認為她長時間昏睡的狀況的確不正常，研判很可能服用了藥性很強的迷藥。雖然不可能一睡不醒，只是不知道什麼時候才會醒來。

驛站的代表聽了他們父子的談話，語氣顯得沉重。

「雖然不知道少爺憑什麼認為那名少女是八咫烏，但我們懷疑她並不是棲合村莊的倖存者，而是猿猴。」

目前也隨時有全副武裝的警備守在少女旁邊，隨時保持警戒。

「那名少女的確可能是變成人形的猿猴，墨丸為何斷定她是八咫烏？你知道原因嗎？」

聽到父親如此問自己，雪哉心有不甘地搖了搖頭。

「以前我在中央當差時就明白，他向來不會說毫無根據的話。我相信他應該有某種確信，只是他並沒有具體向我說明。」

也就是說，目前並沒有任何能夠讓人接受的理由。

「即使那名少女是猿猴，這件事本身也並非沒有意義。」

「既然鄉長這麼說，請務必收留那名少女。」
聽到鄉長為難地表達意見，代表立刻逮到機會，希望鄉長將少女帶回去。
「即便她是八咫烏，從身上的服裝判斷，她應該並非是栖合人，而是從中央去栖合收購的商人女兒。」
少女穿著金黃色小袖和名為短胴的加長版上衣，這是中央的女子現下流行的和服，在地方上很少看到。
「無論她是猿猴還是八咫烏，留在這裡都無益處。」
驛站代表的言下之意，就是不希望少女繼續待在這裡。
鄉長聽了，忍不住低吟沉思，雪哉也跟著父親一起蹙眉思忖。
無論那名少女是猿猴還是八咫烏，一旦醒來，中央就會對她進行調查。調查團特地來到邊境附近的這個驛站是相當耗時的，而且萬一少女是猿猴，這裡人很多，容易造成危險。
鄉長官邸有警備兵力，和街道旁的驛站相比，住民人數也不多，萬一發生緊急狀況，也能馬上與他領合作。再考慮到與中央的交通之便，帶回鄉長官邸的確是最好的解決方法。
鄉長可能也做出相同的結論，便接受了驛站代表的意見，並找來鄉吏，指示將沉睡的少女移送至鄉長官邸。

「雪哉，你帶著少女回官邸。」

父親要求他向眾人說明情況後，聽從雪馬和鄉吏的指示。

雪哉順從地點了點頭，自己該傳達的事都說明了，也已力所能及，更知道中央會派來援兵和調查文官，自己沒有理由繼續留在這裡。

為避免少女在移動過程中醒來變身成猿猴，派了足夠人數的士兵擔任護衛和監視。

雪哉就這樣，率領著大批人馬回家。

當一行人抵達時，事先接獲通知的鄉長官邸，早已妥善預備好了。

因為尚無法分辨少女是猿猴還是八咫烏，於是在拘留罪人的牢房內鋪上了榻榻米，並擺放一條上等名為搔卷*的袖被，做成很不協調的睡床。之所以使用袖被而普通被子，是因為可將袖被的袖子部分綁起來，再讓少女躺進去，如此就能暫時牽制她的行動。

武裝的八咫烏守在牢房周圍，手上拿著隨時能變成殺人武器的弓箭。

*注：搔卷，和服樣式有袖子的被子，形狀像是將短上衣的下擺延長，可包裹住肩膀，特別是在寒冷地區受人喜愛。

雖然周圍充滿了緊繃感，但不知道究竟是罪人，還是可憐被害少女一臉天真無邪地持續沉睡，難以相信她曾經身處在那場煉獄。

和鄉吏一起工作的雪馬，在確認少女已順利送入牢房後，才終於來找雪哉。

「雪哉，辛苦你了，接下來就交給我們吧！」

雪馬要他回主宅一趟，雪哉也欣然同意先行離開。

回到家，母親已為他準備了洗腳的熱水桶和毛巾，看到母親做好萬全準備等待自己，感到全身都放鬆了。

「雪哉，你回來了，這一趟受了不少苦吧！」

「母親大人，我回來了。」

聽到母親叫他先去休息，雪哉才發現自己累壞了。大人可能吩咐了么弟「不要連番發問」，所以他僅幫忙送泡飯過來。

「趕快吃吧！餓著肚子沒辦法打仗。」

看到母親和么弟的關切照拂，他既覺得自己很沒用，又有點想哭。雪哉洗了腳，狼吞虎嚥將泡飯嗑完，便爬上床倒頭就睡。沒想到這一闔上眼整個人便睡死了，連夢都沒有做。

不久之後，外頭吵吵嚷嚷，還有人回來的走動聲，雪哉很自然地醒了過來。睡了一覺，他覺得身體舒服多了，決定起床走去外面。

當雪哉來到了車場，便看見前往栖合的鄉吏身影，而雪馬和留在鄉長官邸的鄉吏正圍著他，顯然他是回來報告情況。

「目前上山獵捕幾乎沒有成果，只找到從栖合逃走的雞。猿猴的屍體已搬去了驛站，若要帶回這裡，可能需要更多時間和人力。」

「中央派來的文官，有沒有說什麼？」

「他們對猿猴的事也一無所知，目前只有羽之林發揮了作用，文官完全幫不上忙。」

因為少女還在沉睡，無法向她瞭解來龍去脈，於是中央的文官認為暫時只能將她留在鄉長官邸，而先趕去了現場。

「但是，和他們一起回到栖合後，發現了新的狀況。」

原本以為那些受害者都是無差別遭到襲擊，但後來發現在現場被吃掉的都是女人和孩子，成年男子則被剁成小塊，放進了大酒甕。

「屍體被剁成小塊？」雪馬瞠目錯愕地大叫，這件事聽起來太可怕了。

「……應該是猿猴為了保存所做的處理，酒甕內還放了大量的鹽。」鄉吏語氣沉痛。

「放了鹽？」

「所以……」

原來是為了烹煮。雪哉想到這裡，感到全身發寒。

「原來在牠們眼中，我們只是糧食……」鄉吏中有人發出了帶著恨意的歎息聲。

野獸不會烹飪，那些猿猴絕對不是基於本能襲擊八咫烏的野獸。牠們有知性，也有明確的意志，當然就是「敵人」。

在此之前，大家都只是帶著莫名的恐懼，此時此刻，終於對猿猴產生了憎惡之意。

絕對不能原諒。車場內頓時一片寂靜，眾人再次下定決心，相互交換了然一切的眼神。

「雪馬，要麻煩你過來一趟！」

「發生什麼事了？」

在場所有人聞聲望去，只見士兵上氣不接下氣地從牢房的方向跑了過來。

「那名少女醒了。」

「什麼！」

雪馬急忙跑向牢房所在的建築物，雪哉和幾名年長的鄉吏也緊跟在後。

少女在雪哉和其他人的注視下扭動著身體，長長的睫毛微微顫動了一下，她緩緩睜開雙眼，看向發黑的木板天花板數秒後，發出了呻吟聲。

「這是怎麼回事？頭好痛。」

雖然她的聲音沙啞，但是說出口的正是〈御內詞〉。

一旁戒備著少女的人暫時安心地鬆了一口氣。雪哉看向兄長，兄長心領神會地露出嚴肅的表情，確認鄉吏都默默點頭後，對著牢房開了口。

「早安，妳身體感覺怎麼樣？有沒有哪裡不舒服？」雪馬的語氣沉靜平穩。

「這裡是哪裡？」貌似睡迷糊的少女，表情一片茫然。

「這裡是垂冰鄉的鄉長官邸。」

「喔，這樣啊！」少女輕聲嘟囔，準備再度闔雙眼，驀然皺起了眉頭，重覆低喃道：

「……鄉長官邸？」

她驚嚇地瞪圓了眼，露出不知所措的表情看著雪馬。

她有一雙明亮的水眸，眼尾微微上揚，稱得上是個漂亮女孩。像桃花花瓣般翹起的小嘴，與杏仁般清亮的貓眼，讓她看起來有些嬌氣。

少女猝然想要起身，但袖被外被綁上了帶子，再加上她昏睡了很久，很快便又躺了下去，發出「嗚嗚」的呻吟聲。

「這是在幹嘛？」少女躺著跼促地左顧右盼，似乎終於瞭解自己身處的狀況。「為什麼要把我綁起來？」

「沒事的，請放心。只要妳沒有奇怪的舉動，我們也不會有任何行動。」

少女愈聽雙眼瞪得愈大，尖聲反問：「你說沒事？開什麼玩笑！把我綁起來怎麼會沒事？請說清楚到底是怎麼回事？否則我不會原諒你們！」

鄉吏原本想試圖讓她平靜下來，沒想到造成反效果，反而她產生了警戒。

雪馬察覺到這樣無法對話，於是先報上了自己的名字。

「我是垂冰鄉鄉長的長子，名叫雪馬，目前代表鄉長和妳說話。」

「代表鄉長？」

「是的，沒錯。」

少女驟然停止了尖叫，露出不知所措的眼神。

「我是他的弟弟雪哉，非代表父親，是陪同兄長前來。」雪哉也上前一作揖。

少女目不轉睛地注視著眼前這對兄弟。

「你們是貴族嗎？」

「姑且算是吧！可否請教姑娘的芳名？」

「我叫、我的名字叫小梅。請問我為什麼會在這個地方？」少女焦急地報上自己的名字後，不解地蹙起秀眉。「這裡是鄉長官邸，所以是官府嗎？雖然不知道我父親闖了什麼禍，但我什麼都不知道！」

雪馬眼見少女情緒稍微恢復了平靜，便直接切了正題。

「小梅，在向妳說明之前，我們希望先瞭解妳的狀況。只要如實回答，我們判斷妳沒有敵意，就會馬上為妳鬆綁，讓妳離開這裡。」

「敵意？」小梅冷笑一聲。

「妳之前所在的村莊出了事，是我將妳帶來這裡，請不必擔心。」雪哉凜凜地補充道。

「……什麼意思？出了什麼事？」

「待妳先說明完自己的情況之後，立刻就告訴妳。」雪馬堅持不讓步。

小梅雖然十分惶惑，但還是慢吞吞地開口。

「雖然你剛才說我在的村莊出了事，但我並不是栖合人。」

「喔，果然是這樣。妳以前在中央嗎？」

雖然她的用字遣詞輕佻，卻沒有口音。

「是的，是去那裡買香魚乾。」小梅聽了雪哉的問題，坦誠地點了點螓首。

「妳一個人嗎？」

「怎麼可能？是和我父親一起。」小梅說到這裡，視線飄忽了起來。「我父親呢？」

鄉吏都默默移開視線，小梅見狀露出了不安的表情。

「然後呢？你們去那個村莊買香魚，然後做了什麼？」雪馬催促道。

「……沒做什麼啊！就是很正常的生意，也沒有發生什麼特別的事。用板車送酒過去，交換香魚乾。因為生意很順利，所以晚上就舉行了宴會。我也吃了飯、喝了酒……之後就不記得了。我有點醉意，於是就借房間躺下，醒來後，就在這裡了。」小梅咬著嘴唇說完，再度問道：「我父親在哪裡呢？」

「妳父親目前下落不明。」

「下落不明？你在說什麼？」小梅驚愕地失聲尖叫。

「小梅，不瞞妳說，栖合的人全都死了。」雪哉決定告訴她真相。

「什麼？」小梅驚駭地整個人呆住。

雪馬小心謹慎地繼續說了下去。

「昨天發現，栖合有許多八咫烏遭到屠殺，是差不多八尺高的巨猿所幹的。目前已殺死了兩隻，但可能還有其他巨猿。妳因為躲在大箱子裡，所以幸運躲過一劫。」

「……什麼巨猿？你在開玩笑嗎？」小梅疑惑地顫抖著嘴唇，硬扯出一抹笑容。

「我並沒有在開玩笑。」

「你們根本是拿我當樂子，是什麼意思？不要鬧了！」小梅不悅地收回臉上的笑，怒視雪馬。「遊戲結束了。廢話少說，讓我和父親見面。你們該不會想用胡言亂語誘拐我？」

她就像是豎起全身毛的警戒小貓，正因為自己沒有意識到，才更讓人覺得心痛。

「……真的很抱歉，但我們真的沒有在開玩笑。」

雪馬說完這句話，和小梅兩人都陷入了沉默。小梅起初瞪視著雪馬，但隨著她理解了雪馬平靜語氣中傳達的事實，漸漸變得面無血色。

「你是說……那些人都死了……」

「很遺憾。」

「父親也死了？」小梅臉色的更顯蒼白。

雪哉平靜地接著補充道：「目前還沒有確認誰不幸喪了命，也許幸運逃到了山上也說不定，所以剛才對妳說的是，目前下落不明。」

小梅急促呼吸，似乎努力想讓自己平靜下來。片刻後，她抬起頭，露出毅然的表情。

「我無法相信，你們不是沒有找到我父親嗎？」小梅還是抱著一線希望。

雪馬神情沉鬱地開口說：「目前並沒有發現他的遺體，但希望很渺茫，全村只留下妳一個活口。」

「只、只有我？」小梅露出怔忡不安的表情。

「為什麼只有妳平安無事？」雪馬發自內心感到不解。

「這種問題，我怎麼會知道啊！」小梅終於忍無可忍，尖聲吼叫完，放聲大哭。

雪馬頓時慌了手腳，雪哉瞥了一眼不知所措的哥哥，不禁帶著深意地觀察著小梅。

看她的反應並不像在說謊，而且從她會說〈御內詞〉這一點來看，或許真的只是幸運倖存下來……

走出牢房後，雪哉、雪馬和幾名鄉吏聚在一起討論。

「會不會是她父親將她藏在箱子裡？」

「她因為睡著了，所以沒有發現那個村莊遭到襲擊，猿猴也沒發現她嗎？」

除了先去睡覺的小梅，大人正在參加宴會，小孩子則在家中睡覺。

巨猿開始襲擊的地方，離她所處的房子最遠。會不會是她父親或是某個村民察覺到異樣，把小梅藏進了箱子？

「這應該是最可能的狀況。」鄉吏說完，摸著下巴。

「等一下，驛站的大夫說，她可能服用了迷藥，你們怎麼看？」雪哉舉手提出疑點。

「如果相信她剛才說的話，可能是宴會的飯菜裡摻了迷藥。」

偽裝成八咫烏的猿猴可能用某種方法，把迷藥混入飯菜中，讓可能會抵抗的大人先失去反抗能力，接著開始捕食。

「如果是這樣，就可以解釋她為什麼會躲在箱子裡。有人幸運地沒有昏睡，想叫醒小梅，卻因為藥效的關係叫不醒，只好將她藏在旁邊的箱子裡。」

有行動力的人因為試圖逃走，反而被猿猴發現，結果就不幸喪命。但因為小梅乖乖睡在箱子裡，所以猿猴可能沒有發現。

雪哉聽了哥哥的推論，忍不住蹙起眉宇。

「雖然這樣就可以解釋目前的情況……」

「不是可不可以說明的問題，而是除此以外，沒有其他的可能了。」

「那個女孩真可憐，她的父親應該是沒指望了。」

雪哉看著一臉悲慟的哥哥和鄉吏，內心隱約產生了疑問。據他的觀察，雖然小梅應該沒有說謊或是假裝什麼，卻還是讓他很在意……

雪哉和哥哥、鄉吏不同，曾經有在宮中當差的經驗。在朝廷內打滾了一年，深刻瞭解到八咫烏在陷入困境時，會做出多麼誇張的事。尤其在皇太子選妃的那段時期，他充分瞭解到女人的陰險狡詐。

女人美麗的眼淚，也成為他的罩門。假設小梅瞭解某些情況，一旦她真心想要隱瞞，雪哉完全沒有自信能夠識破她的謊言。

或許是自己想太多了。雪哉很希望是自己太過杞人憂天，他暗自決定，目前先聽從鄉長的決定，卻也提醒自己不能鬆懈。

唯一倖存的少女終於醒來的消息，已傳去驛站，鄉長和中央文官立刻啟程趕來這裡。果然不出雪哉所料，鄉長和中央官吏見過了小梅之後，得出的結論與雪馬、鄉吏相同。

小梅說得一口流利的御內詞，也能聽從命令變身成鳥形，確實是八咫烏無誤，因此在她醒來後半天的時間，就將她放出了牢房。只是因為栖合的現場尚有許多不解之謎，所以暫時將她留在鄉長官邸，以便發現任何狀況，可以隨時向她確認。

小梅起初鬱鬱寡歡，茶飯不思，也許是因為第一次見面時留下了壞印象，小梅對所有男人表現出戒慎的態度。除了雪哉以外，鄉長官邸內的男人都很貼心地不主動靠近她。

小梅整天躲在自己房間，鄉長夫人卻十分熱情地招呼她。小梅似乎對女人較無疑慮，漸漸地會主動向親自送飯送菜、熱心照顧她的梓，敞開了心房。

雪哉暗中觀察著她，因為擔心引起她的警戒，所以從來不主動搭話，每次都默默跟在母親身後，協助收送膳食，但可以感受到小梅的變化——慢慢的她有時會去廚房，到了第三天，她便主動提出要在官邸幫忙。

「目前還不瞭解栖合那裡的情況嗎？」

傍晚時，雪哉若無其事地說要幫忙家務，便坐在小梅附近剝豌豆莢，同時監視著她，沒想到她主動開了口。

「好像是耶！」雪哉天真地眨了眨眼。

每次報告時，雪哉都會盡量在場，不過目前並沒有任何斬獲。小梅多次要求確認死者，但目前還沒有找到任何一具能確認臉部的屍體。

「……我要留在這裡到什麼時候呢？」小梅一籌莫展地嘀咕著。

雪哉注視著眼前的少女。她此刻穿著向鄉吏的女兒借來的淡藍色小袖，腰上繫著染了花紋的腰布。第一次見到她時睡得很凌亂的頭髮，現下被梳理得很整齊，栗色的頭髮很有光澤。由於氣色變好了許多，再加上一身整潔的衣物，就像是在好人家做事的侍女。

「妳對留在這裡感到不滿嗎？」

「怎麼可能不滿？大家都很親切，如果可以，我想一直住在這裡，但是……」

雪哉發現小梅欲言又止，便停下了手，把手上的豌豆莢放回籃子裡。

「如果妳有話要說，但說無妨，無論是有什麼不滿，或是有什麼要求都沒關係。」

小梅聽了他的話，露出更加為難的表情。

「我還想對你說這句話呢！……你是不是有什麼話要對我說？」

小梅意想不到的回答，讓雪哉窒了窒，一時不知該如何答腔。

「什麼意思？」雪哉無法理解為何小梅會有這樣的想法。

小梅就像是在鬧彆扭似的把頭轉向一旁。

「你不是一直在暗中觀察我？你哥哥和弟弟遇到我都會親切地打招呼，不會像你一樣從早到晚都跟著。我以為你有什麼話要說，一直在等你開口啊，但你完全都沒有動作。」

小梅說她很在意這件事，心神不寧了好幾天。

聽她這麼一說，雪哉發現自己雖然經常在她周圍出沒，卻很少主動接觸。他在內心反省自己有點過頭了

「如果導致妳誤會，我很抱歉。因為很少和妙齡少女接觸，所以不知該如何相處。」雪哉滿臉歉意地向眼前嬌小的少女說完，露出了愧疚的笑容。「我很怕有失禮之舉，因為妳剛遭遇重大的事件……我只是不想讓妳一個人。」

「喔，原來是這樣。」原本斜眼看著雪哉的小梅，竟然羞紅了臉，然後她遲疑了一下，轉身面對雪哉，抬眼偷覷著他。「所以，你並不是對我有什麼不滿，是吧？」

「對，當然沒有。」雪哉滿面笑容地回答。

「那就太好了。」小梅也露出笑容，明顯鬆了一口氣。「既然這樣，我一直留在這裡也沒問題。」

雪哉聽不懂這句話的意思，差一點冷然地脫口而出：**妳說什麼？**幸好克制住了。

「……這句話是什麼意思？」他努力維持表情溫和，歪著頭問道。

「你的母親對我說，如果父親繼續下落不明，可以僱用我在鄉長官邸做事啊！」

「母親大人？」

雪哉的母親對她說：**鄉長官邸的使命，就是要給無依無靠的孩子一個家。**這確實很像是善良母親會說的話。

「我真的很感激，但也很擔心如果你對我有意見該怎麼辦，現在終於能安心了。以後就請多指教了。」

小梅的口氣格外的開朗，雪哉覺得她不時瞥來對自己察顏觀色的眼神中，帶著狡黠。

總覺得剛才的談話好像被她誘導，朝向對自己有利的方向發展。

「對了，我聽廚房的嬸嬸們說，你以前曾經在宮中做事。這是真的嗎？」

「嗯，是啊！」

「好厲害喔！你能說說宮中的事給我聽嗎？我雖然在中央出生、長大，卻從來沒有進過宮廷。你可不可以告訴我，那是個怎樣的地方？」

這到底是怎麼回事？她的態度和前一刻判若兩人。剛才的內斂羞澀去了哪裡？她興奮的樣子簡直有點異常。

小梅滔滔不絕地說著她對宮中的嚮往，雪哉內心有一種難以形容的寒顫感，總覺得哪裡不對勁。

「……妳不擔心妳的父親嗎？」雪哉原本並不想說，但沒想到脫口而出。

小梅一聽，起初瞪圓了眼眸，在瞭解這句話的暗示後，收回了臉上悅愉的表情。

「擔心啊……當然擔心啊！」她尷尬地回應，接著開始為自己辯解。「但是我真的一直很嚮往宮廷……只要能夠在這麼漂亮的房子裡工作，即使只是很短的時間，我也感到很高興，甚至該為這件事感謝下落不明的父親。」

這是父親生死不明的女兒會說的話嗎？雖然小梅可能尚未察覺，但她不小心吐露的真心話，足以引起雪哉的警戒。他內心對滿不在乎的小梅產生了嫌惡，覺得果然不能信任她。

「他是妳的親生父親，不該說這種話吧？」雪哉冷硬的口氣隱約帶著輕蔑。

小梅終於發覺自己的失言，她露出僵硬的表情，隨即狠狠地瞪著他。

「……你根本不知道我父親有多混帳，有什麼資格說這些？不過這也不奇怪，你有這麼出色的父母，一看就是個無憂無慮長大的人，根本不可能瞭解我的心情。」

這番話徹底激怒了雪哉。

「……妳會這麼想，不就代表妳也有問題嗎？」

「什麼啊？你這是什麼意思？」

「我並不是對家人沒有任何不滿，但我盡自己的努力才有今天。既然妳說妳父親有問題，不是代表妳也有問題嗎？」

「你到底想說什麼？」

雖然雪哉知道不該這樣，但還是忍不住繼續說下去。

「我是說，妳這種人把自己的不得志怪罪於自己的父親，沒資格看不起我。」

小梅露出好像在看到噁心昆蟲般的眼神望著雪哉。

「你明明是在寵愛中長大，卻說得好像自己一直付出了努力，沒吃過苦的少爺就是這樣，所以我才討厭這種人。」

「妳不要自以為瞭解狀況！」

「你又瞭解我什麼了？你根本從來沒有吃過苦。」小梅扯開了喉嚨尖聲叫喊。

雪哉忍無可忍，粗暴地衝了出去。

「我最討厭你了！」小梅對著雪哉背後大叫，生氣地踢著腳邊的籃子。「這個人是怎麼回事？難以想像他竟然是夫人的兒子。」

「妳這麼認為嗎？」

小梅聽到背後的聲音，嚇得跳了起來。

「夫人。」回頭一看，發現梓一臉為難的表情看著她。

夫人聽到了多少？任何母親聽到有人說自己兒子的壞話，都不可能無動於衷。小梅想到夫人可能會因此討厭自己，前一刻的憤怒霎時消失得無影無蹤。

原本在梓身後的下人驚慌失措地逃走了，適才他們看到小梅和雪哉在爭吵，急忙去將梓叫了過來。

「那個、對不起，我不是這個意思。」小梅語無倫次地試圖辯解。

「很遺憾，妳說對了，雪哉和我的確沒有血緣關係。」梓並沒有責備她。

小梅聽到這句意想不到的話，窒愕地噤口不語。

「我是續弦，三兄弟中，只有雪哉是前妻的兒子。即使這樣，他仍然是我的兒子。」梓對無言以對的少女，語氣堅定地說道。「一旦成為家人，血緣關係根本不重要。只是我很晚才發現這件事，做出了傷害那孩子的事。」

「傷害他的事……？」小梅無力地低喃。

「說起來很丟臉，之前一度打算把雪哉送去北家當養子。」梓黯然垂眸。

「北家？」

「是的。雪哉的母親，是北家的公主，在生下雪哉後就去世了。」

一方面因為和長子雪馬彼此在意對方，旁人當時也說了很多閒話。由於雪哉親生母親家世的關係，一度為雪馬和雪哉到底該由誰當繼承人這件事而爭執不休。那些住在中央、提出一些不負責任主張的親戚，和想要討好北家的地方貴族，七嘴八舌地表達意見，梓也不堪其擾。

「我永遠不會忘記，」梓露出陰鬱的眼神，看著雪哉離去的方向。「那是他剛滿兩歲的時候，北家派人來打算帶走那孩子。現在回想起來，自己當時的想法太膚淺了。但那時候的我覺得，與其讓大家閒言閒語，對雪哉來說，也許回北家生活比較好……」

梓只能眼睜睜看著北家派來的人，將睡在她旁邊的雪哉抱了起來。

沒想到平時向來乖巧的雪哉，突然放聲大哭起來——**母親大人，救命**。

「聽到他這麼一叫，我就像被甩了一巴掌似的回過神，急忙將雪哉搶了回來。」從梓低聲呢喃的聲音中，可以感受到她的悔恨。「雪哉當時受到很大的驚嚇，雖然那時他還很小，但直到長大之後，仍然一直記得這件事。」

那件事之後，雪哉就變得很愛哭，帶他也相對更辛苦。每次只要他想起差一點被帶走的事，就會做惡夢，頻頻跟梓確認：「母親大人，我是您的兒子，對不對？」「您不會把我送去其他地方對不對？」

當他慢慢長大後，便不再問這些問題，反而開始全力陪襯哥哥。每次和哥哥一起讀書就故意裝笨，只要兄弟比武，他也會主動服輸。無論父親和親戚多麼輕視他，他從來不曾為自己辯解。他為兄長的奉獻，幾乎到了卑微的程度。

梓直到最近才知道，只要有人說雪馬或是梓的壞話，他一定私下徹底報復。

「因為我和雪哉之間沒有血緣關係，也許對他來說，能夠成為依靠的選項中，並沒有建立在血緣關係上的『家人』吧！」

或許對雪哉而言，家人是「家庭」，也是「故鄉」，亦是自己的「容身之地」，以及「可以回去的地方」。而這些都必須靠努力才能夠得到，雪哉為了保衛自己的容身之處，所以一直都很拼命。

「因此，他剛才聽到妳說的話，才會忍不住火冒三丈了。」

小梅回想著自己剛才說的話，終於瞭解了雪哉突然暴怒的理由。

「夫人……」小梅才剛開口，梓就深深地向她鞠了一躬。「真的很抱歉，傷害了妳，但希望妳能夠原諒他。」
小梅大吃一驚，慌忙請梓抬起頭。
「請不要這樣！我完全不瞭解這些狀況，剛才說了很過分的話。」
「是啊！正如妳不瞭解他的狀況，他也不瞭解妳經歷的辛苦。」
小梅窒住，詫異地睜圓眼珠子。梓的眼角擠出了魚尾紋，露出溫柔的微笑。
「我會去和雪哉談一談，相信妳應該有很多想法，但他絕對不是壞孩子。晚一點他去向妳道歉時，希望你們能夠和好。」
「不，夫人，」小梅毅然地抬起頭。「我自己去找他。」
梓被她堅定的語氣嚇了一跳，而後聽了她說的話，露出了欣慰的笑容。
小梅來到門外，天空已被染成一片柑橘色。忍冬的藤蔓纏繞在作為樹籬的茶樹上，白色的花朵散發出沁入肺腑的甜蜜香氣。
不需要四處尋找，雪哉就坐在廚房後院的路緣石上發呆。
雪哉和小梅以前見過的同世代男生感覺不太一樣，不知道該說是鎮定自若，還是達觀知命，有時候他會露出與自己年紀不符的成熟的表情。

不知道是因為血脈的關係，還是複雜的成長背景使然，他和同樣是貴族的雪馬、雪雉不同，在彬彬有禮的舉手投足之間，帶有像中央宮烏的氣質。

雖然他的側臉看起來不像在生氣，但即使察覺到小梅的到來，他並沒有理會。

「……剛才，很抱歉。」小梅戰戰兢兢地開口。

雪哉面無表情地轉過頭。

小梅認為雪哉沒有表達任何意見是對自己有利，於是繼續開口說下去。

「我聽你的母親說了，原來宮烏也有宮烏的辛苦。」

雖然不知道他是否還記得，但梓依舊十分在意，雪哉幼年時差一點被帶走的事。

當小梅這麼告訴雪哉時，雪哉的眼眸動了一下。

「我沒有忘記，至今仍然記得一清二楚，而且有時候還會夢到。」

雪哉嘴角淡淡浮現一抹苦澀的笑容。

「雖然這種事也許不該自己說，但我從懂事到現在為止，一直都過得緊張。有時候會搞不清楚自己是否可以在這裡？是否可以叫她母親大人？」

雪哉歎著氣，揉著太陽穴。

「若能夠容我辯解，我實在太累了，所以當妳說我從來沒吃過苦，就忍不住反應過度。不過，這無法成為亂發脾氣的理由，我正在反省，自己太幼稚了，很抱歉！」

雪哉坦誠道歉，小梅輕搖螓首。

如果梓的話屬實，雪哉認為是自己守護，或者說創造了目前和家人相處的方式，他為此感到驕傲，才會那麼生氣。小梅這麼一想，內心的氣自然就消了。

「如果我和你境遇相同，應該也會說出相同的話，所以希望你能聽聽我的故事。」

小梅嚴肅地凝視著雪哉的眼睛。

「我沒有母親，父親是唯一的家人，但父親是個不好好工作的廢物。就像你一直以來，都努力保護家人，我也一直為養家努力工作。」

想到只要父親活著，自己就必須不辭辛勞地賺錢養家，簡直快要發瘋了。

「我無法依靠任何人，身心都很疲憊。父親從來不工作賺錢，只會到處借錢，我一直認為即使憎恨這樣的父親，也沒有任何人能夠指責我。」

「我的辛苦根本無法和妳承受的苦相提並論。」雪哉深有感慨地表示同情。

小梅原以為他是在嘲諷，卻發現他的臉因自責而扭曲。小梅猜想，他應該是為自己剛才的言行感到羞愧。

「雖然你和鄉長夫人沒有血緣關係，但有這麼出色的母親，身邊又有那麼多人，可以讓你充滿自信地說，他們是你的家人。我很羨慕你，如果有那樣的母親，不知道該有多好。這個世界上，有些父母不在，反而對孩子更好，只是你不知道而已。」

雪哉低頭思忖著小梅的話半晌，他緩緩抬起頭，露出了與適才截然不同的真摯神情。

「小梅，果然是我錯了，方才真的抱歉。」

「沒關係，我也要說抱歉啦！不打不相識，希望你願意成為我的好友。」

「我也希望。」雪哉回以燦爛的笑容。

縱使動員了兵力上山獵捕，也完全沒有任何斬獲。在目前的狀況下，小梅只是被害人，是鄉長必須保護的對象。梓在適當的時機提議後，鄉長二話不說便答應。

小梅留在鄉長官邸這件事，順利通過了。

「中央也已確認妳是八咫烏，即使留在鄉長官邸，也完全沒有任何問題。」

「謝謝！請多指教。」小梅深深鞠了一躬，接著向鄉長提出了一個請求。「我可以回中央一趟，拿自己的隨身衣物嗎？」

鄉長剛好打算前往中央去向朝廷報告，順勢就點頭答應。

「父親大人去朝廷期間，我會陪同小梅。」雪哉見狀，立刻開口提議。

這樣就不會造成父親和鄉吏的困擾，而且他對中央很熟悉，既省時又省事。

「而且，墨丸大人的馬還在這裡，我順道送去招陽宮。」

〈招陽宮〉是皇太子殿下的宮殿。皇太子回朝廷時，向鄉長官邸另外借馬飛回中央，因此皇太子騎來的馬至今仍留在這裡，雪哉一直想趕快送回去。

「我的確也不放心小梅獨自行動。」

父親原本有點遲疑，聽了雪哉的話後，接受了他的意見。

翌日，鄉長帶著中央官吏、鄉吏，還有雪哉和小梅一起啟程前往中央。

從垂冰的鄉長官邸騎馬到朝廷，距離並不會太長。一行人分別騎著馬，順利飛向中央。不過，以前可以輕鬆通過進入中央的關隘，如今充滿緊繃的氣氛，擠滿了人。這也是情有可原，因為想要離開北領的八咫烏，將關隘擠得水泄不通，身分查驗比之前更加嚴格，所以遲遲無法前進。

幸好是由鄉長和中央官吏帶隊，雪哉等一行人很迅速地通關，但其他旅人帶怨的視線令人感到有些可怕。許多旅人看起來都相當疲倦，關隘的看守也一臉憔悴地說：「**今天已經比昨天好很多了。**」北領發生的悲劇已傳回了中央，武裝士兵不時逮住強行插隊者，帶進旁邊搭建的帳篷內。

離開關隘後，雪哉和小梅向鄉長率領的一行人道別，他們打算先去小梅家拿妥東西後，再將馬送去皇太子居住的招陽宮。

皇太子的馬脾氣很暴躁，以前皇太子不在場，絕對不會讓雪哉騎，現下似乎察覺了事態異常，順從地載著雪哉和小梅，從關隘起飛出發。

「雪哉，我太驚訝了，沒想到你能出入皇太子殿下的宮殿。」小梅語帶佩服地說。

也許是在中央長大的關係，小梅正確理解了「把馬送去招陽宮」所代表的意義。

「是啊！以前在宮中當差時，曾經短期侍奉過皇太子殿下。」雪哉含糊地咕噥道。

「即使只有短期，能夠侍奉皇太子殿下也太了不起了。像我這種身分，一輩子都沒有機會呢！」小梅欽羨地歎息。「你哥哥說，只要你願意，完全可以留在中央。為什麼你要放棄這麼幸運的機會呢？」

雪哉聽了，有口難言地苦笑。

「……如果這稱為幸運，顯然是因為朝廷中並沒有對我而言的幸福吧！」

朝廷位於中央山內，中央山位於山內的中心。

這座山的北側至東側有一個巨大的湖泊，簡稱為「湖」。湖的周圍是市集，來自山內的物品都在此交易。出了北領的關隘後，就可瞧見那座湖，而小梅的家就位在湖的對岸。與進入朝廷的〈中央門〉剛好位在山兩側的相反位置，雪哉之前很少來這裡。

雪哉把馬寄放在湖邊的客棧後，跟在邁步走向家裡的小梅身後。

「這裡平時更熱鬧。」小梅走在舖著小石的路上，瞟了一眼路旁的客棧。「雖然有很多人投宿，卻完全聽不到談笑的聲音……」

「這也是情有可原。」

這一帶是來自北領的八咫烏最常投宿的地方，也許從他們口中得知了栖合事件的詳細情況，中央的八咫烏也都紛紛露出不安的神色。有些地方貼出了朝廷發布了詳細的布告，所以傳達的消息也比較正確。只是也許尚未產生危機感，所以還無法感受到像垂冰那般弩張劍拔的氣氛。

或許是因為熟悉的地方氣氛詭譎，小梅神情有點緊張。穿越幾條小巷後，走上並未整備完善的階梯時，她的腳步越來越快。

「小梅？」雪哉也跟著加快腳步疑惑地喚了一聲。

一臉緊張的小梅驚覺自己走太快，放慢了腳步。

「抱歉，我走太快了。我總覺得父親已經在家了，如果他還活著，絕對會先回家。」小梅無力地笑了笑。「我們曾經說好，在外走失時就先回家裡。」

雪哉什麼話都沒說，僅輕輕拍了拍小梅的肩膀。

「走吧！」

「好的。」

雪哉和小梅一起走在街上，很快來到一片只有零星住居的地區，這裡有許多樹木，只有幾棟直接建在山坡上的房子。

「那裡就是我家。」

順著小梅手指的方向望去，那是一棟感覺歷史悠久的老舊大房子。小梅說，因為家中有口水井，所以看起來很大，但實際居住的空間並不寬敞。

雪哉一邊聽著小梅的說明，一邊打量著那棟房子，驀然發現圍牆內有人影在移動。小梅可能也同時發現了，倒吸了一口氣，像脫兔般地衝了過去。明知不太可能，雪哉還是尾隨在後，一起跑到人影的面前。

那裡有三個男人，三個人都穿著方便行動的羽衣，綁著白色頭巾，目露凶光，一看就非善類。雪哉初步認為不可能是小梅的父親。

果然不出所料，小梅看到他們大吃一驚，顰眉走上前。

「你們是誰？在我家做什麼？」

「妳是治平的女兒嗎？」

「是又怎麼樣？你們先回答我的問題。」

三個人面對小梅咄咄逼人的態度，完全不為所動，其中最年長的男人向小梅伸出手。

「我們是受妳父親之託來到這裡！妳跟我們來！」

「受我父親之託？」

「對，沒錯。」

原本以為聽到父親的名字小梅會很激動，沒想到她格外冷靜，僅怔忡了片刻

「……你們真的認識我父親嗎？」她平靜地開口詢問。

「是啊！他託我們來接妳。」

「為什麼我父親不自己回來？」

「因為有一點狀況，之後會慢慢向妳說明。」

「有什麼樣的狀況？請你現在就說清楚，否則我不會離開這裡。」

小梅說話的同時，緩緩地向後退，自然地變成雪哉擋在小梅面前，面對那三個男人。

「請等一下，請問你們是誰？」

「哪裡冒出來的小鬼？不相干的人閃開。」那幾個男人氣勢洶洶地大喝道。

「我有義務保護她，不能將她交給身分不明的人。」雪哉盡可能有禮貌地回應。

「有義務保護她？」年長男人說完，深深皺起眉頭。

三個人默默交換眼神，仍舊沒有報上姓名。

「我父親向我下達此命令，他是朝廷賜予官位的宮烏。」

雖然他很排斥利用父親的身分狐假虎威，但事到如今，也顧不了那麼多。

眼前這三個人顯然不是宮烏的手下，最有可能是商人的保鑣，搞不好是谷間的無賴。無論是哪一種人，只要表明貴族身分，他們應該就會乖乖退縮。

沒想到他們聽了雪哉的話，非但沒有退縮，神情立刻倏沉。

「你說是宮烏？到底是哪裡的誰？」男人猝然粗聲問道。

「既然你沒有報上姓名，我也沒有義務回答。」雪哉不禁暗自吃驚。

「只要你乖乖說出來，我們就放過你。你們背後是誰？」

「恕我無可奉告。」

「死小鬼，別敬酒不吃吃罰酒！」

「既然你不說，我們會讓你乖乖吐實。你也一起來吧！」

對方將手伸了過來想要抓住雪哉，他敏捷地拍開那隻手，轉身用力踹向想要抓住小梅的

男人手臂，然後拉著被早被嚇呆的小梅，全力遁逃
「王八蛋！」
「別跑！」
雪哉根本無暇理會那幾個男人的咒罵，雖然察覺到他們追了上來，但只要跑到大街上，危機就可以暫時解除。
沒想到這時前方也出現了和那三個人相同打扮的八咫烏，雪哉驚覺不妙，旋即改變方向，慌忙逃往岔路，那裡竟然也出現了他們的同夥。
糟糕，被包圍了。他試圖讓小梅躲到背後，但追上來那三個男人的其中一人，蠻橫地抓住了小梅的後頸。
「幹什麼？快放開我！」在小梅驚駭欲絕的尖叫聲中，那些男人接連逼近。
雪哉身穿羽衣，他擺出防衛的姿勢。小梅穿著短胴，無法立刻變身。雪哉思考著是否該變成鳥形去求救。
「你們簡直膽大包天，雪哉是皇太子殿下的人！」
原本準備撲向雪哉的那幾個男人聽到這句話，訝異地停下動作，但臉上的表情並不是對

皇太子殿下的皇威感到害怕，而是聽到了出乎他們意料的名字，一時不知如何是好。

「皇太子？是日嗣之子嗎？」年長男人向小梅確認。

慘了！雪哉內心敲響了警鐘。

小梅豁出去了，拼了命的掙扎，她的嘴果然停不下來。

「對啊，雪哉是侍候日嗣之子‧皇太子殿下的宮烏！絕對無法原諒你們當街逞凶。趕快放開我！」

年長男子沉思了片刻，眼中閃過一絲詭異光芒。

「……放開她。」抓著小梅的男人聽到明確的命令，立刻鬆了手。

小梅雖然脫困了，但可能沒想到對方真的會放了她，一臉愣怔地站在原地。

「小鬼，你真的是皇太子手下的人嗎？」

「那你又是誰？」雪哉露出警戒的眼神瞪著發問男子。

雪哉表現出若對方不先說，自己也無意回答的態度，男人嘴角露出一抹深意的笑。

「你還真固執。我們是地下街的人，奉『鵄』的命令行動。」

「鵄……」

雪哉以前在中央侍奉皇太子時，曾經奉皇太子的命令在〈谷間〉打雜，因此知道〈地下街〉是統轄谷間各派系頭目住的地方，也多次聽過「鵄」這個名字。

「堂堂地下街的頭領，找她有什麼事？」

鵄在目前統轄〈谷間〉的所有頭目中，實力最雄厚，他可說是眾頭目的頭領，也是稀少在一般社會上露臉的八咫烏。

對方厲聲追問：「我已經按你的要求報上了名，你趕快回答我們的問題，到底是不是皇太子的手下？」

「……我的確曾經侍奉過皇太子，這是事實。」雪哉咬著嘴支吾其詞。

「原來如此，只要聽你這句話就夠了。」男人對包圍雪哉和小梅的人揮了揮手。「事已至此，已非我們能解決，那就先撤了。」

其他男人聽到這句話，很乾脆地轉身準備離開。

男人用嘹亮的聲音對著茫然的雪哉撂下最後一句話。

「鵄近期會和皇太子聯絡，希望皇太子在此之前想好破壞協議的藉口。」

當最後離開的男人也不見蹤影後，小梅就像繃緊的線突然斷掉般當場蹲了下來。

「小梅，妳知道谷間的人為什麼會來這裡嗎？協議又是什麼？」雪哉急切地問道。

「我怎麼會知道啦！」小梅情緒激動地大叫著。「他們說的目的，根本是信口雌黃，一定是來綁架我的。」

「綁架妳？」

「是啊，最近中央經常發生這種事，妙齡的女子突然失蹤。他們一定是聽說我父親下落不明，所以想把我賣去谷間。」小梅毫不掩飾內心的嫌惡，忍不住潸然淚下。「真是受夠了，為什麼這種倒楣事老是找上我？」

雪哉發現這樣無法解決問題，便扯著她的手臂，硬是把她拉了起來。

「我們走吧！」

「走？走去哪裡？」小梅抬起滿是淚痕的臉。

雪哉穩住情緒，冷靜地說：「按照原本的預定去招陽宮。既然妳剛才提到皇太子殿下的名諱，就必須去通知一下。」

「我也可以去嗎？」小梅突然露出興奮的表情。

「我也不知道。」雪哉老實地回答。「因為我無法判斷，反正我們先去附近，之後再聽從對方的指示。」

說句心裡話，包括剛才發生的事在內，雪哉更加無法信任小梅了。小梅似乎認為之前的爭執讓他們不打不成相與，但其實更加深雪哉對她的懷疑。

雖然他不願意讓可疑人物靠近皇太子，但事到如今，也無可奈何。

雪哉回到剛才寄馬的客棧，帶著小梅直奔山內眾的勤務處。

〈山內眾〉是山內最精銳的部隊，負責護衛宗家的大任。前往招陽宮之前，首先必須來此通報。

雪哉請山內眾代為通報後，得到了一如預期的回應——小梅暫時留在勤務處內，雪哉獨自前往招陽宮。雪哉請託認識的山內眾，千萬不要讓小梅離開視線，然後在山內眾的引導下，飛往皇太子的居所。

宮烏的住家都沿山壁而建，然而宗家居住的宮廷和成為政治中心的朝廷，則是挖空岩壁而建，位在山的內部。朝廷所在的那座山上，有一座像突出瘤般的岩山，招陽宮就是建在這座小岩山上的宮殿。

雪哉走上連結朝廷和招陽宮之間的石橋，從山腰湧出的瀑布濺出的水，噴潑在他身上，飛車在巨大的門扉周圍來來往往。

不久之前，這還是他每天所見的景象。當初離開時，以為再也不會見到了，沒想到短短兩個月，竟讓他心生懷念之情，同時也湧現出「又回來了」這種難以名狀的挫敗感。

「雪哉！」

聽到叫喚聲回頭一看，一名年輕男子邁著輕快的步伐從橋上走過來。

雖然以武人來說，他的身材略微矮小，但雪哉知道他身輕如燕，可以迅速飛跳踹倒敵人。他的皮膚曬得黝黑，平時笑起來像少年般的臉，此刻下顎緊繃，露出肅然的表情。他肩上威風地掛著銀色刺繡的懸帶，這是擔任日嗣之子護衛的證明。

他就是招陽宮唯一的護衛，也是皇太子兒時玩伴，山內眾的澄尾。

「澄尾。」

「事情我已經聽說了，先去向殿下報告吧！」

他們將馬交給了帶路的山內眾，來不及好好打招呼就進了門。

皇太子目前只使用建在正殿和渡廊之間的離殿。來到門前時，澄尾通報了一聲。

「殿下，我帶雪哉來了。」

「進來。」

澄尾聽到回應後打開了門，雪哉看到一個坐在書桌前的背影。

前方的窗戶敞開著，窗外照進來的柔和光線中，浮現了黑色的背影。那個背影在單衣外披了一件淡紫色薄衣，一頭黑髮隨意綁在後頸，勾勒出優美的弧度。

「你終於來了。」對男人來說略微高亢的聲音，毅然響亮。

雪哉有一種強烈的既視感，下一瞬間，霎時目瞪口呆。不過，轉過頭的「皇太子殿下」完全不理會他的震驚，動作自然地舉起一隻手。

「雪哉，好久不見，最近還好嗎？」

此人說話時，嘴角露出了在皇太子本尊臉上，不可能瞧見的嘲諷笑容。富有韌性和光澤的黑髮，清秀的五官，氣宇軒昂，讓人感覺有點嚴厲的美貌中，露出了調皮的笑容。暗黑色秋波和紅唇雖比本尊略微性感，但即使是曾經多次見面的人，遠觀時必定會受騙上當。

「濱木綿皇太子妃？」

雪哉錯愕地叫著不久之前成為皇太子正宮的名諱，對方驀然放聲大笑。

濱木綿繼續調侃著他。「你在胡說什麼啊！在你面前的可是是你的前主人，皇太子殿下。這麼久不見，怎麼也不打聲招呼？」

「好久不見……但您在這裡沒關係嗎？」

雪哉一臉茫然，滿頭霧水，小心翼翼地在濱木綿面前坐了下來。

照理說，皇太子妃濱木綿應該在自身掌管的櫻花宮殿內，雪哉覺得她出現在這裡，絕對有什麼事要發生。

「你別露出那樣的表情，只有現在能夠這樣亂來啊！」濱木綿挑起單側眉毛揶揄道。

這不是重點！可能察覺到雪哉內心無聲的責難，剛才一臉複雜、始終沒有說話的澄尾，略帶疲憊地開口。

「你放心，至少並未去公開的場合。」

「我只是白天在招陽宮處理雜事，晚上就會回櫻花宮。也因此之故，眾人都說阿斗皇太子娶妻之後穩重多了。」

雪哉見濱木綿嫻熟的樣子，不由得感到暈眩。

可怕的是，這位身材高挑的太子妃穿著男裝時，的確和皇太子殿下難辨真偽。雖然他們的五官、身材完全不同，但兩人散發的氣質很相似。

雪哉完全猜不透，為何會想到利用皇太子妃來當替身。

「如果被朝廷的人知道，可不止是叫皇太子妃阿斗而已……」

「只要不被發現不就得了。」濱木綿理直氣壯地說。

雪哉無奈地想，**這對夫妻連內心都很像**。然而，既然眼前是皇太子殿下的分身，那麼本尊去了哪裡？

濱木綿聽了他的問題，滿腹的不滿。

「發生了這樣的緊急事態，他怎麼可能乖乖留在宮裡？他要我留在宮中看家，自己跑去北領了。」

「去、了、北、領！」**竟然擦身而過！**雪哉顯得驚慌失措。

濱木綿露出大膽無畏的笑容。

「你放心，我大致知道他在哪裡，有緊急狀況時，也能立刻與他聯絡。不過，你得先把事情的始末告訴我，我當皇太子的替身可不是當假的。」

雪哉聽到她這麼誇口，便簡短向她說明了在小梅家發生的事。

「鵄……地下街的頭領出面倒是很難得。」

「而且正值目前這個時期，到底該怎麼判斷這件事？」

澄尾和濱木綿聽完雪哉的話之後，一起陷入了沉思。

「請問，他們說的協議是怎麼回事？」雪哉終於忍不住探問。

濱木綿搔著臉頰沉思了半晌，爽快地開口陳述。

「應該是指，谷間和上一代代理金烏之間建立的互不侵犯密約。」

也就是上一代的代理金烏，和當時的地下街頭領之間的約定。

以前的谷間是無法地帶，毫無章法。數十年前，當上一代的代理金烏打算大刀闊斧治理時，谷間發生了重大的改革。

「目前所見的谷間，就是在那個時期進行了重組，現下由『鵄』掌控地下街。他的上一代是一個傳說中的人物，被稱為『地下街之王』。他毫不留情地解散了流氓無賴的集團，重新進行改組，將那些聚集的莽漢，變成有獨自規章的自治組織。」

上一代代理金烏原本認為烏合之眾很好對付，沒想到谷間的改革令人驚訝。若是出手不慎，可能會遭到慘痛報復，朝廷打算整頓的事情，谷間都會搶先一步自律處理。最後，正常社會和地下社會各自為政，互不干涉，朝廷也失去了整治谷間的必要性。

代理金烏和地下街之王達成了協議，只要雙方維持現狀，就不會出手干涉對方，只是這個協議並未對外公開。

「被稱為地下街之王的男人，名叫『朔』。」

「朔……」雪哉重覆著澄尾告訴他的名字。

「谷間的人帶著敬意稱他為『朔王』，鵄只是朔王從小栽培的部下。不光是鵄，目前在谷間赫赫有名的頭領，應該都受過朔王的薰陶。」

濱木綿咂著嘴說：「那個叫小梅的父親，可能做了什麼事，惹怒了地下街的人，所以打算派人教訓他。結果小梅提到了皇太子的名諱，將事情給鬧大了。」

小梅的失言，讓皇太子遭了池魚之殃。

「濱木綿皇太子妃，以我的直覺，總覺得小梅好像隱瞞了什麼，只是她總是裝傻，所以我猜不出她到底遮掩了什麼？」

「女人或多或少都有一些秘密。」

「濱木綿皇太子妃！」

雪哉原本想叫她不要開玩笑，卻發現濱木綿眼眸深沉銳利，立刻噤了聲。

「……她是遭到巨猿攻擊的村莊內唯一倖存的少女，她的父親又被地下街的人盯上。如果認為這只是偶然，我就沒臉見我的夫君了。」

濱木綿厲聲下令，立刻將那個叫小梅的帶來這裡。

「等一下聯絡真赭薄，把她安排在櫻花宮做事，讓真赭薄監督她。」

真赭薄是濱木綿手下的女官之長。

「要讓她進宮嗎？」澄尾擔憂的問道。

濱木綿不為所動。「當然要把可疑的人留在近處啊！目前缺乏線索，先拉籠她，然後嚴密監視，這樣的結果應該更理想。雖然不知道這個女孩在想什麼，光是保護她不被地下街的人帶走，就可以讓她成為我們手上的好牌。雪哉！」

「是！」雪哉聽到濱木綿叫喊他的名字，不由得挺直了背脊。

「你即刻前往北領。」濱木綿命令道。

「北領？去找皇太子殿下嗎？」

「雖然因誤會而起，但能夠和地下街的人接觸，算是很幸運。」

地下街的人應該很快就會要求會談，如果皇太子不在，根本無法成事。

「鄉長那裡我會派人去說明情況，你去將皇太子叫回來。」

「遵命。」

「這個給你，下次就不必請山內眾傳話，直接進來這裡就行了。」

濱木綿交給他一條代表是皇太子近臣的紫色懸帶，上面有銀色的刺繡。

當時雪哉離開朝廷時，這條懸帶已交還給皇太子。用火炭熨斗燙過之後，可能沒有其他人使用過，和他當初歸還時一樣，折得整整齊齊。

他抬頭看向濱木綿的臉，濱木綿促狹地笑了笑。

「雪哉，歡迎你回來朝廷。那就下去做事吧！」

第三章　藤箭

雪哉在北領時雨鄉鄉長官邸附近的山寺，等待皇太子。

『只要你去，他必定會來找你。』不出濱木綿所料，雪哉抵達山寺不到半個時辰，皇太子就出現了。他沒想到雪哉會出現在這裡，一時有些愣怔，待聽完事情的來龍去脈後，立刻掌握了狀況。

「原來是這樣，那調查完這裡之後，就先回中央一趟。」

「調查嗎？」

「對，我有事要確認。既然來到這裡，也不會耗費太多時間，那就趕快搞定。」

話音剛落，他便走向山寺深處用圍牆圍起的角落。

皇太子想要調查的，是山寺圍起來保護的神聖，也是禁止外人進入的場所。所有山寺都祭祀山神，在山寺服務的神官都是神祇官之長〈白烏〉手下的官人。

年輕的神官滿臉不知所措地勸阻：「**最好別這麼做！**」但瞭解皇太子秉性的年長神官，只是默默地向他躬身一揖。

「因為這裡是神聖的地方，所以神官才那樣拼命阻止吧？」雪哉機靈地跟在皇太子身後進入了圍牆內，他看著走在自己前面的背影，忍不住提出疑問。「雖然我已經跟進來了，但我進來真的沒有關係嗎？」

「沒問題。」皇太子乾脆俐落地回答，邁著堅定的步伐，走進夜晚的森林。「因為山寺的禁域並不是神聖的地方。」

「嗄？是這樣嗎？」

「對，只是不慎靠近會很危險。」

咦？他好像說了很重要的話。雪哉不禁停下腳步，就在此時，他突然感到不太對勁。

雖然眼前所見的一切並無異常，但在行走時整個人會有點不穩，明明走在堅硬的石頭路上，卻有種輕飄飄的感覺，好像踩在雲上……而且風中隱約有股奇特的氣味……

那是以前從來不曾嗅聞過的香氣，雖然不難聞，卻讓人躁動不安。就好像明明沒有風，樹木卻微微顫動……視野好像是兩個畫面疊在一起般的抖動著。

有哪裡不對勁？

「……殿下，請留步！」

「怎麼了？」

「我感覺不太舒服。」

那種感覺就像是空腹時猛喝烈酒，不，即使這樣，也不會產生這種酩酊大醉的感覺。

走在前面的皇太子停了下來，轉頭看向他，露出擔憂的神色。

「你看起來很不舒服，稍微退後一點，別走到我前面。」說完，他打開隨身的包裹，從裡面拿出了一把弓，熟練地裝上了弓弦。

皇太子帶來的弓明顯和北領及中央使用的弓箭不同。武人使用的弓箭，都出自工匠之手，經過細心加工。但皇太子手上的弓，是用樹枝做的，握把的部分纏繞著看起像是剛摘下的藤蔓，無法想像可以實際使用，而且他從箭壺中抽出來的箭，箭頭竟然是石頭。

就在雪哉感到有些不知所措時，皇太子已經確認了兩、三次裝上弓弦後的狀態，並將箭放於弦上，瞄準了空無一物的空間。

皇太子瞇起眼，眼神轉為銳利，在充滿緊張的瞬間，只聽到咻的一聲悶響，箭朝向半空射了出去。原以為箭會掉落在地上，沒想到那支箭完全打破雪哉的預想及常識，就這樣直直地刺進空無一物的空間中。懸在空中的箭，簡直就像扎進了什麼肉眼看不到的東西。

雪哉茫然地看著眼前的一切，好半晌，猝然有什麼東西從用乾藤蔓作為綁線固定箭頭的部分，不斷冒了出來，定神一看，那是一大片滋潤的綠色嫩芽。

一切在轉眼之間發生了變化。藤的嫩芽變成了藤蔓，然後又發出新芽，淡黃綠色的柔軟新芽很快轉變成深綠色的葉子。蜿蜒的藤蔓發出咻嚕咻嚕的聲響，沿著空氣不斷攀爬，向四面八方延伸。

那裡似乎有一道透明牆。正當雪哉這麼想，藤蔓生長的地方出現了棕色泥土，而剛才看起來長滿雜草的地方，出現了一道土牆。

他慌忙環顧周圍，隱約看到陡峭的斷崖輪廓。從皇太子射出的箭長出來的藤蔓，攀滿了另一側的透明土牆。藤蔓鬈曲的前端，長出了綠色花芽，花苞漸漸長大，在花開的瞬間，立刻瀰漫著甘甜的香氣，周圍的空氣頓時變得清澈起來。

剛才還如同氤氳般的土牆，這時有了明確的實體。前一刻還是長滿雜樹的空間，已經變成了綻滿紫藤、必須抬頭仰望的山崖。

皇太子仔細觀察著藤蔓生長的情況，確認綻開出紫藤花後，心滿意足地點了點頭，旋即轉頭看向雪哉。

「現在感覺怎麼樣？」

被皇太子一問，雪哉這才發現，不久前那種好像喝醉酒的感覺消失了。

不過，這些事現在都不重要，因為他無法相信適才看到的那一幕。

「這是怎麼回事？」雪哉頻頻輪流看著滿開紫藤的山崖和皇太子的臉。「發生了什麼事？您到底做了什麼？」

皇太子察覺到雪哉的慌亂，語氣平靜地仔細向他說明。

「我只是把山內的破洞補起來而已。」

〈山內〉，顧名思義就是「山的內側」，山內的境界當然與山外相連接。山的內側和外側交界的邊境，稱為〈山邊〉，通常讓人無法靠近。據皇太子所言，在八咫烏居住的附近，也會出現和外側相接的部分，那些地方猶如陷阱一般。

「那就是破洞。破洞和山邊一樣，一旦八咫烏從那裡走出去，就無法再回到山內。」

由於十分危險，才會在有破洞的地方設置山寺，不讓任何人進入。

「……我在山內生活了十五年，第一次知道這種事。」雪哉無力地嘟囔著。

「這不能怪你。」皇太子語氣輕快地說：「因為並不是每個人都像你那麼熱愛故鄉。以前曾經有八咫烏嚮往外界，主動飛進破洞。」

如果沒有經過正式程序，擅自闖入外側，八咫烏將不再是八咫烏，會變成兩隻腳的鳥，一輩子成為兩足鳥在外界生活。然而，這是在山內與外界正式展開的貿易後，才瞭解到的狀況。朝廷也明白八咫烏硬闖外界的末路，因此在神官之長〈白烏〉的主導下，改善了對「破洞」的鬆散管理，採取了目前的方式。

「目前的山內採取了易出難入的構造，之前一直堅信這樣完全沒有問題，當然，也有像我這樣的例外。我原本猜想，也許猿猴是從山邊，或是山的破洞闖進來……」

皇太子滿臉困惑不解地思忖著。

「不是這樣嗎？」雪哉用力吞了一下口水後，吶吶問道。

「我也不太清楚。」

皇太子認為那些巨猿並不像他那樣，而是更像普通的八咫烏，他懷疑山邊或是破洞處是否有異常，於是四處查訪，同時修補山的破洞。

「破洞看起來都比之前大，但破洞的性質本身並沒有變化。只要射箭就可以修補，沒辦法從外側進入的構造也沒有改變。因此，無法想像猿猴是從破洞進入山內。」

皇太子歪著頭，臉上帶著一絲陰鬱。

「您說『修補破洞』是什麼意思？」

「就是字面上的意思。所謂破洞，就是保護山內結界變弱的部分，說是陷阱更為恰當。剛才只是暫時的處置，還得在陷阱上蓋上木板，補強結界，讓破洞恢復原本山內的狀態。」

「……有辦法做到嗎？」

「其他八咫烏不行，但我可以。」

「因為您是真金烏嗎？」

「你應該也聽說過真金烏的傳說吧？」

〈真金烏〉即使在夜晚也可以變身；可以讓枯木生花；持杖戳地時，會湧出泉水。〈真金烏〉具備了真正統治者必要的一切。此外，還可以從山邊自由出入外界，也能修補山內裂開的破洞。

「雖然你認為真金烏只是為了主張宗家正統性的說詞，但那些並不是民間傳說，幾乎都是事實。」皇太子冷然端肅地解釋道。「朝廷的那些明爭暗鬥，並不是金烏的本分。當然，從守護八咫烏角度來看，這也是必要的部分。不過，金烏真正的本分，是保護八咫烏。」

嚴格來說，金烏並不擅長權力鬥爭。

「金烏、真金烏到底是什麼？」

雪哉啞然無言，有些不知所措，他覺得原本熟悉的皇太子突然好像變成了陌生人。

「金烏乃所有八咫烏之父、之母。」皇太子看著感到無措的雪哉，唐突地吟詠起來。「任何時候，都必須帶著慈愛出現在子民面前。無論面臨任何困難，都必須守護子民，教導子民。金烏乃所有八咫烏之長。」

雪哉立刻知道，那是《大山大綱》中的內容，也是山內的根本，規定山內綱要的大典。而皇太子剛才吟詠的，是最有名的第一節。

「這就是真金烏的一切，我只能這麼說。」

皇太子面露難色，頗具深意地說完，轉過了身。

他們連夜策馬飛回到了中央，等待他們的是早已料到的最壞消息。

「奈月彥，你回來了。之前的預測，不幸給你說中了。」

濱木綿一看到夫君回到招陽宮，立刻向他報告。

「果然還有嗎？」皇太子眉頭深鎖，面色凝重。

「是的。但這次不是村莊，而是一戶人家，所以沒有及時發現。」

在栖合以外的地區，也發現了遭到食人猿殘殺的災害。地點位在北領的風卷鄉，位在舊街道盡頭的一戶住家，距離名叫佐座木的村莊有一小段距離。

比對戶籍後發現，應該有五個人遇害，現場只留下數具屍骨，和無數的血跡。距離發現已經有一段時日，前往現場的人認為，應該是將近一個月前遭到襲擊。

「現場有沒有留下什麼線索？」

「馬廄裡的馬還在。」

由於那匹馬無法離開被綁著的地方，最後都活活餓死了，但馬的屍體上沒有發現任何遭到食人猿攻擊的傷痕。

「中央已派了調查團前往，正進行詳細的分析，可能再一天就會有較完整的報告。」

風卷鄉就位在垂冰鄉旁。雪哉面無血色。

「……北領果然有可以從外界闖入的途徑嗎？」

雖然皇太子曾說：『我不認為來自山邊和破洞。』但是兩個地點在地理位置上的巧合，卻也讓雪哉擔憂了起來。更何況破洞的確變大了，也許真的跟猿猴闖入有關。

皇太子瞥了一眼滿臉憂心忡忡的雪哉，沉思片刻後，轉頭看向澄尾。

「等確認真相後再來思考。」

「雪哉應該已經告訴你了……」澄尾說完，遞上了手上的書信盒。「這是地下街的人送來的信。」

「什麼時候的事？」

「昨天晚上。應該是聽到您的名諱後，立刻動手寫的。地下街的那幫人，行動還是這麼迅速。」

皇太子接過信，發現一如預期，對方要求直接與面談，寄信人果然是鵄。

「地下街的事和小梅的父親有關。」濱木綿面色凝重地說明，她派人調查了小梅周圍的情況。「我也直接見過小梅，和她談過話，與周圍人的證詞並沒有明顯的出入。」

小梅的父親原本是中央的賣水郎。

「賣水郎是什麼？」這個陌生的名稱，雪哉還是頭一遭兒聽到。

澄尾大感意外地說：「你不知道嗎？中央有些地方可以汲取到特別營養的水。擁有汲水場，然後把水賣給人家的，就是賣水郎。」

雪哉終於恍然大悟，卻覺得好像被騙了，不悅地大叫起來。

「這種水在地方上都被稱為『藥』，並以〈樂泉水〉這個名稱在市面上販賣。原來那只是普通的水啊！」

「那並不是普通的水。」澄尾不禁搖頭苦笑。「我剛才不是說了？那些是特別營養的水，聽說可以治百病，也可以成為植物肥料，這些推銷說詞並非謊言。因為這是做無本生意，所以賣水郎可說是無本萬利。」

「原來是這樣。」雪哉眼露佩服之色。

一旁的濱木綿將話題拉回了正軌。

「小梅家有一口會湧出樂泉水的水井，世世代代皆守著那口井，沒想到那口井到了他父親這一代竟然乾涸了。」

原本靠水井的生意，當然就做不下去了，下人也紛紛求去。她的父親眼看家業漸漸沒落，起初還很慌忙無措，想試著東山再起，後來也心灰意冷了。

「直到最近，他才在小梅的激勵下做行賈，吃了不少苦頭。好不容易終於適應了普通的生意，沒想到就發生了這次的事件。小梅歎息說，自己的運氣真的很差！」

雖然多次詢問和地下街之間有什麼關連？小梅還是表示完全不瞭解，最有可能的就是父親自暴自棄期間，曾經出入谷間的賭場，不知道是不是在那裡闖了什麼禍？

「這些都是向她周圍的人打聽到的。」

由於小梅的父親胡作非為，母親受不了而離家出走，之後小梅便到湖畔的店家工作養家，但父親所引發的問題，也讓她被東家解雇了。有人曾經多次看到小梅哭著跑去酒館，將喝醉酒的父親帶回家。

原來如此，小梅說自己吃了很多苦，並不是說謊。

「目前小梅在哪裡？」

「她在真赭薄手下做事。」

小梅十分嚮往宮中，欣然答應在宮廷幫忙一事。那是她一心嚮往的地方，所以到目前為止，都很認真在工作。

「雪哉和真赭薄都說了相同的話，她雖然沒有說謊，但好像隱瞞了什麼。不過，她看起來並沒有心虛的樣子，不知道是何種程度的秘密。」

「這樣啊——」皇太子聽了濱木綿的話之後，摸著下巴思忖著。

和地下街之間的事，尚不知與小梅的父親是否有什麼關連，照理說，可以直接說明是「誤會」，和皇太子毫無關係，不需要接受地下街提出會面的要求。

不過，皇太子似乎有其他的想法……

「……我懷疑小梅的父親可能碰觸到地下街和外界相關的秘密，你們認為呢？」

「啊！」濱木綿和澄尾不約而同地驚叫起來。

「原來如此，〈第三道門〉！」

「並非沒有可能。」

他們立刻心領神會。

「對不起，請問〈第三道門〉是什麼？」

雪哉又茫然不解了，雖然他覺得自己從昨天開始就一直在發問，現在還是忍不住再次插嘴，這次由皇太子親自向他說明。

「山內有兩道與外界交流的門。」

所謂的「門」，與透過山邊或是破洞前往外界不同，而是八咫烏維持八咫烏的樣貌，前往外界的出口，同時也是外部進入山內的入口。

「其中一道門稱為〈禁門〉，目前已封鎖，無法使用。」

金烏的宮殿深處，位在山的中心，往禁域的山頂附近有一道門，據說那道門可以通往山外。但這數十年從未打開過，所以真假難辨。

那道門之所以沒有打開，是因為上了鎖，傳說只有真金烏出生時，門鎖才會打開。當皇太子出生時，那道門鎖確實曾經打開過，因此白烏承認皇太子為真金烏。

奇怪的是，雖然門鎖打開了，但那道門目前仍然緊閉著。白烏承認皇太子是真金烏，卻無法說明那道門無法打開的理由，目前正傷透腦筋。

「第二道門是〈朱雀門〉。既然〈禁門〉目前無法使用，這也成為山內唯一的一道『門』。」

現在是透過〈朱雀門〉和外界交易。〈守禮省〉負責管轄透過這道門和天狗的交易，以及外交事務，由歷任南家家主擔任守禮省之長。

山內的鐵和鹽需要仰賴進口，這些物資的輸入，就交由守禮省來處理，而〈朱雀門〉是和外界交流的唯一窗口，也由守禮省負責管理。照理說，這些物資的價格應該保持公正，但在上代代理金烏時，鐵和鹽的價格一度暴跌，引發了山內經濟的大混亂。

「當時，大量低價的鐵和鹽突然在城外流通。南家的進口量適當，未見買斷行為，〈禁門〉也早已鎖住，顯然是有人非透過門，獨自從外界進口這些物資，以低價拋售。」

朝廷全力追查此事，但最後仍然真相不明。

「之後便未再發生同樣的事件。於是便得出一個結論，認為是有人一下子拋售了囤積多年的鐵和鹽。」

當年議論紛紛——是否有〈朱雀門〉以外的其他「門」存在？

「尚不知到底是否存在？不過，未經確認的門，指得就是〈第三道門〉。」

雖然那次之後，並無明顯的動向，但至今仍然會有小規模的價格跌落現象，而且這種時候在市面上出現的鐵和鹽，都並非正規品。

「接下來的話，即使不需要我說，你應該也知道了。」

「……〈第三道門〉掌握在地下街那些人的手上嗎？」

「至少我這麼認為。」

此外，那些巨猿應該來自山內之外，〈第三道門〉非常有可能成為食人猿闖入的途徑。

「〈第三道門〉或許在北領的某個地方，只是朝廷尚未發現罷了。」

小梅的父親在出入谷間時，因某個機緣發現了〈第三道門〉，更因為用和谷間的人不同的方式啟動了那道門，導致巨猿進入山內，所以地下街的那些頭領，都拼了命想要找到小梅的父親……

「我認為完全有這個可能。」

「雖然對方因誤會而提出會談的要求，但也是十分僥倖。」

「沒有理由拒絕，一定要赴約。」

也許可以利用這個機會掌握巨猿的闖入途徑，研擬出對策。

〈第三道門〉牽扯出很多利益，所以地下街的人應該不願透露相關內幕。不過，這事關乎可能對山內也會造成威脅的巨猿，情況可能又不一樣了。

皇太子打算前往赴約，正與濱木綿商討對策。

「等一下，你打算親自前往嗎？」澄尾乍然插嘴問道。

「當然。」聽皇太子的語氣，似乎納悶他怎麼會問這種問題？

「他們要你前去的是地下街。谷間的話，即使退一百步也沒有問題；若是去地下街，只有我一名護衛，恐怕難以勝任。」澄尾面露難色，低聲沉吟。「若派遣山內眾，就不可能完全向朝廷保密了。」

基本上，谷間和宗家之間是非正式的關係，一旦動用山眾內一事公開，也會有麻煩。

「那這次就透過皇兄，借助路近的力量吧！他應該有許多優秀的手下。」

路近是皇太子兄長的護衛，是名相當優秀的武人。路近向來明言不諱：『**我只聽長束的命令！**』一旦要借助他的力量，就必須透過長束。

澄尾對於我行我素的路近並無好感，但在眼前的情況也別無他法。雖然澄尾露出了凝重的神情，但在聽了皇太子的建議後，還是點了點頭。

「……好，那我先連絡長束親王，向路近借兵。」

雖然山內眾在招陽宮周圍戒備著，澄尾還是要求雪哉也留在皇太子身邊待命，然後獨自先行離開。

「即使我在這裡，也幫不上什麼忙。」

雖然雪哉是武家出身，但如果政敵真的想要對皇太子下手，他根本幫不上忙。更何況以皇太子的實力，完全不需要護衛，只不過現實可能並不允許。

「目前發生了這種緊急事態，我相信沒有人有閒工夫會來攻擊。只不過萬一有其他狀況，奈月彥單槍匹馬恐怕也難以招架，你就忍耐一下。」

「皇太子殿下還是這麼沒有人緣啊！」

皇太子身邊只有一名護衛，這種情況實在太異常了。雖然大家都認定是皇太子不合群，但其實不然，如果不是值得信賴的人，皇太子的生命反而會有危險。

眾所周知，皇太子是在優秀的兄長退位後，才得以成為日嗣之子。雖然長束很願意讓位，但那些試圖藉由擁護長束進而掌權的人，無法輕易接受。當面反抗的都不算是狠角色，想要取皇太子性命的人多如牛毛。

皇太子之前擔心自己繼續留在宮中會遭到暗殺，因此在長束做好接納他即位的準備之前，他都以遊學之名，逃往外界，去年才終於得以回宮。雖然值得信賴的人脈逐漸累積，但人手仍舊嚴重不足。

濱木綿和皇太子正在交換外出期間的情報，雪哉也處理了一些雜務。

不一會兒，澄尾帶著長束和路近回來了。

動作真快啊！雪哉正在這麼想時，衝進房間的男人劈頭怒斥著皇太子。

「奈月彥！你瘋了嗎？」震耳欲聾的咆哮聲，吼得雪哉縮起了脖子。

走在最前面的是長束，他一頭黑髮披在肩上，代表出家的袈裟外，披了一件素色布衣。

他的五官輪廓深刻，氣質爾雅，很有粗獷的男人味。此刻的他卻臉色蒼白，簡直就像鬼魂一般，他的身材和清瘦的皇太子不同，體格魁梧壯碩，情緒激動時，看起來更加高大。

劈頭就挨了罵的皇太子，一臉錯愕地抬頭看著皇兄。

「怎麼了？你在氣什麼？」

「我怎麼可能不生氣！」長束暴怒叱責，匆匆脫了鞋子，膝行靠近皇太子身旁。「我聽澄尾說了，你打算去地下街？」

「對。」

「聽我一句話，不要去，那裡太危險了。」長束曉以大義地規勸道。

「你才別開玩笑了。我多次想與對方接觸，都遭到拒絕，這次是地下街的人叫我去，怎麼能夠錯過這個機會？」皇太子不滿地看著他，心意已決。「如果只是仰賴朝廷的調查，永遠都無法得知猿猴闖入的途徑。既然發現了可能性，就沒什麼好猶豫的。」

「這些情況我當然很清楚。我要說的是，如果你死了，這一切都失去意義了！」

長束斬釘截鐵地斷言，然後在皇太子面前正襟危坐。

「奈月彥，你聽我說。之前你去谷間，我沒有阻攔，是因為你用了假名，而且如果只是去谷間，威脅並不大。但這次的情況不同，對方知道你是宗家的日嗣之子，還叫你去他們的地盤地下街。如果你在那裡有什麼三長兩短，我們就徹底完了。」

掌管谷間的幹部都住在地下街，那裡的人個個都不好惹。貴族可以去谷間，但幾乎禁止進入地下街。即使去了那裡，也無法保證能夠平安離開。

長束語氣轉為懇求諫勸。

「拜託你回心轉意。猿猴闖入這件事的確出乎意料，但早就料到遲早會有這麼一天。既然這樣，你應該很清楚，若你死了，將會造成動盪；如果你變成人質，朝廷更無法採取行動。你明知有這樣的危險，仍然執意要去地下街嗎？」

皇太子深邃銳利的黑眸，堅定地看著兄長。

「他們指名要我去。既然上一代代理金烏曾經與他們達成協議，就代表代理金烏也親自出馬過。如果我不去，對方必定無法接受。」

長束看著皇弟不妥協的神情，知道他無意退讓，把原本已到喉嚨口的話，又吞了回去。

「看來……我無論說什麼都無濟於事……」

他垂首緊閉著雙眼，沉默片刻後，悵然地歎了一口氣，再次抬起頭時，臉上的表情已和前一刻完全不同。

「路近。」

長束的護衛原本站在門口旁觀，一聽到長束的叫喚，便以迅雷不及掩耳之勢拔出了刀，其三名手下也衝了進來，同時把刀架在皇太子的脖子上。

雪哉被眼前的景象驚嚇到，正準備站起來時，耳邊傳來路近喝斥聲：「不許動！」他僵在原地。「一旦抵抗，我會真的砍人。」

「路近！」

「長束親王下令，只要留下活口，即使犧牲一條手臂或是一條腿也是情非得已。你們該不會天真地認為我下不了手吧？」

皇太子輕蹙著眉宇，雪哉忐忑地猛吞口水。

路近剽悍異常的外形一如往常，強悍勇猛、目中無人的樣貌，根本不像是黑色烏鴉，簡直就像是在天空飛翔、四處找尋獵物的大型猛禽。

長束在宮烏中身材算是高大的，他比長束更高，而且手長腳長，即使隔著繡了花俏刺繡的厚衣，仍然可看到他一身飽滿強健的肌肉。他有一雙炯炯大眼，隨意綁起的頭髮，就像在原野上奔跑的孩子般凌亂。

路近原本是擁護長束的南家宮烏，不知何故，他拋棄了高貴的身分，成為長束的護衛。他特立獨行，平時就揚言，自己毫不關心皇太子的安危，只要他願意，絕對會說到做到。

雪哉一時以為他對皇太子有叛意，內心捏了一把冷汗，但情況似乎不對勁……守在周圍的路近手下雖然拿著刀，完全沒有要襲擊的跡象。

路近皺起他的鷹鉤鼻子，猙獰地斜勾嘴角。

「說句心裡話，如果你真心希望會談成功，就去地下街吧！反正被殺被剮都不關我的事。只是既然長束親王有令，我就無法袖手旁觀了。」路近說完，放下了刀，動作誇張地攤開了雙手。「你就乖乖打消去地下街的念頭，否則我真的必須對你動手。反正只要你的命還任，長束親王就沒意見。」

長束態度強硬，不妥協地附和道：「沒錯，奈月彥，即使你斷手斷腳，我也有義務要保護真金烏，即便可能傷害你的是你自己也一樣。」

「澄尾，你支持哪一方？」皇太子面露不悅，朝向自己的護衛求解。

在門口垂首閉目的澄尾，用力把頭轉到一旁。

「……奈月彥，對不起，這次我也贊成長束親王，你不該去。」

濱木綿冷靜地看著眼前一連串事態的發展，無奈地托腮坐在書桌前。

「你們不相信金烏的判斷嗎？」

「當然相信。」長束意外地反駁了濱木綿。「只是他的直覺對這方面的危險，完全無法發揮作用。」

「你這麼說的確有道理。」濱木綿似乎表示投降。

皇太子從濱木綿身上移開視線，轉而看向皇兄。

「但地下街的人不可能善罷甘休，你有什麼打算？」

信上明確寫著『**皇太子來此會談**』，當然不可能拒絕會談。若是隨意找人代理，非但無法談判，甚至可能導致決定性的對立。

「我去。」長束毫不猶豫地做出決定。

除了路近和長束本人以外，在場的所有人都對長束堅決果斷的態度感到意外。

「……你是認真的嗎？」皇太子半信半疑地問道。

「我會負起阻止你前往的責任。」長束平靜地再次強調。「我不會錯過地下街的線索，更何況宗家的直系嫡長子前往，應該不至於不夠分量。」

皇太子欲言又止了半天，猶豫了一下，旋即歎了口氣閉上嘴。

長束可能認為這件事已經談妥了，轉頭看著雪哉。

「雪哉。」

惶恐地看著這一切的雪哉，聽見自己的名字時，嚇了一跳。

「什、什麼事？」

「我有事相托。」

雪哉見他如此鄭重其事，已經猜到了幾分，心陡然一涼，收斂起驚愕表情。

「……請問是什麼事？」雪哉警戒地探問。

「我希望你以北家家主孫子的身分，一同前往地下街。」宗家嫡長子坦率地說。

「皇兄！」皇太子語帶責備地警告，長束並沒有退縮。

雪哉看著長束挑釁的表情，一時說不出話來。

目前的朝廷有可以根據血緣關係決定官位的〈蔭位制〉，除非雪哉本人要求，否則不會反映在他的官職上。以資格來說，雪哉具有和北家家主直系孫子幾乎相同的地位。

不過，雪哉特別討厭別人把他視為北家的人。因為在垂冰生活時，自己身上流著的高貴血液帶給他很多不利，從出生到現在，只會造成他的麻煩。他之前侍奉皇太子時，曾經和長束有交流，長束應該很清楚這件事。

「我們面對的是地下街那幫人，手上的好牌實在太少了。」長束停頓了一下，看見雪哉默然不語，不知道想到了什麼，又補充道：「按照目前的狀況，顯然不可能進行合乎情理的談判。然而，一旦你與我同行，情況就不一樣了。地下街那些傢伙最警戒的並不是我們宗家的宮烏，而是掌握了兵權的大將軍玄哉公。」

雪哉聽到長束暗示他祖父是地下街的人最害怕的對象，露出了嘲諷的笑容。

「……您要我主動去當人質？」

「我不否認。」

雪哉神情譏諷地看著眼前的男人。

「雖然這麼說很失禮，但這種想法太卑鄙無恥了，難以想像是出自宗家嫡長子之口。」

「你怎麼說都無所謂，我的想法是不會改變的。」

長束毫無怯色，在他身上已經完全感受不到，以前那種受到良心譴責的罪惡感。

「不過，你和我想要保護的東西，在本質上是相同的。」

長束主張，保護真金烏和保護山內是同一件事。

「把你作為談判籌碼所獲得的線索，將可以拯救你的故鄉。還是對你來說，自己的矜持比故鄉更重要？」

這句話確實對雪哉發揮了激將作用——一旦成為人質，不知道地下街的人會對他做什麼，而且朝廷也未必會關心他的安危。他只是具有地下街的人認為有資格成為人質的身分，在緊要關頭是可以被捨棄的宮烏。

長束只是基於這個理由選中了自己。然而，即使清楚瞭解這一點，雪哉除了接受長束的挑釁，沒有其他的選擇。因為若猿猴闖入途徑的〈第三道門〉在北領的話，就必須儘速掌握相關的情報。

雪哉不希望別人將他視為北家的成員，是為了保護垂冰的家人。只要能夠保護家人，阻止他成為「北家雪哉」的矜持，根本一文不值。

雪哉仔細思考良久，面對屏息斂氣地等待自己回應的眾人，他無聲地抬起頭。

「……如果我發生意外，可以請長東親王去向我家鄉的家人說明嗎？」

「好，一言為定。」長東毫不猶豫地答應。

「好，那我恭謹受命。」雪哉也下定了決心。

皇太子夫婦似乎還有話要說，繼續留在招陽宮。

雪哉立刻被帶到長東的府邸，他被要求先瞭解最低限度的狀況，為會談做準備。

讓雪哉去當人質一事，長東是認真的，他也完全不掩飾想要利用雪哉的態度，可以感受到他本身對於維護金烏的決心。

而後，經過幾次的書信往來，決定在翌日舉行會談。

就這樣，雪哉住進長束的府邸，迎來會談當天。

早晨，雪哉得知他的衣服已送到，便起身走去另一個房間準備試衣，很快他發現有一位十分眼熟的女子等在那裡。

她身穿素色小袿，卻難掩與生俱來的美豔，一頭帶著朱色波浪的黑髮剪成齊肩的長度，長睫毛下的迷濛雙眸如寶玉，柔嫩肌膚光滑細緻，朱唇宛如成熟的茱萸果實般鮮紅欲滴。她原本就像朵綻放的牡丹，如今眼中有了以前所沒有的沉穩，讓她的美貌更加動人。

「真赭薄女史。」**掌管櫻花宮的女官為什麼會來這裡**？雪哉驚訝地睜大了雙眼。

「你也該考慮一下自己的身分，怎麼可能輕易張羅到符合你地位的少年宮烏服裝？這是我從老家借來的。」

真赭薄無奈地指著身後的衣架，上面掛著一整套參加儀式用的漂亮禮裝。

真赭薄目前是侍奉濱木綿的女官，原本代表西家，是山內首屈一指的公主。之前曾與濱木綿一樣，為了皇太子選妃進入櫻花宮候選。

東南西北四家分別派出一名公主，無論是家世或是外貌，都是經過嚴格挑選的四名才女，聚集在同一個宮殿內候選，稱為〈登殿〉。登殿的公主都會向皇太子爭寵，最後贏得皇太子歡心的公主，將成為皇太子妃，也是櫻花宮真正的主人。

照理說本應如此，只是這次皇太子選妃時，從來沒有發生過「爭寵」的情節。因為在四名公主登殿期間，皇太子從來沒踏進櫻花宮。

以結果來看，皇太子順利挑選了濱木綿成為櫻花宮主人。然而，史無前例的「**皇太子缺席狀態下的選妃**」曾經引發多起事件和問題。目前除了濱木綿以外，還有幾經波折終於成為女官的真赭薄留在櫻花宮內，聽說其他公主和她們的貼身侍女，都回到各自老家。

由於濱木綿是打破常規入宮的，幾乎沒有貼身侍女及後盾，原本在這種狀況下，她不可能勝任櫻花宮主人一職。如今能夠勉強維持，是因為當時的競爭對手真赭薄的盡力相助。

真赭薄有一個和雪哉同齡的弟弟，這次就是私下借了她弟弟的衣服給雪哉。色彩鮮豔的緋紅外袍在晨光下燦然發亮，內衣白得耀眼，這些是貴族的兒子在成年戴冠儀式時所穿的禮服，從額冠到配件，都是無上的高級品。

雖然穿這身衣裳去和地下街的人會談，有點不合時宜，但長束命令準備這套衣服，應該是想向地下街的人誇示，雪哉是貴族的兒子這件事。

雪哉在宮中當差時，基於地家次子身分，選擇了低官位的淺青色官服。他難以相信自己穿上緋紅色衣服的樣貌，但在真赭薄和另一名女官的協助下，他終於穿上了。

白色小袖*外披上深色的單衣，再穿上寬鬆的布袴*，染成紅中帶黑的蘇芳色內襯袙衣外面，又套上了下襲。

隨著一件一件衣服穿在身上，雪哉陷入了一種奇妙的感覺，好像自己不再是自己。穿上豪華的外袍後，將繡了雉雞和唐花圖案的平緒*綁在腰間，佩戴皇太子交給他的裝飾太刀。

真赭薄退後幾步，由上而下打量著雪哉，心滿意足地輕點蓁首。

「沒有問題，雖然袴稍微長了點，只要注意綁繩的位置，別人就不會發現。」

真赭薄嘴上說沒有問題，但她臉上的表情很複雜。

「謝謝妳。」雪哉向她鞠躬致謝。

「……沒想到長束親王竟然提出這種要求，這簡直是要你去送死。」真赭薄好像克制著痛苦般用力抿嘴半晌，不滿地嘟囔，然後直盯著雪哉，略帶慍色問道：「你真的覺得這樣沒關係嗎？」

真赭薄雖然奉命送衣過來，卻無法接受雪哉得去地下街一事。她此刻的眼神，就像是家鄉的女人聽說雪哉要去宮中當差時，所露出的神情，或許雪哉讓她想起了自己的弟弟。

雪哉來到宮中之後，遇到的八咫烏個個充滿殺氣，真赭薄這種為家人擔憂的反應，令他感到格外新鮮。不過，他不希望真赭薄為自己擔心。

雪哉衝著她燦然一笑。「承蒙擔心，不勝惶恐，但我瞭解自己的立場。我這次前往地下街，並不是受長束親王逼迫，而是為了我想要守護的一切而去……」

所以不用為我擔心。最後這句話他還沒來得及說出口，門就被猛然打開。

「你腦子很清楚嘛！」長束的護衛兼親信路近，穿著一身狩衣*，無所顧忌地闖入房間，用震耳欲聾音量粗聲說道。「無論過程如何，最後是你自己決定要去。本想若你還搞不清楚狀況，在那裡絮絮叨叨，我就來教訓你一頓，現在看來是我多慮了。」

說完，路近放聲狂笑。雖然他突然闖入，但雪哉並不感到訝異。

「但要把尚未成年的孩子送去地下街……」真赭薄狠瞪著路近。

*注：小袖，最為常見的和服樣式，一般都穿在襦袢外面，按照尺寸分長著和半著。
*注：袴，日本和服的一種下裳，兩腿寬大外加褶皺，外觀看形似褲子或褲裙。
*注：平緒，日本和服的配件，繫於腰間的細長腰帶。
*注：狩衣，褐衣的一種，是低階武官的正式服裝，布料較以粗布為多。

「雖然他的個子矮小，但也已經十五歲了。」

以雪哉的年齡，的確隨時可以舉行成年戴冠儀式。

「這是心境問題，簡直像是將我們的重擔全放在他肩上……難道沒有其他方法嗎？」

「有，但長束親王不喜歡，這也無可奈何。」路近很乾脆地說完，轉身打量著一身華服的雪哉半晌，覷著他的額頭問道：「怎麼不戴額冠？」

「因為真赭薄女史有所顧慮。」

額冠，是在冠禮*之前的替代品。雪哉認為反正只是臨時的額冠，所以並不以為意。不過，宮烏認為第一次在貴族頭上戴冠的行為，是人生的重要儀式，真赭薄是純正的宮烏，認為絕對不該由自己為雪哉戴上額冠。雖然不是正式的初冠，但她剛才打算提議請長束為雪哉戴上。

「別打擾他！長束親王現下很緊張，緊繃的親王碰你腦袋，你也不會高興吧！」

路近率性地拿起額冠，在旁人還來不及阻止，他就綁在雪哉的額頭上。

「這下子我暫時就是為你加冠的冠親了，你有什麼意見嗎？」路近氣勢洶洶地問道。

「沒有，」雪哉慌忙回答。「路近大人當然足以勝任，而且是我的榮幸。」

雪哉向路近鞠了一躬，這句話倒也並非奉承。

「你雖然頑固，說話倒是很得體，雖然有時會覺得話中帶刺。」路近的粗眉洩氣地皺成八字形，然後歪著頭說：「而且你又回到朝廷也令人意外。以你的個性，我以為不打算再侍奉皇太子了。」

我原本也是這麼打算。雪哉聽了路近的話，內心無奈地暗忖。

「我最近有點搞不清楚……」

「搞不清楚什麼？」

「真金烏是什麼？」

在雪哉眼中，路近雖然不完全是盟友，卻是值得尊敬的對象。雖然他揚言，自己並未發誓效忠皇太子，卻能夠明確瞭解他並不會暗中對皇太子不利。他向來直言不諱，以前曾經對他產生反感，但自從發現他不說謊言和不屑虛言，漸漸願意向他坦誠內心的想法。

「我一直以為真金烏的存在，只是為了保護宗家的說詞。」

＊注：冠禮，是中國、朝鮮、越南及日本傳統的成年禮，於男子成年時舉行。

因為執著於權力，虛構出真金烏的存在。

權力對於雪哉來說，完全無法感受到任何魅力，在他眼中，長束和皇太子以這種說詞為由，合力保護宗家的行為，他覺得很諷刺且滑稽。

「雖然我並不討厭皇太子，但之前無法理解他的目的。」

為了成為金烏，不惜付出那麼大的代價，到底有何目的？

傷害了那麼多人，造成了不幸，付出如此大的代價得到的金烏地位，具有和付出這些犧牲相符的價值嗎？

如果不執著於「權力」這種東西，在朝廷犧牲的那些八咫烏，一定能夠得到幸福。皇太子一旦放棄金烏的地位，也可以擺脫生命受到威脅的生活。皇太子明知如此，卻仍投入宮廷的明爭暗鬥，他無法對皇太子產生同情，因為他認為「權力鬥爭」真的無聊透頂。

「留在宮廷，就代表要為皇太子的目的拼命。我無法為自己認為的無聊事去死拼。」

「原來如此。」路近靜靜聽完雪哉說的話，露出了完全理解的表情。「原來這就是你沒有成為皇太子近臣的原因。」

過了好一會兒，路近發出好像野獸低吼般的笑聲。

「你的想法並沒有錯，只是讓你有這種想法的前提，已經不成立了，對吧？」

「……對。」

自從皇太子去了垂冰之後，他瞭解到很多之前在朝廷時無法瞭解的事。其中最大的關鍵，就在於日前看到皇太子用藤箭做了異於常人的事。

真金烏，的確不是普通的八咫烏。

「皇太子提到，如《大山大綱》中所言：『金烏是所有八咫烏之父、之母。』但我完全搞不懂其中的意思。」

雪哉的焦慮溢於言表。

「小子，很遺憾，我也完全不懂真金烏是怎麼回事？因為皇太子和長束親王都極力隱瞞。」路近輕拍他的肩膀，然後抓了抓臉頰，轉頭斜覷著真赭薄，「女人，我問妳，」

一直默然不語的真赭薄聽到路近突然叫住她，驚嚇得抖了一下。

「我對皇太子有異見，妳和我不一樣，曾經發誓對皇太子妃忠誠，是否知道些什麼？」

「這……我不知道。」

「那我們就一無所知了，這也無可奈何。」

路近不理會移開視線的真赭薄，轉身準備離開，這也表示問題已經聊完了。

不過，在他在走出去之前，突然想起什麼似的，再次轉過頭。

「啊，對了！小子，我有言在先，今天的會談十之八九會失敗。」

路近充滿確信的語氣，讓雪哉和真赭薄頓時瞠目無言。

「為……？」

雪哉還來不及問為什麼，路近便揮了揮手。

「如果能夠獲得什麼成果，那不是因為長束親王，而是因為你，你要有心理準備。」

路近說完，狂妄地大笑著走了出去。

裝飾豪華的兩輛飛車，停在長束府邸的車場。

兩輛飛車都氣派非凡，拉飛車的馬也都是高大俊俏的大烏鴉。長束坐在帶路的第一輛飛車上，雪哉坐進了後方的第二輛，一行人出發前往谷間。

雪哉推開車窗向外張望，發現騎著馬的護衛在飛車周圍飛翔，他在莊嚴的武裝士兵中，發現了衣著整齊的路近身影。

長束府邸位在朝廷和谷間之間，沒有花太長時間就抵達了目的地。兩輛飛車在兩側逼近的山崖之間飛行，最後降落在密集建築物中的寬敞空地。那應該是谷間的車場，原本以為和朝廷相比，這裡的車場整備並不完善，沒想到飛車順利降落了。

從車內向外張望，這裡的人可能知道會有飛車出現，聚集了許多看起來凶神惡煞的圍觀。這時，有一個人從黑壓壓的人群中走出來。

長束察覺到迎接者已到，從前方的車上走了出來。雪哉也在長束的隨從催促下，打算從飛車的前方下車。當簾子拉起後，立刻有人準備了四腳矮凳及鞋子，士兵在一旁協助，以免他踩到一身華服。

雪哉下車後走向長束身旁，內心覺得很浮誇。長束今日穿了一件有金色刺繡的紫色豪華穩重袈裟，金光閃閃的衣服和谷間格格不入，長束卻絲毫不在意。

「感謝迎接，辛苦了。我是明鏡院的長束，朝廷派我擔任皇太子的代理。」

迎接他們的是，之前在小梅家撞見的那位年長男人，不確定他是否察覺到雪哉就是當時的男孩，不過他的態度一開始就很不友善。他好像在品評般打量著長束和雪哉，雖然沒有哂嘴，卻皺起眉頭說了一句：「跟我來！」便轉過身就走。

雪哉和長束隨即邁開了步伐，前後左右都被路近手下包圍，而看起來像是那個男人的部下，則走在他們前後，一行人開始移動。

雪哉邊走邊吸氣，聞到了油耗味和廉價酒的味道。

谷間的狀況和以前來的時候一樣雜亂無序，卻充滿了上面社會所沒有的活力。掛在路旁的整排紅色燈籠下，女人從紅漆已經剝落的格子窗內向外窺視，露出意味深長的眼神，還有手拿劣質刀和長槍遠觀的流浪武人。

這群衣著打扮和這裡的環境很不相襯的男人，肅穆地走在層層疊疊而建的小屋之間。

顧名思義，谷間就是位在山谷之間的地方。雪哉等一行人前往的地下街，則位在山的下方，形成山谷的岩壁中。那裡是經過漫長歲月建造而成的坑道，或是利用原本就存在的洞窟，修建地下道連結而成。說起來就像是鼴鼠的巢穴，但完全是他們的地盤。中央的官吏絕對不會踏入此地，甚至無法靠近地下街的入口。

一行人跟著帶路的男人走了片刻，兩旁圍觀的人漸漸不同。那些男人身穿很像中央武人的羽衣，身上綁著和帶路男人頭巾相同白布的人越來越多。

路越來越窄，房子也越來越少，當山崖和山崖之間變得狹窄，只剩下一條筆直的路時，在一旁列隊目送他們的都是帶路男人的同夥。

雪哉無視那些人瞪視的眼神，終於來到兩側的山崖匯聚，成為山谷起點的地方。山崖匯聚處和地面之間有一條黑色裂縫，幾個看似門衛的羽衣男人持長槍守在那裡——這裡應該就是地下街的正面入口。

男人不發一語走了進去，雪哉和其他人也默默跟在他身後。當走進宛如巨大門扉般的裂縫時，雪哉意外發現裡面的空氣很冷。

他曾經去過從中央花街通往谷間的隧道，那裡並沒有這麼冷。而且這裡雖然修建了通道，卻幾乎沒有亮光。有些地方有火光，可以隱約看到走在前方的人，但如果獨自進來這裡，恐怕會迷路。

一行人沿著蜿蜒曲折的通道持續走了一段時間，終於來到一個有好幾個燈籠照亮的大廳。

這裡和朝廷的紫宸殿相似的程度簡直不可思議，雖然建造粗糙，也沒有紫宸殿的金壁輝煌和靜謐，但威嚴程度遠勝於紫宸殿。燈籠則是嵌在露出的岩壁上。雖然牆壁是鑿岩而成，但地上鋪了木板，榻榻米圍成一個大圓。

看起來像是幹部的幾個男人坐在榻榻米上，銳利陰鷙的眼神看了過來。一個身材壯碩的壯年男子，坐在離出口最遠，也是最高處的上座，把手放在扶手枕上。

他就是目前地下社會的真正首腦，鵄。他一頭短髮，虎背熊腰，身上那件印了銀色植物花葉圖案的黑褐色衣服，一眼就看得出是高級珍品。眉頭深鎖的臉看似嚴肅，人品卻不凡，很像在輔佐四家家主的參謀高官。

那些男人圍坐在鵄的周圍，長束和雪哉坐在中心。當長束打算開口致意，鵄打斷了他。

「我們是邀請皇太子，為何他沒來這裡？」鵄沉聲質問。

他響亮的嗓音，讓雪哉的背脊一陣發寒。並不是因為害怕，而是鵄不悅的聲音讓他預感到這次會談即將面臨的風波。

長束似乎也感受到，一臉端肅的表情，委婉地試圖辯解。

「我是明鏡院的長束，雖然已經出家，也是宗家的嫡長子，因此代理皇弟來此。」

「看來你們沒把我放在眼裡啊！」鵄自嘲地歎了一口氣。

「絕無此意。皇太子殿下很重視與鵶兄之間的關係，不過他親自來訪困難重重，才請我這個皇兄代理。敬請理解皇太子殿下無法自由行動的立場。」長束不甘示弱地回應，接著切入正題問道：「可以請教你約皇太子殿下來此的理由嗎？」

「和你這種人沒什麼好談的。」鵶斷然拒絕。

長束聽到鵶說他是「**這種人**」，臉色驀地一沉。一直以來，長束在朝廷是最受尊敬的，他應該難以承受這種屈辱。

正當長束準備開口時，周圍那些男人語帶不屑地你一句我一言。

「皇太子破壞了之前的協議，他應該自己來的，又不是孩子，竟然找兄長代替。」

「真是笑死人了！」

雖然他們嘴上說笑死人，但現場的氣氛僵到極點。

「請等一下，這有所誤會。皇太子並沒有破壞協議！」長束察覺不妙，急忙澄清。

「既然這樣，為什麼祖護賣水郎的女兒？」

「因為她是遭到猿猴襲擊的唯一倖存者。」

「我們也聽說了猿猴襲擊的事，但上面世界的事和我們無關。」

「上面的事，上面的人自己去解決。」鵄冷然的回答讓人感到無助。「既然你們和少女沒有其他交集，那就乖乖把人交出來，否則就代表你們是賣水郎的共謀。」

長束發現談及了正題，臉色大變。

「請問，那名少女的父親到底做了什麼？」

鵄聽了長束的詢問，只是不耐地攏起了眉頭。

「我剛才說了，和你沒什麼好談。若今天是皇太子來，事情就簡單多了。難以想像真金烏竟然無法解決自己闖的禍，宗家無法保護自己的百姓，真是可笑至極了。」

「長束親王。」雪哉焦急地叫了一聲。

當鵄提到〈真金烏〉這三個字時，雪哉發現長束的眼中默默閃著怒火。**你對金烏瞭解什麼！你污辱我也就罷了，絕對不能坐視你對金烏無禮！**從長束的眼神中，似乎可以聽到他內心的怒吼。雪哉暗地拉了拉他的袖子，他用力咬著嘴唇，將怒火隱忍下來。

照此下去，會談無法繼續進行，而且鵄的態度越來越強硬。

長束瞥了一眼扯住他的雪哉，露出強硬詭譎的眼神看著鵄。

「鵄兄，我有一個提議。」

「提議？」鵄狐疑地斜睨著長束。

「雖然不知你們誤會了什麼，但皇太子絕無二心，也從未破壞和你們之間的協議。即使這麼說，若一味要求相信我們，你們也無法採信，所以朝廷方面願意展現誠意。」

長束說得懇切，鄭重其事，下一瞬間，他伸手指向雪哉。

「我們願意把北家家主孫子交給你們。」

「這是什麼意思？」鵄深沉地瞇起了雙眼。

「我方藉此表示讓步。」長束斬釘截鐵地說道。「我們並沒有做對不起地下街的事。既然你們無論如何都不相信，就只能拿出誠意，證明我們並沒有說謊。」

「所以打算把人質交給我們？」

「沒錯。北家家主孫子的性命，應該不至於不夠分量吧！」

鵄神情森然地注視著長束，好半晌，雙眼又瞇了起來。

「你們展現『誠意』的方式還真荒唐，這是宮烏常用的方法嗎？」鵄冷言譏嘲道。

「我們並不願宮烏的子弟身陷危險，但這次的情況特殊。」長束狀似百般不願地撇著嘴。「這不就是你們的作法嗎？既然這樣，那就按照你們的規矩行事。」

在場的男人們聽了長束的發言，出現明顯的躁動，這完全出乎長束和雪哉的意料。

「你說話不要太過分了！」鵄身旁的一名幹部咆哮大吼。

「你到底要羞辱我們多久才甘心！」

「這是朝廷的處事方法嗎？」

「我真是驚訝得大開眼界，上面的人都是卑鄙無恥的狗嗎？」

在一陣幾乎要動手的叫罵聲中，感受到鵄咬牙切齒的憤怒。

「你們是不是把和我們之間的關係，認為和宮烏之間無聊的糾紛差不多？難怪你會如此無禮。」鵄語氣凜慄，拒絕和長束繼續交談。「你不適合成為我們的談判對象，滾！」

「等、等一下！」長束見鵄準備離去，慌了手腳。

「果然啊！」不知何時走過來的路近低喃著，然後單手把準備起身的長束拉了回來。

「事到如今，我們已無能為力，只能等皇太子日後來處理。」

「蠢貨！怎麼可能這麼做！」長束焦急地狂聲喝斥，以免被周圍的怒吼聲淹沒。

長束用身分建立起來的假面具，隱約看到了一個年輕男人的面孔，仔細一想，他也才二十出頭。雪哉用麻痺的腦袋思忖著。

此刻，鵶手下的年輕人衝了過來，準備把抵抗的長束帶出去，路近的手下殺氣騰騰地不讓他們靠近。按照眼前的發展，真的會毫無斬獲，空手而回，絕對不能有這樣的結果。

在場所有人中，只有路近一臉若無其事，他露出樂在其中的眼神斜睨著雪哉。

雪哉猛然想起了他早上說的話——

『如果能夠獲得什麼成果，那不是因為長束親王，而是因為你。』

「鵶大人，我有一事相告！」雪哉還來不及好好思考，便大聲喊叫了起來。

變聲前的少年高亢聲音，穿透了大人的叫罵聲，響徹整個大廳。

不知道是否遺忘了雪哉的存在，不光是地下街的人，就連長束和路近的手下也都露出了錯愕的表情。不過，雪哉沒有錯過短暫的安靜。

「我以前曾在谷間受到關照，深刻瞭解到鵶大人多麼重視仁義。」

原本已經轉身準備離開的鵶也停下腳步，轉過頭來，雖然不發一語，卻似乎願意聽下去。雪哉絞盡腦汁，焦急著思考到底該說什麼。

「我雖然身為北家家主的孫子，跟隨長束親王來到此地，但我明白在這裡根本沒有意義。因此，我不是以北家家主孫子的身分，而是身為一個向您求情的人，可以請您留步，聽我說幾句話嗎？」

鵄無言地示意他繼續說下去，原本圍在雪哉周圍的鵄的手下，也都靜靜地退到一旁。

雪哉端正姿勢，直視著鵄，問道：

「遭到猿猴襲擊的垂冰鄉是我的故鄉，被猿猴啃食、流血身亡的是我的同鄉，說起來就像我的家人。我之所以答應跟隨長束親王來此，也是想保護家人。說實話，我覺得長束親王想要利用我是北家成員的想法，根本是狗屁！」

路近噗哧一聲笑了出來，長束目瞪口呆。

鵄默默地沉思片刻，緩緩轉過身體。「既然這樣，你為什麼答應當人質？」

「理由我剛才已經說了，是為了保衛遭到摧殘的故鄉。因為我聽說猿猴闖入的途徑，可能和你們有關。」

「什麼？」鵄首次露出意外的表情。

雪哉趁這個機會向他磕頭，哀求道：「求求您！請您、請您救救我的家人。只要您願意出手相救，要我做什麼都願意。為了保衛故鄉，我這條命死不足惜。」

鵄閉口不語，看起來並非對雪哉的態度感到不悅，而是在猶豫該採取什麼態度。

雪哉帶著祈禱的心情，在一片靜默中沉默中等待著。

周遭驀然響起了輕快的拍手聲。

「啊呀啊呀，真了不起，沒想到宮烏中也有真性情的傢伙。鵄大人，你說是不是？」

那是年長者特有的灑脫嗓音。

一聽到這個聲音，現場的氣氛立刻發生了變化。原本坐著的人都跳了起來，和長束他們對峙的年輕手下，也都雙眼發亮。

「老爺子！」鵄也愕然瞠視，驚慌失措地叫了一聲。

雪哉抬起頭，回頭一看，對那個年長者的最初印象是，好白喔！

一個清瘦的老翁站在大廳入口，他滿臉皺紋，一頭銀髮，穿著灰白色和服便裝，背脊挺得很直。他好像幽靈般浮現在昏暗的光線中，全身宛若發出銀白色的光，眼神十分溫和，和藹可親。不過，從周圍人的態度來看，他顯然並非等閒之輩。

「別動、別動，怎麼能夠讓地下街的盟主輕易移駕？」

老翁笑著制止了準備走去迎接他的鵄，邁著輕快的步伐。大廳內的大部分人都為他讓出一條路，老翁悠然地走到房間中央，也就是長束、雪哉和路近所在的位置。

「和這男孩相比，這位叫長束親王的，剛才的表現太差勁了。你根本不瞭解地下街。」

老翁誇張地歎了一口氣，長束無措地想開口，路近立刻走到長束的面前打斷了他。

「非常抱歉，沒想到會驚動到您。」

「你這身拘謹的打扮，我還以為是誰呢，原來是路近啊！並不是只要我不在，就可以亂來喔！你要好好調教自己的弟弟。」

被說成是路近弟弟的長束，一時啞口無言，原以為路近會更正，豈料他只是鞠了一躬。

在此同時，雪哉也發現了一件事——剛才大廳殺氣騰騰時，只有路近一個人一副事不關己的態度，如今也露出了嚴肅表情。

「你是誰？」長束費力地擠出聲音。

老翁綻開朗的笑容，說道：「我只是早已退隱的老人，和鵄大人他們不同，不會意氣用事，也不必在意面子，所以來教你一點這裡的規矩。」

「什麼規矩？」

「你別狗眼看人低。」老翁的嗓門並不大，但這句話卻讓室內的溫度驟然下降。

長東被當面威嚇，愣怔地站在原地。

「又不是嘍囉，被人認為只要把誘餌放在眼前就會上鉤，鵐這傢伙當然忿怒。」

長東可能不知道自己為何受到責備，露出好像小孩挨罵的委屈表情。

老翁見狀，似笑非笑地斜覷著長東。

「這和帶一隻小狗來不一樣，你的行為輕視了人質的價值，也輕視了我們，更輕視了你自己。這個男孩在你眼中，就和小狗一樣嗎？」老翁語帶調侃地責問。「還是說，這是宮烏做事的方法？輕易出賣自己人，然後怪罪他人，盛氣凌人地進行談判嗎？真是丟人現眼！這是在上面世界努力的人所做的事嗎？」

長東終於瞭解自己闖了什麼禍，不由得漲紅了臉，可能他在內心的深處，還是輕視著地下街的人。在完全沒有任何場面話的情況下，單方面提出「**我把人質交給你，你把消息交出來**」的態度，確實將對方踩在腳下。

長東並沒有認知到自己在谷間身處的狀況——地下街派了頭領出來談判，但朝廷只派代理出面。無論代理人的身分多麼高貴，對地下街來說，都讓鵐和地下街顏面失盡。

「或許你認為很無聊，但在這個世界，尊重對方面子的行為，就像在上面世界遵守法律一樣。」老翁繼續解釋道。「你們是靠出生決定八咫烏的價值，但在這裡，只有信賴決定我們的價值。一旦失去了信賴，你就沒有資格在這裡開口。」

「但是……」長束語帶顫抖地試圖解釋。

「少囉嗦！」

老翁毅然的喝斥，語氣雖平靜，卻有一種令人無法反抗的力量，長束只能閉了嘴。

不過，老翁對他不屑一顧，轉頭看向上座，鵄一臉好像與長束一起挨罵，瞧見老翁看向自己，慌忙挺直了腰桿。

「誤會一場。」

「啊？」

「鵄，他們手上並沒有你想要找的消息。」

誠惶誠恐的鵄聽到這句話，才終於想起自己是地下街的頭領，他驚詫地眨了眨眼，隨即露出了凌厲的表情。

「所以背後是皇太子撐腰這件事……」

「沒這回事。雖然我不會說毫無關係，但至少和買賣無關。」

鵼聽了老翁的話，無力地呻吟著，不禁用單手捂著臉。

「簡直是天大的鬧劇……」

「旁觀倒是覺得很有意思。」老翁呵呵笑著，拍了拍鵼的肩膀表達安慰。

到底為什麼說是鬧劇？

雖然搞不清楚是怎麼回事，但老翁似乎讓鵼瞭解到，皇太子並沒有破壞協議。

老翁仍然把手放在鵼的肩上，轉頭面帶微笑看著雪哉。

「垂冰的孩子，讓你久等了，接下來該聽聽你的說詞。孩子，你叫什麼名字？」

雪哉落落大方地走到老翁面前，向他有禮地弓身作揖。

「我叫雪哉。」

「好，雪哉，似乎要聽你說明，才能瞭解造成我們誤會的原因。」

雪哉在老翁的命令下，如實地將至今為止所發生的一切，以及皇太子的推論說了出來。

垂冰遭到猿猴襲擊。小梅是唯一的倖存者，於是把她安置在鄉長官邸。在小梅的老家，撞見了地下街的人。

當說到皇太子認為猿猴闖入的途徑可能是〈第三道門〉時，地下街的人七嘴八舌議論起來。鵄不發一語，似乎在思考什麼，然後瞥了老翁一眼，像是在徵求他的意見。

老翁聽了雪哉的話絲毫不為所動，片刻後，再度開了口。

「我們已充分瞭解狀況。我現在想問你：雪哉，你希望我們幫什麼？但說無妨。」

「任何事都沒有關係，」雪哉急切地表達。「我們想要得到有助於阻止猿猴侵犯的任何線索。對於是否真的有〈第三道門〉完全沒興趣，只是想要瞭解猿猴的真面目。」

老翁摸著下巴，沉吟地「嗯」了一聲。

「地下街向來會誠心回應真心求助的人，我並不是完全沒有頭緒。」

「真的嗎？」雪哉激動得聲音都變尖了。

「但是，」老翁態度冷然地補充道：「我並不知道是否能夠成為線索，只能給你或許能得到消息的可能性。但也可能非但得不到線索，甚至有失去性命的危險，即使是這樣，你也沒有關係嗎？」

「沒關係。」雪哉毫不猶豫地點頭回答。

「很棒的決心。」

「老爺子……」四處響起勸告聲，但在一旁聽著老翁和雪哉對話的鵄並沒有出聲制止。

「……我們的談判對象是皇太子，和垂冰人的談判是另一回事。」

鵄的意思是，雪哉的事就交給老翁處理。

老翁誇張地對著鵄一鞠躬，轉身離去。

「跟我來。」

雪哉察覺到老翁是在對自己說話，急忙站起身追了上去。

老翁僅同意雪哉和他同行，長束只能默默目送雪哉離去的背影。

第四章　深層

老翁熟門熟路地走在狹窄的隧道內。

幾個看起來像是老翁手下的年輕人，不知道何時開始跟在雪哉的身後，若雪哉敢輕舉妄動，也許他們就會當場把他幹掉。

老翁走了很久，比從谷間進入地下街時更久。他們往下來到沒有修整過的地下通道，腳下的路也越來越不平整，借來的衣服一直被勾到，雪哉上氣不接下氣地追趕著老翁，生怕自己走太慢。最後來到比剛才的大廳更寬敞，頂部也更高的洞穴。

最前面的人舉起火把，立刻看到有一塊巨大的岩石堵住了一整片牆。

「這塊大岩石的後方，有一條可以通往更深處的隧道。」老翁走出大廳後，第一次開口說話，語氣輕鬆自在。「這是我在數十年前封鎖的通道，當然沒有修整過。在封鎖之後，也沒有人走過。因為有人看管著，這件事不會有差池。」

「為什麼要把這條路堵起來呢？」

聽說地下街是將天然隧道修整後發展而來的，因此，雪哉無法理解老翁在發現長隧道後，為什麼不加以開發，反而是封鎖起來。

老翁轉身背對著大岩石，面對雪哉略帶深意地一笑。

「簡單地說，就是進去容易出來難，我覺得這有點麻煩。不過，以前在隧道的深處，確實有你所說的『消息』碎片。」老翁撇唇輕笑，用下巴指了指大岩石，繼續說道：「但這已是數十年前的事了。我不想走去裡面迷路，叫年輕人進去也有點於心不忍，對於那裡面的狀況，到目前為止是一無所知。如果你想要線索，可以親眼去找。」

「請問您在裡面看到了什麼？」

「既然我無從得知目前的狀況，就不能輕言。不過，」老翁抑頭看向半空。「到是可以告訴你一個特徵，那就是形狀很噁心的白色東西。」

老翁表示，如果雪哉能夠拿回一塊碎片，他願意在食人猿的事情上盡力協助。而且只要沿著最容易走的路前進，就能直接到達目的地，若沒有迷路，是可以輕鬆來回的距離。

「但是，如果走錯路，在隧道裡迷了路，就會相當耗時間。我不可能一直等你……我看，就給你兩個時辰吧！」

「兩個時辰？」

「對，一旦過了兩個時辰，這塊大岩石就會被放回去，像原來一樣，把隧道封起來。」

「如果我過了兩個時辰還沒有回來，該怎麼辦？」

「那你只能放棄，另外找出口。」

從某種意義上來說，一旦在裡面迷路，就只能死在隧道裡。

老翁對著旁邊喊了一聲，手下隨即捧來的托盤上有幾根線香——那是線香鐘，而且已事先調整好。逐一點完這些線香，剛好兩個時辰。

香線鐘被放在桌子上，旁邊已經準備好火種。

「這個借給你用。」老翁說完，從懷裡拿出了矢立*形狀的鬼火燈籠。相當於墨壺*的部分用玻璃製作，打開蓋子，可以看到中央浮著白色的光粒。

〈鬼火燈籠〉是山內最高級的照明工具，它和普通的火不同，主要用砂糖碎末作為燃料，雖然會發出火光，卻完全不會熱，不必擔心會引燃，朝廷經常在文書作業時使用。由於難以操控，而且採鬼火也很困難，所以普通的八咫烏根本買不起。

「目前是休眠狀態，只要將金平糖放進去，就可以點亮。」

一顆金平糖可以維持半個時辰的亮光，四顆金平糖都燒完，剛好兩個時辰。

雪哉接過鬼火燈籠，當場爽快地脫下了身上的衣服，只剩下白色小袖和下襬，並將皇太子交給他的太刀掛在腰上。

「準備就緒了嗎？」年輕手下再次確認。

「隨時都可以。」雪哉堅定地點了點頭。

老翁點頭示意下，一群年輕手下從通道跑了過來，二、三十個男人在老翁的一聲令下同時行動。一半的人把用鐵包起來的粗大原木放在大岩石下方，以剛好契合的凹狀石頭作為支點，將大岩石用力撬起；另一半人用粗草繩綁住岩石，朝相反側拉著岩石。

隨著一陣岩石和岩石摩擦的聲音，大岩石滾了下來，岩壁之間出現了可以讓人勉強通過的縫隙。年輕手下立刻插入了楔子，以免縫隙閉合。其中一名年輕手下確認縫隙沒有問題後，點燃第一根線香鐘。

＊注：矢立，原指戰場上用以放置箭矢的道具，日後引申為隨身攜帶的文具組，其構造分為筆筒與墨壺兩部分。

＊注：墨斗，又稱線墨，是木工用以彈線的衡量工具。

「請開始。」

雪哉聽到指令後，立刻拔出了刀，割下了小袖的袖子。

「喔——」看到雪哉拔刀時，只有手下心生戒備，老翁則一臉好奇地看著他。

雪哉不理會周圍人的反應，撥開袖口切口處的線，找出了織布的緯線。他試拉了一下，確認只要拉扯緯線就會鬆開後，將拉出來的線頭綁在擺放線香鐘的桌腳。

「……即使這麼做，線不是很快就會斷嗎？」年輕手下詫異地竊竊私語。

如果是普通的蠶絲線，在岩石上不停摩擦很快就會斷，但雪哉身上的小袖和下襲是用白絹布織成的。宮烏使用的最頂級白絹布和普通的絹帛不同，為了讓顏色更鮮豔，將蠶絲和女郎蜘蛛絲搓在一起製作而成。女郎蜘蛛絲富有黏性，不容易斷裂，除非使用鋒利的刀子，否則不會輕易斷線。

照理說，儀式用的太刀無法實際使用，但皇太子透過真赭薄交給雪哉的太刀，是緊急狀況時，能夠用於實戰的。

雪哉確認綁在桌腳的結絕對不會鬆開後，終於站了起來。

「這是我的救命線，您應該不會說，連一根線也不能用吧？千萬別開玩笑把線割斷。」

「那當然。」老翁拍胸脯向他保證。「我們絕對不碰這根線，我可以作擔保。」

「太好了，那就兩個時辰後見。」

雪哉拉著袖子上的線，毅然走進了隧道內的坡道。

據老翁所言，數十年期間從來沒有人走過這隧道，似乎並非謊言。

雪哉一進入隧道，就撞上了密如帷幔般的大量昆蟲巢穴。雖然和蜘蛛網不太一樣，但出師不利，似乎並非好兆頭。

雪哉咬著點亮的鬼火燈籠，試著用太刀的刀鞘打掉那些巢穴，舉步往前走。走了一會兒，突破了昆蟲巢穴區之後，就沒有任何東西擋住去路。

他回頭一看，剛才進來的入口，已經被彎曲的岩壁擋住看不見了，老翁給他的鬼火燈籠成為唯一的光源。由於隧道內很不好走，他擔心跌倒時摔破燈籠，於是就在中途編了羽衣，將燈籠固定在胸口。

視野極端狹窄，岩壁有些地方還是濕的。黑暗很可怕，他以前也曾經在伸手不見五指的地下道中，耗盡氣力地全速奔跑。他很想告訴自己，和當時相比，現在至少有光源，然而此刻的內心比當時更加忐忑。

最重要的是，他第一次來這裡，而且一旦迷路，就回不去了。

在這種最惡劣的條件下，雖然他拉了線，但唯一能夠仰賴的路標未免太脆弱。即便如此，每次線用完時，他就停下腳步，尋找新的線頭，小心謹慎地綁好，然後再邁開步伐。雖然他的腦袋深處有一個聲音喊著：**不要磨磨蹭蹭，趕快往前進**。但想到迷路的危險性，他無法放開自己的生命線。

他克服著內心的焦躁持續前進，發現前方的通道越來越不像是路。有些地方必須沿著岩壁往上攀爬；有些地方則必須支撐著身體，往正下方前進。他在岩石上爬行，渾身是泥，到處是傷，仍然繼續向前邁進。中途突然感到一陣疼痛，他在膝蓋、手肘和手掌的部分重點編了羽衣。

雖然路很難走，唯一慶幸的是，隨時都知道該往哪裡走。即使遇到狹窄不已，看似無法通行的地方，冷靜觀察後，就發現只有一條路。有時候也會遇到鬼火燈籠的火光，無法照亮的寬敞空間，但不需要找路，寬敞的空間會猛然張開大口出現在眼前，得以順利前進。

反到是遇到狹窄的地方，就很傷腦筋。當碰到身上的衣服可能會成為阻礙的縫隙時，他就只能用羽衣硬是裹住衣服，扭著身體通過。好幾次手指摸不到線，不由得驚尖叫起來，慌忙重新找回不小心放開的線，獨自鬆了一口氣，然後激勵自己再繼續往前走。

在他忘了第幾次準備重新綁起用完的線時，第一顆金平糖剛好燒完。當鬼火燈籠一旦熄滅，眼前只剩下一片漆黑以及徹底的寂靜。

黑暗籠罩令他感到驚惶，已經過了半個時辰，想到還剩下的時間，不由得感到戰慄。至今仍然沒有抵達的目的地的焦慮，他心顫得很想尖叫，但想起自己肩負著垂冰的命運，就覺得無暇哭訴。

他盡最大的努力快速前進，不斷在心裡告訴自己，絕對不能慌張。除了要注意頭不要撞到像冰柱般垂下來的岩石，還要小心不要被地上冒出來的石柱絆倒。他遺忘了時間，不顧一切地前進，雖然速度緩慢，但還是持續邁步向前。

在放入第二顆金平糖不久後，他便停下了腳步。想到回程，至少必須在第二顆金平糖燒完之前，找到「**形狀很噁心的白色東西**」。

然而，他還沒有找到，就來到了一個看似死路的地方，眼前是一個水面微微泛著漣漪的地底湖。沿途走來，就只有一條路，此刻卻來到一個無法繼續前進的窘境。

剛才絕對沒有走錯路，難道是這數十年期間，曾經發生落石，導致發生了變化嗎？實在沒有時間了，現下即使回頭也無法重頭來過，而且必須在使用第三顆金平糖前，找到突破口，或是決定折返。

都已經來到這裡了，難道沒有掌握任何線索就回頭嗎？焦躁感一直湧上喉頭，無可奈何的斷念，漸漸在內心深處擴散。

因為一旦死了，一切就真的完了，也許果斷撤退才是正確的選擇。只是內心仍然有不想輕易放棄的念頭，自己背負著垂冰的命運，不能在這裡輕易逃走。

這裡真的無路可走了嗎？是不是漏看了什麼？他平復氣躁的心情，再度打量周圍。小小的鬼火燈籠映照出水面清澈的地底湖，隧道頂部有像樹根般垂下的岩石，但並沒有洞口，凹凸不平的岩石壁上也沒有看不到的死角。

「不……等一下。」

有死角。他急忙趴在地上，凝視著水面，似乎在水的深處看見了亮光。他立刻蓋上鬼火燈蓋的蓋子遮住光，周圍霎時變得漆黑，隨著眼睛漸漸適應了黑暗，捕捉到微弱的光源——水底深處亮出白色的光。

沒錯，路就在水裡。

雖然不知道路是在這數十年間沉入水中，還是老翁年輕時也曾經走過水中路，現下已沒有時間猶豫了。他脫下衣服，把線綁在大小適當的岩石上，以免等一下找不到。不帶刀前往雖然有些不安，但刀身絕不能浸濕，只能先將太刀豎在岩石上。

以老翁給他的時間判斷，目的地應該就在不遠處。雖說是一種賭注，但雪哉毫不猶豫，仔細打量後，發現鬼火燈籠的構造在水中也可以使用，他收起羽衣，咬住遮住火光的燈籠，果斷地跳進水裡。

他小時候在垂冰，可是經常跑去河裡玩。**混帳！不要小看我們鄉下貴族！**他內心產生了不知道針對誰的憤怒，飄浮踢踏著湖底的土泥，艱難地在水中前進。

湖水冰冷刺骨，但前方出現的微弱亮光讓他並不害怕。他划了兩、三次水，很快就發現光源來自岩壁上的洞穴。他浮出水面深深吸氣，然後一口氣潛入水中，游進了洞穴。洞穴並不大，他雙手撐在凹凸不平的岩壁上游著，不出所料，很快就穿過了洞穴。

雪哉重新浮上水面露出臉，他詫異地發現，光源並不是鬼火燈籠，也不是戶外的亮光，而是水本身在發光。

雪哉來到的地方，是和洞穴另一端相同的空間，唯一不同的是，從岩壁縫隙噴出的水，流入了地底湖。正確地說，就是這些不知道從哪裡流入的水在發光。

發出潺潺水聲的流水散發出白色光芒，四濺的飛沫宛如在冬日暗夜中閃爍的星星，水面的漣漪如同月光，勾勒出細膩的圓盤。

這神秘美麗的景象，差一點讓雪哉看得出神。現下已無暇發呆，他摸索著上了岸，打開嘴裡咬著的鬼火燈籠蓋子，當鬼火照亮周圍，堆積在水畔的東西令他感到驚愕。

「這是什麼……？」

啊啊，沒錯，這的確是「形狀很噁心的白色東西」。

雪哉以前在垂冰時，就看過很多次，立即明白那是什麼——堆積如山的是骨頭、骨頭、骨頭。隨意丟棄在岸邊的，正是變成人形後死去的八咫烏屍骨。

雪哉之所以知道那不是野獸的屍體，是因為他最先看到的，是一個如假包換的骷髏頭，空洞的眼窩吞噬了他的尖叫。

也許是因為最近看太多次這種悚慄的場面，比起害怕，他更感到疲憊。更或許是終於找到了想要線索所產生的安心，戰勝了異樣景象帶來的驚嚇。總之，時間緊迫，也無暇體會驚愕和害怕。

他顫抖著手從成堆的骸骨中，挑選出手掌大小能握住的骨頭，如此一來，目的就達成了，接下來只要順著原路走回去就好。

正當他這麼打算時，鬼火燈籠的火光熄滅了，他心焦如焚地彎著身體，準備把第三顆金平糖放進燈籠，耳邊乍然傳來動靜，是有人說話的聲音。隨著打開木門的聲音，火把的亮光趕走了黑暗，說笑聲變得更加清晰，甚至還有丟東西發出的嘎啦嘎啦聲。

雪哉心驀地一窒。**不止一個人，至少有兩個人，但是明明可以聽到他們說話聲，為什麼完全聽不懂他們在說什麼？**不，高亢的嗓音不時說了幾個雪哉勉強聽懂的單字，像是「回不去」、「罵人」。

雪哉小心謹慎地悄悄探頭觀察，發現有兩個高大的男人正在拋丟新的骨頭，他們身上穿著棕色衣服，和之前在栖合看到的相同。

沒錯，是猿猴！雪哉身體竄起一陣顫慄，心跳飛快加速。雖然他難以置信，但若被猿猴發現，絕對小命不保。他在兩個男人發現之前，謹慎地把腦袋縮了回來，屏住呼吸。

不一會兒，猿猴離開了，在洞穴內留下了愉悅的笑聲。他聽到了關門聲，以及漸漸遠去的腳步聲，過速的心跳好像在耳邊發出了呻吟。

那個老翁明知道這件事，卻沒有事先告知，就讓他獨自前來嗎？或許是太非比尋常，所以老翁無法說出口。若非親眼瞧見，自己也絕對不會相信中央的山中竟然有猿猴，搞不好還會懷疑地下街的人有什麼意圖。

不過，這是兩碼事，眼前的問題是，**為什麼猿猴會來到這裡？**想到這點，他立刻否定了自己的想法。不對，並非猿猴闖入八咫烏的領域，而是八咫烏闖入了猿猴的領域。

如果這裡是猿猴的巢穴，那這堆骨頭是至今為止，送命的垂冰百姓嗎？這異常數量的骨頭，該不會已經有很多猿猴闖入山內，才有這麼多骸骨，只是八咫烏尚未發現？

「開什麼玩笑……」他咒罵了一句，努力鼓舞著自己，否則驚恐得快發瘋了。

他重新整頓整好心情，抽出鬼火燈籠的管子，取出一顆放在裡面的金平糖，丟進玻璃球體中，鬼火燈籠再次讓周圍亮了起來。

他咬住鬼火燈籠，正準備回到水中時，他與躲在屍骨山後方的傢伙對上了眼。

一個年約五歲左右的小男孩，毫無預兆地突然出現在他眼前。

不，那個孩子應該早就躲在那裡，只是雪哉沒有察覺。雪哉躲起來不讓猿猴發現，這個小孩也躲在屍骨山後方不被雪哉發現。

男孩似乎也難以理解雪哉是誰，他坐在地上，手拿著骨頭，滿臉錯愕。從他手邊堆砌的東西來看，他正在把那些骨頭當成玩具在玩。

雪哉和男孩愣怔地注視彼此幾秒鐘，一方面也不知道該怎麼辦，另一方面更害怕其中有一方破壞眼前的均衡，發生劇烈變化。不過，也不可能一直僵在這裡。

雪哉緊盯著對方，慢慢移動腳步，試圖走到湖邊，一臉稚氣的男孩依然一動也不動。正當雪哉以為自己可以平安脫身時，再次聽到木門被打開的聲音，並亮起了火光。

「陽泰？」木門邊傳來叫喚聲。

聲音的主人很有朝氣地走進屍骨山，難以想像這裡前一刻還寂靜無聲。出現在眼前的是一名十歲左右的少年，和眼前的男孩長得很像。

少年看到愣在那裡的雪哉和男孩，陡然睜大了眼，隨即露出了猙獰的表情。下一剎那，少年發出了猿猴的威嚇聲，而張開大嘴的臉轉眼間就長滿了毛，身體也隨即膨脹，一眨眼的工夫就變身成猿猴。

猿猴少年露出白色尖齒，向雪哉撲咬了過來。男孩見狀，也發出了刺耳的尖叫聲，周遭產生了嗡嗡的回音，而雪哉與猿猴少年已打成一團。

太刀和衣服都放在湖的另一端，雪哉怪自己太過大意。扭打的過程中，他試圖找出空檔仔細打量對方，發現猿猴少年變身後的體格和自己差不多。

既然這樣，就可以視為比較慘烈的打架。一旦下定了決心，心情頓刻冷靜了下來。

猿猴少年伸出銳利的爪子想要抓雪哉的臉，雪哉毫不留情地一拳打在對方的臉上。當猿猴少年倒在地上毫無防備時，他無情地用腳跟狠踩在對方的胸口。

對方是猿猴，而且想到那些喪命的八咫烏，就絕不能手下留情。猿猴少年發出慘叫聲，雪哉再次抬起腳，準備再補上一腳時，猛然有什麼東西從背後用力撞了過來。

「哥哥！」

雪哉正打算摔開擒抱他的東西，腦中閃過剛才那個男孩的面孔，不由得停下了攻擊，因為他想起了么弟年幼的時候。當猿猴以人形現身時，實在難以下手，雪哉想要甩開男孩，陷入了苦鬥。

猿猴少年咳嗽著縱身而起，怒不可遏地掐住雪哉的脖子，強勁的握力讓雪哉意識到無法掙脫，當機立斷抓住掐著自己脖子的雙臂，驟然拉向胸口，身體猛力向後翻，單腳用力踹向猿猴的下腹，將對方背朝下地甩在地上。猿猴少年發出疼痛的呻吟，鬆開了猿爪。

如此一來，猿猴少年應該暫且不會馬上追上來，無論如何都必須先離開這裡。只要猿猴少年不再攻擊，雪哉也不打算再對其動手。

被甩開的男孩以為哥哥死在雪哉手上，崩潰哭喊著跑過來打他。雪哉陷入苦戰，想要奮力擺脫，男孩隨即咬住他手臂，白色皮膚上乍然豎起棕毛，也變身成小猿猴。

就在此時，雪哉聽到跑向這裡的急迫腳步聲，成年猿猴可能聽到吵鬧的聲響而趕過來，自己根本不可能是巨猿的對手。

他總算擺脫了小猿猴，正打算轉身跳進湖水中，地底湖的水面出現不自然地起伏，就在他還來不及驚訝，從水中浮現的黑影直接跳上了岸。

黑影在跳出水面的瞬間，雪哉看到了閃著亮光的刀身，他還來不及制止，鋒利的白色刀刃已經精準無誤地砍下了小猿猴的腦袋。小猿猴無聲地倒在地上，溫熱的鮮血噴了出來，猿猴少年趴在地上茫然地看著這一幕。

雪哉還來不及搞清楚眼前發生了什麼事，轉頭看向黑影，頓時呆若木雞。

「殿下。」

輕鬆甩掉刀身上血滴的不是別人，正是目前應該被軟禁在招陽宮內的皇太子殿下。

皇太子看到木門被打開，有兩隻巨猿出現，隨即再度舉起了刀。

「快走！」

雪哉迅速撿起落在地上的鬼火燈籠，慌忙跳進湖中，他用鬼火燈籠照亮著岩壁，順勢滑進了黑暗的洞穴，不顧一切奮力游，回到了剛才脫下衣服的岸邊。

他大口地喘著粗氣，發現皇太子用難以想像的驚人速度追了過來，當皇太子的臉一露出水面，立刻扯開嗓門大吼。

「那兩隻追上來的猿猴，已經被我收拾掉了。只要變成人形，牠們也可以穿越這個洞。一旦有新的追兵，就無法阻擋了。盡可能快跑！」

雪哉一聽，敏捷地編好羽衣，撿起太刀和鬼火燈籠，拔腿往前衝。

他用手指摸索著從衣服上扯下來的線，拼命沿著來路往回跑。路非常不平整，只有一小部分可以奔跑，雖然心急如焚，但絕大多數的地方只能緩慢前進。

皇太子緊跟在雪哉身後，當雪哉難以前進時，就會出手協助。雪哉快跌落時，會伸手拉他一把；有時候還會讓雪哉踩在他身上；遇到狹窄的地方，會口頭指示該如何前進。多虧了皇太子的幫忙，即使已疲憊不堪，仍然比來時輕鬆許多。

「您為什麼會在這裡？」越過了難關，來到比較平坦的地方時，雪哉邊走邊問道。

「雖然有些蠻幹，但我從招陽宮溜了出來。」皇太子說得雲淡風輕。

原來櫻花宮的女宮和真赭薄一樣，反對將雪哉當人質，於是協助皇太子逃離監視。

「因為不能就那樣交給皇兄處理。」

皇太子早料到長束出面會談，注定會失敗。

只不過長束並不願聽他的話，就連有可能提出諫言的路近也不願阻止，似乎想看好戲。如果不及時處理，隱藏著中央與谷間徹底對立的危機，所以必須透過和長束不同的途徑，與地下街的人會談。

「我用了稍微偏激的方法，搶在皇兄之前，和鵄以外的地下街有力人士談妥了。」

雪哉旋即領悟到就是那名銀髮老翁，這才恍然大悟。

「原來是你著手安排，那個『老爺子』才會出現在我們會談的地方。」

「並不能說是我安排的，眼前的狀況出乎我意料，我本來打算一個人走這條隧道。」

原本說好在老翁解決和長束會談一事之後，皇太子會獨自來到這條隧道。然而，不知老翁有什麼想法，竟讓雪哉比皇太子搶先一步進入隧道。

所以才準備線香鐘嗎？雪哉豁然開朗的同時，也意識到了一個他不願意去想的事實。

「……我該不會多管了閒事？」雪哉感到有些尷尬。

皇太子追上了雪哉，還將他從猿猴手上救了出來。由此看來，自己顯然拖累了皇太子。

「在離開這裡之前還不知道，因為我沒有路標。」皇太子嚴肅凜然地回答。

聽皇太子這麼一說，雪哉低頭看著自己手上的白線。

雖然皇太子這麼說，但其實根本不需要路標，該走的路只有一條。即使有了白線，能讓回程更便捷，但並非必不可缺。而且把岩石封回去的兩個時辰，是以雪哉進入隧道的時間為基準，這對皇太子很不利。

在雪哉思忖這些事時，火光突然消失了，鬼火燈籠已經燒完三顆金平糖。

「只剩半個時辰。」皇太子停下腳步喟歎道，然後代替拉著白線的雪哉補充金平糖。

「但是我們回來的速度比剛才我去的時候快多了，而且猿猴也沒有追上來的跡象，繼續往前走，應該來得及。」

皇太子沒有回應雪哉樂觀的看法，舉起了再度亮起的燈光邁步向前。

鬼火燈籠重新亮起沒多久，雪哉才意識到皇太子藉此無聲地警告他：千萬別大意。

雪哉一路上都摸著拉緊的白線往前走，驀地感覺到白線變輕了，他有種不祥的預感，輕輕地一拉，竟將白線都扯了過來。

「殿下。」

「線斷了嗎？」皇太子看向雪哉，不慌不忙地引導。「不要用力拉扯，而且也不要再用手拉線了，用眼睛確認。」

「好。」

雪哉輕輕鬆開了線，改用雙眼盯著閃著亮光的白線前進。無論白線是在哪裡斷掉，剛才只拉扯了一小段而已，只要不繼續碰白線，重新找到斷掉的線頭應該並不困難。

他們時上時下地沿著狹窄的隧道艱難地向前，在不知道第幾次來到寬敞的空間時，終於察覺到異樣。雪哉和皇太子看著鬼火燈籠的照亮的地方，同時停下了腳步。

「……殿下。」

「什麼事？」

「我剛才去的時候只有一條路。」

「我也是，因為我是循著你留下的線去追你。」

「既然這樣，為什麼這裡有這麼多岔路？」雪哉疑惑地蹙起眉頭。

一排如同蜂巢般黑暗的隧道，張著大口般出現在他們面前。那些隧道大小不一，有上有下，從他們站立的位置向前幾步，就會進入其中一個隧道。

去程的時候絕對沒有經過這裡；即使剛才再怎麼焦急，若來到這麼異樣的地方，不可能沒發覺。更何況正因為去程時只有一條路，雪哉才能夠毫不猶豫地直直向前走。

「白線呢？」皇太子冷靜地問道。

「找不到，好像就是在這裡斷掉了。」雪哉付之一嘆地說。

他和皇太子拿著鬼火燈籠照亮著每一個洞穴，試圖尋找斷掉的線頭。由於遲遲搜尋不著，雪哉不禁開始焦灼了起來，突然間，黑暗的深處有東西在發光。

「殿下，找到了！」

「在哪裡？」

雪哉走進有亮光的洞穴，撿起斷掉的線頭，終於放心地鬆了一口氣，正準備快步前進，皇太子急忙抓著他的後頸，將他拉了回去。

「笨蛋！仔細看著腳下！」

聽到皇太子的怒叱，雪哉驚愕瞠目，低頭看著腳下，倒吸了一口氣——一個很大很深的洞，就在眼前，簡直就像陷阱一般，他不知道自己為什麼沒有發現。

「……留心一點，這地方恐怕不簡單。」皇太子眼眸深沉，輕輕地鬆開雪哉。

「抱歉，但我找到線了。」

只要找到了線，就可以回到出口。

皇太子聽了雪哉的話，微微擰起眉頭，沉思了半晌。

「等一下！」皇太子說完，走回剛才的地方，將自己的鬼火燈籠放在那裡，快步回到雪哉身旁。「我們先循著這條線走。」

雪哉雖然搞不懂皇太子為什麼要把鬼火燈籠留在那頭，總覺得他一定有什麼想法，因此沒有細問，便靈活地跳過大洞，循著白線繼續往前走。沒多久，他看到前方有亮光。

由於方才的大意疏忽，這次他謹謹慎慎地快步朝著明亮處走去，當發現光的來源，忍不住感到寒慄——那裡並不是出口，而是皇太子放鬼火燈籠的地方。

他們竟然在不知不覺中又回到了原地。

「太奇怪了。」雪哉的聲音浮現一絲顫抖，抬頭望著皇太子。「剛才的路幾乎是筆直的，照理說，必須在哪裡轉彎，或是往上、往下，才有可能回到原點啊？」

雪哉對自己的方向感很有自信，但看到一路循著的白線前方，背脊泛起了一陣寒意。白線在那個黑暗空間的正中央斷了。這到底是怎麼回事？照理說，應該通往出口的線，到底消失去哪裡了？

雪哉陷入了混亂，皇太子似乎預料到這種狀況，發出一聲低吟後沉思了片刻，彎腰撿起旁邊的小石頭，朝著腳下的洞丟進去。他們豎起耳朵聆聽了一會兒，「噹！」聲音不是來自洞裡，而是在他們身旁響起了小石頭掉落的聲音。

皇太子和雪哉互覷了一眼，急忙將自己手上的鬼火燈籠也投擲進洞裡。經過和剛才相同的時間，發出亮光的鬼火燈籠從上方的洞穴掉了下來，皇太子輕鬆地在半空中接住。

皇太子皺著眉頭，揉著太陽穴說道：「現在我明白了，這洞除了通往正確的出口之外，並沒有和任何地方相連。」

雪哉現在才瞭解那個老翁說的話——

『進去容易出來難。』

原來是這個意思。但現在沒有時間一籌莫展了，由於走錯了路，幾乎已經沒了餘裕，若再繼續迷路的話，時間一定來不及。

「怎麼辦？成為生命線的白線已無法發揮作用了。」

這到底是怎麼回事？雪哉感到心浮氣躁。

皇太子冷然地說道：「這裡可能剛好位在山內和外界交界的部分，而這個奇怪的現象應該是結界作用。為了保護八咫烏生活的山內，排除試圖從外界進入者。」

在時雨鄉的山寺修補破洞時，皇太子曾經說過：『山內是易出難進的構造。』不過，雪哉這次並沒有感到不舒服，而且也維持著人形。

「我們剛才經過的路，就是〈第三道門〉』嗎？」雪哉一臉不知所措。

這道門的形狀和想像中相差甚遠。

「為了確認這件事，也必須向那老爺子問清楚。」皇太子露出凝重的表情。

「但是，請稍等一下。您曾經說過，真金烏不需要門，也可以自由出入。果真如此的話，即使不需要山內的結界，也可以自由出入吧？」

雪哉將此想法脫口而出。

皇太子肯定地回答：「沒錯！聽到老爺子提到『**回來的路很難**』時，我就猜想到可能是山內結界的關係。」

如果是這樣，自己是真金烏，就不會受到影響。他甚至暗自慶幸「**太好了**」，所以完全沒有做任何準備，就一路追著雪哉而來。沒想到……

「真傷腦筋！」皇太子一臉困擾地嘀咕著。「完全搞不清楚。」

「殿下。」

「我是不是太驕傲自大了……沒想到竟然把我也視為外敵。」

雖然皇太子看起來從容不迫，但雪哉畢竟曾在宮中當差一年，可以清楚感受到他看似沉著鎮定，內心其實越發焦急。

「現在該怎麼辦？如果不趕快想辦法，我們會被關在這裡！」雪哉一臉悲痛。

如果往回走，等待他們的是一群憤怒發狂的猿猴。皇太子或許有辦法殺出一條血路，但雪哉就只剩下一條死路。

皇太子沉著地揮了揮手。「不必這麼慌張。我是很納悶，他為什麼除了我之外，還讓你也進來這裡。而且既然我也無法進入，就代表這個結界和山邊的結界，屬於不同種類。」

「不同種類？」

「我相信不是所謂的特殊能力。關鍵在於，是否知道出去的方法？」

任何來歷的人都無法通過，但只要知道找路的方法，任何人都可以通過這個結界。如果是這樣，需要的就不是金烏的能力，而是破解難題的機靈。

「現在沒時間慢慢推敲了。」

「我知道，所以你也一起來思考。既然老爺子以前曾經進來過，又順利出去了，就代表並不是絕對無法突破的難題。」

雪哉將抱怨吞了回去，閉上嘴。若皇太子的主張屬實，眼前最重要的是動腦筋。

這對主僕默默地思索著——

那個老翁也曾經像他們今天一樣，去了屍骨山，然後又回到這裡被困住，最後設法出去了。年輕時的他，到底用什麼方法找到了出口？

老翁是在出去之後，才用大岩石堵住了出口。他當時並沒有時間限制，卻要求自己和皇太子在這麼短的時間內找到方法，這也太欠斟酌了。考慮到洞穴深處有猿猴，當然不可能一直把大岩石移開，但時間未免也太倉促。

回想起來，雪哉把白線綁在桌子上時，老翁就老神在在，顯然知道此舉毫無意義。不，等一下。沒錯，那個老翁曾經克服了這個難題，所以那個老翁就是線索。

他回想起老翁的言行，和他的一舉手、一投足——

老翁只給兩個時辰，幾乎只夠快去快回。若只論時間，老翁當年顯然更加充裕。高級鬼火燈籠。老翁在數十年前應該並沒有鬼火燈籠，只有雪哉他們有。雪哉用白線作為路標。雖然白線不具意義，但老翁發誓不會動白線時，到底在想什麼？是對雪哉做這種毫無意義的動作心生同情？還是對雪哉微弱的抵抗感到有趣？

總之，老翁沒有提供任何明確的建議，反而設置了時間限制，讓條件變得更困難。

想到這裡，雪哉突然茅塞頓開——老翁設定了兩個時辰的限制，他原本認為條件變嚴苛了，但老翁也同時提供了鬼火燈籠的有利條件。

雖然這都只是雪哉的解讀，並不是老翁說的。

會不會全都是自己的誤會？他沉吟了一下，驀地理出了頭緒。

「殿下，請把燈熄掉。」

皇太子聽到雪哉唐突的要求，錯愕地眨了眨眼睛。
「你在說什麼？這樣不就不知道時間了嗎？」皇太子顧忌地問道。
「事到如今，知不知道時間都一樣了，更重要的是氣味。」雪哉邊說邊收起鬼火燈籠。
「氣味？」
「老翁使用了線香鐘來計算兩個時辰，他說會等到線香燒完。我一直以為這對我們是不利的條件，或許剛好相反，那應該是在幫助我們的。」
雪哉的話停頓在這裡，皇太子也領悟出雪哉想要傳達的含意。
「原來如此，所以才使用線香鐘。」
皇太子也遮住了鬼火燈籠的亮光，在黑暗中試著嗅聞氣味。
無數隧道是鬼火燈籠的燈光所帶來的視覺殘影，既然雙眼會受此影響，就代表光線會成為他們的不利條件，無法發揮該有的作用。
沒辦法相信視覺，就只能仰賴其他五感了——也就是聽覺、觸覺、味覺和嗅覺。
老翁提出的兩個時辰並沒有意義，重要的是，在線香鐘的氣味能夠發揮路標功能之際，皇太子和雪哉是否能夠察覺到這個線索，進而順利離開隧道。

他們在黑暗中摸索著，戰戰兢兢地移動，避免掉進洞穴裡，旋即發現了一件事——剛才肉眼可以看到許多空洞，如今都消失了。果然是視覺受到迷惑，導致其他感覺也出了問題。

雪哉對自己的臆度產生了確信，拼了命地嗅聞著氣味。然而，他的耳朵卻比鼻子更先捕捉到異常——右斜後方傳來隱約的說話聲。

「猿猴……！」他一顆心被揪得死緊，萬分焦慮。

「找到了！這裡有淡淡的氣味。」漆黑中傳來皇太子緊繃低啞的聲音。

「真的嗎？」

「是白檀和桂皮的香味，沒錯，就是線香鐘。」

雪哉把手探向聲音傳來的方向，皇太子可能察覺到他的動靜，一把抓住他的手臂。

「快走，時間來不及了。」皇太子一說完，就將他背了起來。

如果雪哉沒有記錯，從大岩石到最初的空間，是緩和的坡道。如果是平時，他一定會抵抗說：**我可以自己走**！但現下急迫的情況不允許，還是默默交給皇太子比較妥當。

為了避免受到影響，他們選擇不點亮燈籠，但背著雪哉的皇太子好像看得到眼前的路，在隧道內毫無阻礙地奔跑。黑暗中，不時感受到岩壁的逼近，皇太子並沒有停下腳步，閃避著岩壁繼續往前跑。隧道的地面凹凸不平，但皇太子的腳步穩健得令人難以置信。

皇太子背著他跑沒多久，就看到出口的亮光出現在前方。光線中，可以看到一縷紫煙飄了過來，中途卻突然消失了，隱約在光線中看到有一個人影正要拔掉楔子。

「等等，等一下！我們回來了。」雪哉高聲大叫了起來。

皇太子在最後關頭全速衝向出口，通過大岩石離開了隧道。

在進入隧道前，覺得這裡的火把很昏暗，如今卻覺得格外明亮且安心。

離開隧道的瞬間，雪哉就從皇太子背上滑了下來，皇太子似乎也精疲力盡，無暇理會雪哉，雙手撐著膝蓋粗喘著。

「這麼晚才回來啊！」

放置線香鐘的桌子旁，不知道何時放了一張馬扎椅*。老翁坐在椅子上悠然地喝著茶。他斜睨著積著灰的托盤，詢問雪哉有沒有將重要的東西帶回來。

雪哉拿出放在袖子裡的骨頭，雙手遞給了老翁。

「請您確認一下。」

*注：馬扎，日文為「床几」，古代戰場、狩獵時，所使用的簡單小型坐具，可合攏摺疊，便於攜帶。

老翁拿起一小塊白色骨頭，放在滿是皺紋的手掌上。

「喔，原來是喉結，不錯嘛！」

「朔王，這到底是怎麼回事？」低頭喘息的皇太子拭掉額頭的汗水，抬起頭質問。

穿著白色和服的老翁聽到皇太子喊出自己的名字，收起了臉上輕蔑的笑容。

「日嗣之子，看來你也已經知道這是什麼了吧？這上面沾滿了外界的味道，曾經去過外界的人……不可能不知道。」

雪哉一臉詫異地看著互覷的兩個人。

「這不是人形八咫烏留下的骸骨，也不是山內其他動物的屍骨。」皇太子切齒咬牙，震怒非常地說：「這是人類的骨頭！」

「你說食人猿就在這座山裡！」

皇太子帶著雪哉趕回招陽宮，而先一步回來的長束和路近，以及濱木綿和澄尾都等在那裡。長束一臉有很多話想說，但在他開口之前，皇太子就先報告了最新得到的驚人消息，也讓長束愣怔住似乎忘了原本想說的話。

聽到長束的驚叫，皇太子仍舊平靜地面不改色。

「是的，而是並不是只要挖洞，就可以通往猿猴所在的地方。」

雪哉和皇太子在那個洞穴內，越過了保護山內的結界，猿猴是在山內之外的地方。

「所以，」剛才默默傾聽的濱木綿，向皇太子確認道：「那個洞穴，果然是〈第三道門〉，猿猴就是從那裡闖進來的嗎？」

「不，那應該並不是〈第三道門〉，也不是這次猿猴侵入的途徑。」皇太子在回宮的途中，一直在思索猿猴的所在地。「綜合朔王所提供的情報，我猜測那些猿猴所在的地方，應該是山內和外界『交界』的部分。」

「交界？」

「那些猿猴的巢穴既不是山內，也不是外界，是交界、夾縫、間隙。總之，是連結兩個世界的中間部分。」

皇太子在遊學之際，曾經透過〈朱雀門〉到外界去，當時從山內前往外界時，也經過類似的洞穴。

「〈朱雀門〉的洞穴只有一條路，而且修得很平整，這次的洞穴看起來是修整之前的狀態。雖然我們在中途撞見了猿猴，但那裡一定可以通往外界。」

在洞穴撿到的骨頭就是證據。

皇太子用眼神示意雪哉，將帶回來的骨頭放在眾人面前。

曾經構成他人身體一部分的骨頭，靜靜地躺在榻榻米上，投下淡淡的白色影子。

「這並不是以人形死亡的八咫烏的骨頭嗎？」雪哉疑惑地問道。

在垂冰參加葬禮時，曾經見過的遺骨，和在地下道深處見到的那堆骨頭形狀相同。正因為如此，他看到那座屍骨山時，以為是至今為止喪命的八咫烏遺體。

「你會這麼想也情有可原，因為如果生活在山內，一輩子都遇不到。」

因為那是山內不存在的動物骸骨。

「那絕對是人類的骨頭。」

「……人類和八咫烏不同嗎？」雪哉完全聽不懂皇太子的話。

在山內，會稱人形八咫烏為「人類」，而八咫烏的交易對象天狗，也會變成人形，因此

「人類」是變身成人形的動物總稱。但事實並非如此……

「你有沒有想過，為何我們目前的樣貌，被稱為『人形』？你認為『人』這個字，代表的意義是什麼？」

「這……不是用來區別馬和八咫烏嗎？」聰明的雪哉難得被問倒了。

「不，不是。」

據皇太子所言，人類支配了外面的世界。天狗在外面的世界只是少數而已，而且在人類的世界必須屏息凝氣地生活，盡可能避免被人類發現。

「如果說，我們的本質是『鳥』，人類的本質就是『人類』。他們無法變身，從出生到死亡，都一直以『人』的樣貌生活。而人形的說法，就是來自於人類。」

皇太子說到這裡便打住話頭，似乎感到難以說明下去。

八咫烏是卵生動物，隨著逐漸成長，學會了幻化成人形。因此，八咫烏的本性當然不是『人』，而是『鳥』。

皇太子在外界時，對於人類的世界，發自內心感到驚歎，不論是語言、宗教、風俗、文化和學問。

根據山內的傳說，八咫烏在山神的率領下來到此地。然而，山內所有的一切，都是將外界的事物以對自己有利的方式改變而成。

皇太子開始懷疑，是否言過其實。每次深入瞭解外界，就隱約覺得自己的祖先可能只是在山內重現外面的世界。果真如此的話，山內就只是模仿外界建造的迷你世界，人形八咫烏則代替了外界的人類。八咫烏具有違反本性的「人形」，或許和這個原因有關。

不過，現在談論這些只是無聊的推測。

「總之，那裡既然有人骨，就代表猿猴所在的那個洞穴，與外界相連。」

人類支配著外界，從來沒有聽說過食人猿的存在，所以皇太子認為那些猿猴來自外界的可能性很低。

「猿猴的巢穴，應該位在八咫烏之前沒有察覺到的空間，不知猿猴從什麼時候開始生活在那裡，把外界的人類抓來當食物。」

猿猴在山內和外界的夾縫中，以人類為主食生存。之後因為某個偶然的機會，猿猴發現了通往山內的〈捷徑〉，於是利用來捕殺人形八咫烏，作為代替人類的新糧食。

澄尾聽了皇太子的推論，斂眉沉吟了一會兒。

「我想起來了，佐座木遭到襲擊時，猿猴並沒有吃掉馬，這意味著牠們只是把人形的動物視為食物嗎？」

除了朔王封鎖的那條路以外，其他地方也有通往山內和外界夾縫的〈捷徑〉。

背對著房門，始終不發一語的路近突然懶洋洋地開了口。

「聽了你剛才所說的情況，這條〈捷徑〉似乎就在中央。」

「什麼？」長束猛然回頭看向路近。

路近露出了事不關己的表情。「難道不是嗎？我們所掌握的『門』，和那些猿猴所在的地方，不都是和中央山相連的洞穴嗎？」

如果通往外界的路都是向中央山的中心延伸，就可以解釋〈第三道門〉為什麼會掌握在地下街的人手上。

「目前只知道朝廷和地下街擁有『門』，雖然有上下之差，但都是以這座山為據點。」

之前要在山頂附近建造宮殿時，挖掘這座山的過程中，發現了兩道門——那就是〈朱雀門〉和〈禁門〉。由於宮烏居住的房子都是在山的側面懸空而建，所以朝廷的宮烏也始終沒有發現通往外界的路。

宮烏並不打算接手山下的部分，因而由谷間的人持續開發。在他們打造地下街的過程中，非常有可能發現了〈第三道門〉，和通往那座屍骨山的洞穴。

皇太子和雪哉順利離開洞穴後，朔王向他們提供了幾個建議，其中的一個建議剛好證明了路近的推理。

「朔王說，猿猴的事與地下街，也就是〈第三道門〉無關。而且還說，如果有猿猴闖入，那必定來自中央。」

雪哉對於〈捷徑〉並不在自己的家鄉感到鬆了一口氣，但心情還是很複雜。

長束聽了雪哉說的話，露出了不知所措的眼神。

「既然猿猴闖入的途徑不是在北領，為什麼會出現在栖合和佐座木？」

假設朔王的推測屬實，中央有連地下街的人也不知道的〈捷徑〉，就代表那些猿猴靠自己從中央前往了邊境。

「我可以想像牠們為什麼特地前往鄉下地區。」雪哉正襟危坐，嚴肅地回答長束的疑問。「對牠們來說，我們只是食物，目前的山內只是牠們的狩獵場。」

這就像是狩獵。既然獵物根本沒有察覺到牠們的存在，牠們當然不可能主動讓獵物發現，而是靜悄悄地獵捕更多。

「中央雖然有很多八咫烏，一旦失蹤，很快就會被警戒。這次遭到襲擊的栖合和佐座木都位在邊境，即使一次殺害很多八咫烏，也不容易被人發覺。事實上，佐座木在遇襲將近一個月之後才被發現。因此，問題不在於牠們為什麼去那裡，而是如何去了那裡？」

八咫烏有翅膀，轉眼之間，就可以從中央飛去北領；猿猴沒有翅膀，也不會說御內詞，如果用走的，就有相當的距離。

最重要的是，一路前往邊境時，不可能不迷路。能夠完全不迷路，前往那麼遠的地方，還沒有引起八咫烏的懷疑，答案顯而易見。

聽到這裡，長束領略出答案。

「有會說御內詞的傢伙，帶領猿猴去邊境……？」

無論栖合還是佐座木，都具備了有利於猿猴的良好條件。事前絕對經過仔細盤查，尋找出和其他村莊沒有交流的地區，最後才鎖定的目標。

「不論是花了很長時間偽裝成八咫烏的猿猴，還是背叛我們的八咫烏。總之，山內有為猿猴當嚮導的協助者。」

既然只能走陸路，他們就很可能會經過關隘。

「立刻派人調查關隘的記錄。」

佐座木遇襲的時日較久，但根據栖合遭襲的日子，必較容易鎖定日期。

長束正準備站起來，皇太子伸出一隻手制止了他。

「等一下，在調查關隘記錄時，還需要查另一件事。」

除了長束之外，所有人都看了過來。

「朔王還提供了其他線索。山內內部協助猿猴的傢伙，應該是為了得到這個而背叛我們的八咫烏。」

雪哉說完，皇太子拿起了放在眼前的喉結骨。

據朔王所言，人類的骨頭對八咫烏來說，並非普通的骨頭，雖然不知道當初是誰發現了人骨的這種用途，但只要將人骨磨粉後服用，可以作為藥物發揮效果。

在山內還有八咫烏為此取了別名。

「這個別名就叫做〈仙人蓋〉。」

在場的所有人瞭解這句話的含義後，全都瞠目結舌地倒吸了一口氣。

皇太子回想起在地下街臨別時，朔王對他的耳語——

『谷間會接受從上面落下的人，但至少自己羽翼下的人，要靠自己保護。』

『好的，朔王。不需要提醒，我也打算這麼做。』

雪哉來到櫻花宮時，小梅正和宮女一起做女紅。

不，正確地說，宮女正在做新衣服，她在一旁用廢布學做女紅。她專心拿針的模樣天真無邪，不時接受宮女的指點而停下手的樣子也很認真。

傳話的宮女喚了她一聲，她抬頭發現雪哉站在門口，馬上露出了欣喜的表情。

「雪哉！感覺很久沒看到你了，你在中央的事都辦完了嗎？」

小梅滿面笑容跑了過來。

「我有事想和妳談一下，妳現在時間方便嗎？」

「呃，好啊！沒問題。」

雪哉帶著一臉茫然的小梅，走進事先向真赭薄借用的小房間，反手關上了門扇，轉身面對神色緊張的小梅。

隨著宮女人數增加而增建的這個房間，面向戶外的那一排都是紙拉門。初夏的豔陽變成了柔和的白色影子照亮室內，映襯著佇立在單調的房間中央、一身鮮豔打扮的女孩。

「妳身上的衣服很好看。」

小梅聽了雪哉的稱讚，臉上露出興奮的笑容。

「是不是很厲害？你看看這身衣服，全都是真赭薄女史為我準備的，簡直就像公主。」

她身上穿的是簡單的宮女衣裳，短袴配蠶絲小袖，富有光澤的單衣外是一件有小花圖案刺繡的桃紅色小袿。一頭明亮髮色的頭髮梳理整齊，櫻桃小嘴擦了胭脂。

和第一次見到她的時候相比，改變簡直是天差地遠，幾乎快認不出來了。因為不僅是服裝，就連臉上的表情更是判若兩人。

「要回去北領了嗎？能否再稍等幾天？櫻花宮的姊姊說要教我宮中流行的遊戲。」

她比之前更加活潑，精神飽滿的樣子讓雪哉感到可疑。

「……妳和最初見到妳時一樣，好像並不關心妳父親的安危。」

「因為不知道他的下落，我也無可奈何啊！」

「真的是這樣嗎？」

小梅聽了雪哉的質問，斂起了臉上的笑容。

「……怎麼了？為什麼突然這麼問？」

「妳是不是確信妳父親還活著？因為妳知道是自己的父親把猿猴帶去垂冰。」

小梅霎時說不出話，眼神飄忽了一下，隨即露出僵硬的笑容。

「你怎麼說這麼奇怪的話。」

「會很奇怪嗎？」

「很奇怪啊！而且你憑什麼這麼說？」

「我當然有憑有據。」雪哉直直盯著她，鎮定自若地繼續說：「聽說妳和妳父親一起牽了兩輛板車。」

小梅聞言身體僵住，明顯地抖了一下。

栖合有兩輛看起來剛使用過的板車，在垂冰鄉呈報到朝廷的報告中也提到，在舊街道發現兩輪板車的嶄新車轍。然而，小梅和她父親絕不可能兩個人牽兩輛裝滿酒甕的板車。

「因為事態嚴重，關隘的官吏也已經如實交代了。」

通行文件上，小梅和她父親只牽了一輛板車前往北領，他們賄賂了官吏，讓另一輛板車也通過了關隘，而且沒有確認另外兩名下人身分，就讓他們進入了北領。

回想起來，遇襲的地方都在可以勉強讓板車通行的舊街道盡頭。

「請妳老實說，牽那兩輛板車，而且在通行文件上不存在的那兩個下人，到底是誰？」

雪哉一字一句地問得鏗鏘有力。

小梅瞪圓了眸子，垂著嘴角，可能覺得已無法再狡辯了，喟然而嘆。

「……很抱歉，我們的確是四個人一起去了北領。」

「妳之前為什麼不說？」

「因為沒有人問我，而且我們並不是循正規方法進入，所以在宮烏面前難以啟齒。但是大家都這麼做啊！」小梅毫無歉意，試圖岔開話題。「指責我們的行為不當之前，我覺得那些放棄自己的職責，收取賄賂的官吏更可恥。」

雪哉沒有中她的計，冷然地繼續質問。

「當妳聽說栖合的人遭到殘酷殺害，不擔心下人的安危嗎？」

小梅裝糊塗，蹙起眉頭說：「他們不是下人，是父親找來的幫手，我不認識他們，也不關心他們的死活。更何況我根本不知道他們的名字，更不知道他們從哪裡來？」

「我認為那兩名幫手就是猿猴，妳認為呢？」雪哉面無表情問道。

「我怎麼會知道？即使真的是這樣，我也沒有發現。」小梅嘴唇發抖地說道。

「妳說你們帶去栖合的是酒。」雪哉不理會小梅的回應，維持一貫的語氣繼續責問。

通行文件上寫著他們搬運的物品是酒，但在栖合發生慘劇之後，根本沒有看到裝了酒的酒甕。

「當然啊！因為那天晚上都喝光了。」

「喝了兩輛板車的酒？」

「對啊！因為是來自中央的好酒，在宴會上全喝掉了，大家都很高興。」

「妳喝了那些酒之後就很想睡。第一次見到妳時，妳是這麼說的。妳還說，在宴會上喝了酒。那就是你們帶去的酒吧？」

小梅回想起自己以前說的話，輕輕「啊」了一聲，雙手捂住了嘴巴。

「妳喝了酒之後，整整昏睡超過一天。大夫說，可能被下了什麼藥。」

如果酒中加了迷藥，小梅以外的人也喝了相同的酒，應該也會陷入昏睡。只有小孩子沒有喝酒，北領那些愛喝酒的大人因為藥效的關係，個個都睡死了。

一旦遭到猿猴的攻擊，根本不是對手。

「我剛才說了，並沒有看到裝了酒的酒甕，但有裝了其他東西的酒甕。妳認為……那裡面裝了什麼？」

小梅驚愕瞠目，默不作聲。

「是可憐的栖合居民，被剁成碎塊，用鹽醃漬起來！」

雪哉用不同於才方平淡的語氣，流露出真感情，怒吼了起來。

小梅聽到雪哉的暴叱，害怕地退了一步。

「原來如此，仔細一想，就會發現是很有效率的方法。你們把加了強烈迷藥的酒送去村莊，猿猴又把喝了酒的村民用鹽醃漬起來，只要裝回已經喝空的酒甕就好。」

「……別說了。」

雪哉無視小梅的低聲制止，毫不留情地繼續嚴厲指責。

「之後再像原來一樣蓋好蓋子，就可以帶回中央。路上的人根本不可能知道酒甕裡裝的竟然是八咫烏，板車還可以大搖大擺地走在路上。」

「不要再說了。」

「至於那些愚蠢的宮烏，只要賄賂一下就搞定了。如此一來，他們甚至不會查看酒甕裡裝了什麼，你們就能神鬼不知地把用鹽醃漬的遺體運回中央。但這也是無可奈何的事，都是那些宮烏沒有盡忠職守，也沒有想到酒甕裡裝的竟然是自己的同胞，都是他們的錯啊！」

「我不是叫你不要再說了嗎！」小梅失聲尖叫，捂住自己的耳朵蹲在地上。

「為什麼不想聽？妳只是和大家做相同的事，根本沒有任何過錯。妳大可抬起頭，落落大方地這麼說。」

小梅淚流滿面地哭訴：「很抱歉，我真的什麼都不知道。我的確覺得父親和那兩個男人的態度都有點奇怪，但只是這樣而已。因為我一直都在睡覺，什麼都沒看到。」

「他們的樣子怎麼奇怪？」雪哉口氣激動地質問。

「因為父親一直忐忑不安，感覺好像有什麼事瞞著我。那兩個男人都很沉默，即使我跟他們說話，他們也都不吭氣，只是對著我笑，感覺很可怕。」小梅抽抽噎噎地哭道：「但他們力氣很大，一個人可以牽一輛板車到栖合。我也覺得他們簡直不像八咫烏。」

她說，在鄉長官邸得知栖合的慘案時，她第一次聯想到這種可能性。

「既然這樣，妳當時為什麼不說？」

「因為我並不知道真相，而且也不知道父親的安危。」

小梅用袖子擦了擦臉，紅著雙眼，凝視著雪哉。

「我只是覺得這件事如果和那兩個男人有關，我父親應該還活著……」

雖然小梅察覺父親和栖合襲擊的事有關，卻仍想要袒護他。

「聽到你剛才說的話，我就搞更不清楚了。我父親雖然很混帳，但不會做這種傷天害理的事，他可能只是被猿猴利用了。」

事到如今，小梅還是想辯駁解釋。

「即使猿猴要他協助做這麼可怕的事，他一定會很害怕，絕對無法做任何事。他應該是被猿猴騙了，遭到利用後，和栖合的人一起被猿猴殺了。」

雪哉看著淚眼婆娑的小梅，冷冷地駁斥。

「這是不可能的，因為猿猴的目的，是偷偷把鹽漬的八咫烏帶回中央，不被其他八咫烏發現。」

既然必須通過關隘，還得走很長的路，猿猴不可能殺了協助者。

皇太子和雪哉去栖合時，小梅的父親應該就在附近，只是他們並沒有發現。

「誰知道啦！」小梅崩潰地哭喊尖叫。

「而且，妳的父親因為協助猿猴，獲得了報酬。」雪哉冷酷地低頭看著小梅。

「報酬？」

「仙人蓋！」

回想起來，仙人蓋是一切的起點。皇太子為了追查仙人蓋來到垂冰，然後發現了栖合的慘案現場。地下街的人在追緝小梅的父親，也認為他就是仙人蓋的藥頭。

小梅的父親很缺錢，不好好工作，卻嗜賭成性，四處借錢，到處惹麻煩，而獨生女小梅整天催促他去賺錢。仙人蓋在中央的交易價格驚人，只要一度靠仙人蓋獲得巨款，就會食髓知味，做出這種傷天害理的事也不足為奇。

「我不知道什麼仙人蓋，也從來沒有聽說過。」小梅驚慌地搖頭回應。

「很遺憾，有人在買賣仙人蓋的地方，看到了和妳父親特徵一致的人。在中央的藥站和垂冰鄉的驛站這兩個地方，也都有看到他。」

結束地下街的會談回來之後，他們去打聽了因遭到猿猴襲擊而被拋在腦後的仙人蓋調查結果，得知看起來像是小梅父親的人，在垂冰鄉的驛站賭博輸了一大筆錢，而且時間就在仙人蓋買賣的前不久。

小梅的父親原本應該並不打算在垂冰販賣仙人蓋，但他手上沒盤纏了，連隔天支付客棧的費用都有問題，因此急需籌錢。

「妳父親顯然為了得到人類的骨頭，將山內的八咫烏交給了猿猴。」

小梅聽了雪哉的說明，臉色越來越慘白。

「怎麼可能？父親怎麼可能做這種事？」她茫然若失地喃喃道。

「……妳真的一無所知嗎？如果妳依舊裝傻，狀況會對妳更加不利。」雪哉突然改變態度，關心地問道：「妳父親應該還活著，所以最好把所知道的事全都說出來。既然目前找不到妳父親，照目前的情況，只能把妳交給地下街的人了。」

「地下街？」小梅不禁叫嚷問道：「等一下，為什麼要把我交給地下街的人？」

「因為地下街的頭領向我們提供了仙人蓋的線索。」

雪哉告訴她，地下街的人提供線索，約定交出小梅作為交換條件。這讓原本滿臉蒼白的小梅，完全失去了表情及力氣。

「……不會吧？求求你們不要這樣，如果被他們拷問，一定會比死更慘。」

雪哉握著她的手，動之以情地勸說：「我和皇太子殿下都努力想要避免這種情況發生，所以妳願意盡力提供協助嗎？」

「好吧！」小梅吸著鼻涕，輕點著頭同意。

「你這小子，以後可別成為壞男人……」

雪哉把小梅交給負責審問的審訊官後，便回到招陽宮，澄尾一臉敬佩的表情迎接他。

考慮到雪哉可能無法說服小梅，他和皇太子當下也在隔壁房間，偷聽他們的談話。

雪哉覺得自己只是很認真地談判，所以無法接受澄尾的話。

「你說話也太不厚道了，我也不願意說那種話啊！更何況不是已經達到目的了嗎？」

「你就說，只要有需要，不管是成為壞男人還是什麼，我都願意。」有個粗獷揶揄的聲音說道。「皇太子妃，妳有沒有聽到，這是還沒有戴冠的人說的話。」

「真是太期待將來了！」

不知道為什麼變得很投緣的路近和濱木綿，兩個人在旁邊竊竊私語。為人夫的皇太子完全不在意自己的妻子和其他男人熱絡地聊天，事不關己地和長束討論事情。

「如此一來，小梅應該會說出所有知道的事。」

若找不到小梅的父親，就得將她交給地下街——這件事是憑空捏造的，長束直接指示雪哉這麼說。

「原來背叛的動機是金錢，真是太蠢了。」

雪哉揉著眼睛下方的黑眼圈，不滿的聲音中既沒有霸氣，也感受不到嫌惡。

「他應該知道，即使能夠大撈一票，也只是錢而已，終究對自己沒好處。」

長束可能難以理解小梅的父親背叛八咫烏，為猿猴帶路的動機。他一臉疲憊的表情，顯得有點無法理解。雪哉也在內心認同長束的意見。

濱木綿似乎難以苟同，螓首微傾，臉上有著促狹的笑意。

「你從來沒有生活困苦的經驗，當然不可能理解。當你嚐過為當天的三餐發愁的生活，你就不會說『也只是錢而已』這種話了。」

濱木綿曾經被剝奪宮烏的身分，成為山烏，過著貧窮的生活。

並非只有雪哉想起這件事後感到不自在，他和長束身旁一臉尷尬表情的澄尾交換了眼神，覺得自己不該隨便開口。

「不過，接下來有什麼打算？」即使聽了濱木綿的話，也完全不受影響的路近，滿不在乎地問道。「就算利用那個叫小梅的證詞，也未必能夠逼她父親出面。」

現在也無暇袖手旁觀，靜觀其變，山內已經面臨緊迫的狀況。

「既然猿猴有〈捷徑〉進入中央，搞不好猿猴會最先襲擊山內的中樞。」

雪哉想像猿猴直接闖入朝廷，大啖宮烏的景象，渾身起了雞皮疙瘩。

「猿猴有智能，如果有計畫地破壞指揮系統，攻占中央，會有怎樣的結果？」澄尾用壓抑的聲音，繼續說道：「〈羽之林〉基本上是針對地方的叛亂，為了保衛中央所成立的軍隊，兵站基地當然就設在朝廷。雖然地方上也儲備了食物，但如果保管在中央的武器被奪走，就無法很快奪回來。」

長束似乎也預見了澄尾的想法，垂著眼讓人猜不透。

「朝廷是天然的要塞，如果最先占領原本該受到保護的朝廷，然後固守城池，我們根本無計可施。」

仗打得越久，對猿猴來說，就是在持續向牠們供應糧食，這簡直就是食物自己送上門來。在無法有效使用射擊武器的室內，即使和巨猿展開肉搏戰，除非是熟練的高手，否則對八咫烏很不利。

一旦朝廷遭到占領，將會對八咫烏造成壓倒性傷害。

山內長年以來，都在稱頌太平盛世。雖然朝廷內曾爆發腥風血雨的權力鬥爭，基本上都是以在宗家領導下的四家分治體制為前提。即使地方上有一些暴動，也不必擔心以武力為背景的革命，至今從來沒有想過會有外敵存在。

「這是朝廷的致命缺陷，金烏沒有直接掌握兵權，就是天大的笑話。」路近用輕鬆的口吻嘲諷道。「如果這是有計畫的行動，我真想為那些猿猴鼓掌。」

由於已派兵前往地方，目前中央的警備人手不足，若這時大量猿猴從八咫烏尚未掌握的〈捷徑〉闖入，馬上可以輕而易舉攻占朝廷。

在場的人想像到這種情況，個個臉色慘澹。

路近見狀，忍不住猖狂大笑。「你們現在不是在努力避免這種情況發生嗎？雖然我剛才那麼說，但我認為猿猴並沒有想到這一步。」

路近認為，如果牠們打算促使中央派兵前往地方，手法應該會更明顯。

「總之，眼前尚不知牠們的數量，關鍵就在必須趕快採取行動。唯一的方法，就是在猿猴意識到我們不是『食物』，而是『敵人』之前，先找出〈捷徑〉，然後將其堵住。」

為此，就必須趕快逮捕小梅的父親。

有什麼妙計嗎？路近用眼神發問。

「嚴格審問女兒，若還不知她父親下落，就用她當誘餌。」長束下定決心，頷首說道。

「什麼意思？」

「放消息出去，說要把他女兒交給地下街。」

長束說，將朝廷和地下街做了交易的消息傳遍山內，當父親得知朝廷為了讓他女兒說出叛徒的下落，非法地把他女兒交給地下街，他應該就會採取行動。

「聽說小梅的父親是個混帳。他會為了女兒主動出面嗎？」雪哉充滿懷疑。

「如果他還不出面，」長束壓低了聲音。「那就只能讓小梅遊街示眾，說她是『**叛徒的**

女兒』。混帳應該也會去街上看一下熱鬧，我們就設下埋伏，到時候將他一舉成擒。」

難以想像這些話出自宗家的宮烏之口。雪哉看到長束的自甘墮落，感到有些擔憂。

濱木綿眨了眨眼睛，膝行靠近路近身旁。

「路近，親愛的皇兄大人發生了什麼事啊？」

「他在地下街挨了朔王的罵之後就很沮喪，現在似乎決定豁出去了。」

「我沒有豁出去，而是改變了想法。」長束板著臉反駁，他眉間深刻的皺紋，簡直就像天生的。「我的做法的確不好，但這是因為我對地下街缺乏認識和準備。不過，利用一切可以利用的資源，這個方針並沒有錯。」

事到如今，我決定要徹底執行奈月彥做不到的事。長束略帶自暴自棄地嚴肅宣布。

「如果因此被人說骯髒無恥，我也無所謂。我做不到的事就交給奈月彥，奈月彥做不到的事就交給我，完全沒有任何問題。」

自己軟禁了皇弟，最後被皇弟逃脫這個事實，終於讓他想通了。只有澄尾露出尷尬的表情，但長束完全毫不在意。

這不就是完全豁出去的態度嗎？

路近指著看似不像反省過的主子，轉頭睨著皇太子。

「你看看，你看看？雖然從失敗中學到這樣的教訓有點誇張，但至少成為了良好的經驗，我很滿意。」

「是嗎？那就好。」皇太子敷衍道，接著露出陰鬱的表情。「但眼前的情況，也無法選擇手段了。無論如何都要抓到小梅的父親，查明猿猴闖入的途徑。事到如今，也只能試試皇兄所說的方法。」

整個朝廷也都已經知道這件事，只是隱瞞了是來自地下街的消息。

山內也發布了賣水郎治平的畫像及通緝令，雖然很希望有所收穫，只是目前尚未接獲有力的證詞。同時已派人在小梅的住家周圍，和治平可能前往的地方展開搜索，也未發現像是〈捷徑〉的地方。

「……小梅到底對她父親所做的事知道多少？」

雪哉觀察小梅的反應，覺得她不像在說謊，但是內心深處不相信自己眼光的部分，持續敲響了警鐘。

在場的大人聽了雪哉的問題，全都陷入了沉思。

「她說，和那些遭到殺害的村民，一起喝了加了迷藥的酒這件事，令人挺在意。」

濱木綿若有所思，指尖把玩著拿起放在書桌上的小磁酒杯。

「聽說佐座木遭到襲擊時，小梅的父親並沒有帶她前往，卻帶她一起去了栖合，其中顯然有什麼原因。會不會他預料到地下街的人差不多會找到家裡了？」

小梅的父親可能擔心把女兒獨自留在家裡，會被地下街的人抓去當人質。如果是在無奈之下帶著小梅一起動身，當然不會希望小梅看到那場慘案。於是，就想到趁她睡著時完成一切，便讓她喝了加了迷藥的酒……

「濱木綿妃，您認為小梅完全不知情嗎？」

「我不會說她完全沒有發現任何異狀，我猜想她在某種程度上有感到不太對勁，但應該不瞭解具體的狀況。」

攏起眉頭聽著弟妹說話的長束，提出了不同的意見。

「我沒有直接見過那個叫小梅的女孩，根據我目前聽到的狀況，認為她很可疑。」

長束主張，喝酒是為了讓栖合的住民放鬆警戒。

「雖然這個消息還無法證實，但聽說有妙齡女子出入做仙人蓋買賣的藥站。」

「妙齡女子？」

「而且也剛好是仙人蓋出現在市場上的時期前後。」

那個妙齡女子用衣服遮住了臉，詳細的長相特徵沒人知道。但在風吹起衣服時，有人勉強看到妙齡女子的側臉，那個人說，是一個年輕強勢的美女。

「因為只有瞥到一眼，所以那人也沒有太多記憶。」

「年輕強勢的美女嗎？」

小梅雖然年輕好勝，因為很聒噪，所以不覺得她是美女。

「要不要把小梅帶去給那目擊者指認一下呢？」

「不用你說，早就已經這麼做了。」路近代替主子回答。目擊者看到小梅後，無法明確說出「是」或是「不是」。

長束打定主意，再度重申：「尚不知小梅參與了多少，總而言之，時間是關鍵。若審訊官無法從她口中問出有益的線索，就放消息，要將她交給地下街。即使阻止我也沒用。」

「我不會阻止你。抱歉，老是讓你做一些骯髒事。」皇太子歎了一口氣，低喃道。

長束搖了搖頭，然後帶著路近離開了招陽宮。

以長束的手腕，小梅要被送去地下街的消息，應該很快會傳遍整個山內。希望在小梅被抓去遊街之前，就可以解決。雪哉自忖著，目送長束和路近離去的背影。

沒想到短短兩天之後，一個男人的屍體吊在通往〈中央門〉一座大橋的橋桁上。

第五章　涸井

終究還是做了。

男人急促地喘著氣，搖搖晃晃地走上通往住家的階梯，鮮血不停地從扛在肩上的不知名少女的額頭滴落。

把這名少女丟進水井之後，回來的路上，得把石階上的血跡清理乾淨。他冷靜地暗忖著，默默走向目的地的水井。

在用石頭毆打少女時，她轉過了頭，看到自己的臉。已經沒有退路了。不，不對，自己在很久之前，就已經無路可退了。到底從什麼時候開始？他忍不住回想。

只能說從一開始就無法回頭了，一切全因水井乾涸而起。

那是七年前的夏天，和自己一樣做賣水生意的朋友都說，山下水井的水越來越少，也越來越混濁。當時，他並不認為是嚴重的問題。

中央的水，越往山上，營養越豐富，價錢也越高，擁有高品質水井的賣水郎，都住在山上更高的地方。反過來說，擁有山腳下水井的賣水郎，都是一些歷史很短的三流貨色。他一直為自己是持續了好幾代，歷史悠久的賣水郎感到自豪，那些才做沒幾年賣水生意人根本無法和自己相提並論。

但是，過了幾年之後，山上的水井也發生了變化。

去年冬天，男人擁有的水井終於受到了影響，他頓時慌了手腳。他是持續了好幾代賣水生意的繼承人，也就是說，除了靠賣井水獲得收入以外，他不知道其他賺錢的方法。

在水井發生異常變化後，許多同業都選擇放棄，但男人心有不甘，四處察看同業的水井。有時候向同業借錢，或是出錢把看起來還有希望的水井給買下來，但終究還是廢棄了，最後沒有任何一口水井可以汲到水。

最後，男人只能求神拜佛。他在已經乾涸的水井前搭了神龕，供奉了食物和酒，接著他把大量酒往水井裡倒，嘴裡祈求著「**井水趕快回來，救救我**」，還承諾只要是力所能及的事，他都願意去做。

在他持續用食物和酒供神三天之後，發生了奇怪的變化。

他打開圍住水井的小屋門，發現供在神龕上的東西都不見了，他當下以為被人偷走，但立刻發現不可能。這裡原本是做水生意的賣水郎住家，需要打開好幾道門鎖才能進入，而且從平時住的房間也可以看到這裡，只要有人靠近，就會馬上發現。

那些供奉的食物到底去哪裡了？他感到十分納悶，探頭往水井周圍察看，突然耳邊聽到一個陌生的聲音。

「你是這口水井的主人嗎？」

男人驚訝得不知所措，急忙向小屋外張望，想要尋找聲音傳來的方向，卻沒有看到任何人。他正感到奇怪時，背後再度傳來低沉模糊的說話聲。

「我在這裡，我在這裡。」

男人這才終於發現，聲音是從水井中傳來的。

「你是八咫烏吧？謝謝你的美酒和美食，太美味了。」

「你是誰？」他感到惶恐，伸頭窺視水井內，裡頭一片漆黑，什麼都看不到。

「我是誰並不重要。」井洞內傳來老人沙啞的聲音。「但如果你很在意，不妨把我視為你正在祭拜的神。你不是想求神幫你嗎？」

男人被這麼一問，把反駁的話給吞了回去。

「你可以讓水回來嗎？」

「不，很可惜，這件事我無法做到。」

男人正感到失望，接下來的聲音，讓他產生了好奇。

「但我可以給你想要的東西。」

「我想要的東西？」

「我聽到了你的歎息，你不是想要錢嗎？」說話聲似乎樂在其中。

「……是的，我想要。」男人用力吞著口水。

「錢、錢、錢。」水井內迴響著沙啞刺耳的笑聲。「沒問題，你想要就給你。」

話音剛落，不知道有什麼東西從水井深處丟了出來。男人撿起丟在水井旁的東西，忍不住皺起眉頭，那包東西並不大。

「這是什麼？」

「這是對八咫烏很好的藥。」

男人聽著水井內那個帶著黏膩恍惚的聲音，打開了手上的東西，發現裡面的白色物品既像是骨頭，又像是石頭。

「這是藥？」

「剛才給你的是試用品，你可以拿去給江湖郎中或是藥站。」水井內響起詭異的笑聲。

「如果你還想要更多，記得把酒倒進水井。只要聞到味道，我就會出現。」

話一說完，接著就傳來衣服拖行的窸窸窣窣聲，之後就沒有再聽到任何聲響。

男人覺得好像做了一場白日夢，但還是聽從了那個聲音的指示，將那包東西交給了住在谷間，卻也同時在城下町做生意的江湖郎中。

郎中接過那包東西時，還愛理不理地說：「等我有空時，會幫你看一下。」沒想到隔天早晨，郎中就雙眼通紅地衝進了男人家裡。

「你是從哪裡搞到那東西的？那可是好東西，有多少，就拿多少來。」

郎中欣喜若狂的樣子很不尋常。

可是，但對男人來說，郎中說的「**多少錢，我都願意付。**」這句話，比郎中異常的模樣重要多了。

回到家，男人準備了比之前更多的年糕和酒，一併全都倒進水井裡。當他隔天打開小屋的門時，拿到了比之前更大包的東西。

「謝謝你的美食，但我還想要更多，下次想來點肉吧！」

「肉嗎？我知道了。」

「我很期待，下次還會再帶藥給你。」

男人拿到藥後大賣特賣，他很幸運最初把藥拿去給了郎中。郎中除了自己使用以外，還賣給了他的病人，而那些藥透過郎中私下交易，完全沒有公開。

「那到底是什麼？」在多次接觸後，男人忍不住提問。

「以前使用這種藥的人，稱它為仙人蓋。」

「仙人蓋……」

「就是仙人的頭蓋骨。」帶著笑意的聲音，告訴他藥的名字。

郎中試了仙人蓋後告訴他，只要服用少量，就可以快樂似神仙，會覺得自己無所不能，世界上的一切都充滿幸福。

說句心裡話，男人並不是對可以讓人飄飄欲仙的藥沒興趣，而是他更想要錢，因為他和單身的郎中不同，他有必須撫養的家人。

聲音主人的要求越來越大。年糕的數量持續增加，還提出要雞肉，酒也從瓶子變成了酒甕，進而變成了酒桶。

不過，仙人蓋可以賣更高的價錢，即使花錢買那些供品，仍然綽綽有餘。

然而某一天，聲音主人提出了不同的要求。

「謝謝你的美食，但我想要更好吃的食物。」

「是嗎？這次想要什麼？」

「我想要女人。」

「女人？」

男人原以為聲音主人要他帶妓女來，但接下來的話，卻男人首次心生恐懼。

「很久沒有吃女人的肉了，從你身上可以聞到年輕女人肉體香噴噴的味道。」

男人想起前一刻為買了新衣服，純真地面露愉悅的那張嬌顏，霎時嚇得臉色發白。

「她不行……」

「為什麼？那是你老婆嗎？還是女兒？」

「反正就是不行。」

水井裡的聲音第一次遭到男人的拒絕，略感不豫。

「真是的，如果你帶女人的肉給我，我打算給你更多仙人蓋。」

「即使是這樣，女人的肉還是不行，這絕對不行。」

「啊喲，有什麼關係嘛！」

身後驀地響起一個銀鈴般的聲音，男人驚慌失措地回頭，只見他唯一的家人滿面笑容地站在那裡。她之前都謹守遵守男人的要求，絕對不踏進這裡。

「難怪你最近手頭很闊綽，原來是這麼一回事。雖然我早就知道你不可能認真工作。」她呵呵地笑了起來。「根本不需要瞞我，若早點告訴我，我還會助你一臂之力。」

「妳在說什麼傻話……」

她不予理會，直接打斷男人的話，站在遠處向水井內的聲音，再次確認。

「不是要女人的肉嗎？只要是女人的肉就好，並不一定要我的肉吧？」

「對，沒問題。」那個聲音立刻欣喜若狂。

「既然這樣……」她燦然一笑。「那就好辦了啊！」

男人都抗拒不了女人露出俏麗明媚的笑顏。

男人終於把擄來的少女丟進了水井。少女原本昏了過去，但被水井下的手接住時發出了呻吟，似乎清醒過來了。

「啊……幹嘛……？」少女發出柔弱茫然的聲音。

「喔喔喔，太棒了，太棒了。我收到了，感謝你的美食。」那個聲音顯得驚喜萬分。

片刻後，從水井丟上來的那包東西，比以往的任何一次更大包。

他抱著那包東西正準備走出小屋時，猝然聽到背後傳來喀答一聲，像是有什麼東西被折斷，下一瞬間，伴隨著少女的慘叫聲，響徹了周圍。

男人這時才知道，即使是年輕女孩，在真正面臨生命危機時的慘叫，是多麼得聲嘶力竭，令人毛骨悚然。

在屋內等男人回家的女人，看到他遞上的那包東西，欣喜至極。

「啊啊，太棒了！這下子又可以買新的胭脂了。」

雖然這個女人開口閉口就要他「去賺錢」，但對自己來說，這是世界上最重要的女人。只要她不拋棄自己，即便已經沒有退路，他也覺得沒關係。

然而，在多次綁架女人投井之後，漸漸覺得可能不太妙。

「不能繼續這樣下去，地下街的人已經開始在找我們了。」

之前那個江湖郎中失蹤了，如今男人都把仙人蓋賣給女人找到的一家值得信賴的藥站。只是和之前不同，目前市面上有很多仙人蓋流通，也讓地下街的人開始採取行動。

男人對著水井哭訴：「而且也不能再綁架年輕女人了，這一帶巡邏的士兵比之前多了不少，無法輕舉妄動。」

「那我們就自己來。」那個聲音滿不在乎地回應。

「啊？」

「我會派使者，但你能幫忙找理想的狩獵場嗎？最好是不會被其他八咫烏發現的地方。使者雖然不會說你們的話，但我會向他們充分說明，你負責帶使者前往。」

男人傷透了腦筋。如果按照聲音主人的要求去做，一、兩次應該沒有問題，若是一次又一次做這種事，遲早會被發現。

而且，男人已經賺了不少錢，女人也擁有很多華裳，生活變得很奢華，目前只缺社會地位和身分。比起金錢的魅力，和聲音主人的關係更讓他心煩慮亂，因為不知道這種關係要持續多久？也不知道什麼時候會被發現？

他和女人商量這件事後，成為他最大依靠的她，噙著一抹興味的笑。

「我有一個好主意。」

天亮後不久，招陽宮接到了一個令人驚愕的消息。

雪哉正在皇太子寢殿的隔壁，也就是兩個月前他所住的小房間內穿衣整裝。

皇太子的寢殿突然傳來一陣嘈雜聲，澄尾衝了進來。

「小梅的父親找到了！」

「他來自首嗎？」

「不是，他的屍體被吊在中央門的橋桁上。」

「……他死了？」跑過來的雪哉，微微喘著氣。

「是的，但遭到殺害至今，並沒有過太久。」

所以他果然沒有遭到猿猴襲擊，但為什麼會出現在那裡？雪哉的腦海中浮現出許多假設，但還來不及說出口，皇太子就出現在澄尾身後。

「我直接去現場。」

「我也一起去。」雪哉在羽衣外掛上懸帶，跟在皇太子身後。

皇太子的愛馬已經在招陽宮的大門前等候，雪哉和皇太子一起坐在馬背上，和騎著另一匹馬的澄尾一起飛向中央門。當雪哉等人抵達現場時，中央門前的橋上已經被封鎖了。

中央街那一側的山崖上，擠滿了看熱鬧的民眾，黑壓壓的人群都十分好奇異樣死亡的屍體。看起來像是士兵的鳥形八咫烏，在橋桁周圍飛來飛去。

雪哉在皇太子身後看向吊在橋桁上的男人屍體，完全不像是八咫烏。

男人脖子以下全身的皮都被剝光，他死前應該很痛苦。在血肉模糊的膨脹身體襯托下，顯得異樣蒼白的臉上留下了哭腫的痕跡。翻著白眼，吐出舌頭的樣子，看起來就像已經慘叫到精疲力盡。

死狀慘烈的遺體令人作嘔，雪哉忍不住露出了同情的表情。

皇太子在橋上一降落，負責現場指揮的士兵便帶著手下，快步走了過來。

「皇太子殿下，路近大人要我來向您報告。」

「辛苦了。是誰最先發現的？」

「負責守門的士兵，屍體應該是晚間被吊上去的。」

因為夜晚什麼都看不到，天亮之後才被發現。

「但在天亮前不久，就聞到了血腥味，因此研判吊在那裡的時間並不長。」

「這樣啊……」

皇太子目不忍睹地擰著眉，手下的士兵遞給他一個布包，皇太子立刻打開一看，發現裡面有一疊像是信件的紙。

「這些信包在油紙內，用布掛在脖子上。看了信的內容之後，知道這個男人就是遭到通緝的治平。」

幾名士兵正辛苦地將屍體拉到橋上。

皇太子沉默地拜讀著士兵交給他的信，他花了很長時間看完之後，喟歎了一口氣。

「……雖然應該不需要我提醒，但請你們再次確認他是否真的是治平？」

「遵命。」

「這封信去交給相關部門，要求他們善加保管。」

皇太子把信交還給士兵，轉頭走回愛馬旁。

雪哉發覺皇太子心情凝重，難以開口追問，但澄尾按捺不住，迫不及待地開口。

「上面寫了什麼？」

正準備上馬的皇太子窒住，並沒有回頭。

「……上面寫了他的懺悔，以及『全都是我的錯，我女兒是無辜的』。」

皇太子沉重鬱悶地說完，便一路飛回了招陽宮。

在長束等人來討論今後對策之前，皇太子始終不發一語。

由於雪哉和小梅最為熟稔，決定由他去通知小梅她父親去世的消息。

雪哉和跟在他身後的皇太子，以及護衛澄尾一起來到軟禁小梅的房間，朝著守在門口的士兵點頭示意，讓他打開門鎖後，雪哉獨自走了進去。

小梅抱著膝蓋，坐在昏暗的室內，一看到雪哉走進，立刻跳了起來。

「雪哉！有沒有什麼消息？」

雪哉對著走到自己面前的小梅，遞上了三張像是信札的紙。

「妳確認一下，這裡面有妳熟悉的筆跡嗎？」

那是寫了中央官署的信封。

小梅花容失色，從三個寫了相同字跡的信封中，毫不猶豫地指出其中一個。

「這是父親的字，絕不會錯。既然這封信在這裡，就代表父親曾和朝廷接觸吧？」小梅急切地問道。「父親果然還活著！他也太糊塗了，若早一點來，我就不必受這些苦。」

雖然她嘴裡咒罵著父親，但臉上的表情開朗許多，或許內心鬆了一口氣。

雪哉目不轉睛地觀察著小梅的反應，需要極大的氣力，才能把下一句話說出口。

「小梅……」

「但是太好了，這下子就可以知道到底發生了什麼事。我想過了，果然是有什麼誤會，因為我父親很膽小，不可能做這種傷天害理的事。」

「小梅！」雪哉用略微強烈的語氣喚了她的名字，她猛然噤了聲。

她怔忡不安地看著雪哉，臉上的笑容漸漸消失。

「雪哉……？」小梅發出顫抖的嚶嚀聲，和剛才釋然的愉悅完全不同。「你為什麼露出這麼可怕的表情？」

「疑似在妳父親的遺體上，發現了這封信。」

小梅一雙靈活的大眼睛驚愕地眨了一、兩下。

「遺體……？」她喃喃地重複著，猛然用力倒吸了一口氣。「騙人！」

「目前還尚未確認，等一下要請妳前去認屍。」

「你騙人！」小梅難以置信，全身微微地發抖。

雪哉告訴她，她父親似乎打算自首，但知道一旦來到中央，可能會遭到殺害，便寫下了這封信。

小梅聽到信上寫的詳細內容，震愕不已。

「怎麼可能？那個傢伙、那個混帳竟然為了保護我……死了？」

「請節哀。」雪哉靜靜地向她鞠了一躬。

小梅並沒有哭倒在地，看似難以接受現實，嘴裡頻頻說著：「我無法相信……」

她在警備的士兵包圍下，面對用布蓋住的男人屍體時，陡然崩潰地對著屍體的臉，淒厲哀叫：「父親！」她想要抱住屍體，士兵拼命拉住她。

雪哉和其他人只能靜默地注視著眼前這一切。

除了小梅的證詞以外，在之後的調查中，也證實吊在橋桁上的就是賣水郎治平。據路近所言，應該是谷間的人在拷問他之後將其殺害。

「中央門的橋桁向來都是他們殺雞儆猴的舞台。」

一旦以某種形式違反了地下街制定的規矩，地下街的人就會加以制裁，而且會以所有人都可以看到的方式進行，為得是對之後有可能犯相同過錯的人發出警告。

那封信是寫給在山內發佈通緝令的朝廷相關部門。

治平為了營救女兒，打算向朝廷自首。然而，一旦靠近中央，很可能在向朝廷自首之前，就因為仙人蓋的事被地下街的人抓到。擔心發生這種情況，他寫下了那封自白信。

信中陳述了事情所有的始末——

事情的起源在於，治平正為金錢發愁，因而去了之前曾經照顧過他的賣水郎朋友家，想尋求幫忙。但朋友因家中的水井已乾涸，決定放棄，也搬了家。

不過，那個水井和自家完全乾涸的井不同，還有少許的水。於是，他就想起以前在家祭拜的做法，便靈機一動準備些食物供著那口水井。沒想到竟然發生了奇妙的事，水井內突然傳出說話聲，感謝他的供品，還給了他仙人蓋。

治平起初以為那個聲音是井神，所以對販賣仙人蓋這件事，完全沒有任何疑慮。而且為了想要得到仙人蓋，他的供品也越來越豪華。直到有一天，水井裡的聲音索求要女人的肉，他這才驚覺，聲音的主人不是神，而是食人猿。

事到如今，他已無能為力，只能按照猿猴的要求，在中央襲擊年輕女孩，將她們丟進水井，最後甚至必須帶那些猿猴去外地「打獵」，那時他真的很想洗手不幹了。

差不多在那個時候，他得知地下街的人盯上了自己，他認為這是個好機會，打算在栖合最後一次「打獵」之後，就不再和猿猴有任何瓜葛。

不過，最讓他傷透腦筋的，是自己的女兒小梅。雖然治平做了身為八咫烏最傷天害理的事，他卻害怕遭到輕視鄙棄，因此沒有告訴女兒自己賺錢的方法。但如果把女兒留在家裡，可能會被地下街的人抓走，在萬般無奈之下，只好帶著女兒一起前往栖合。

為了不讓女兒知曉實情，他決定在猿猴「打獵」時，先讓女兒昏睡。他將「打獵」用的酒拿給女兒喝，照理說，她在事情結束之前都會一直沉睡，然後一無所知地踏上歸途。

沒想到發生了出乎意料的事——有兩個旅人驟然出現在那個村莊。

那時，治平就在熟睡的小梅身旁，從窗邊偷覷著旅人的情況。他以為那兩個人也會被猿猴吃掉，沒想到其中一名身手不凡，轉眼之間，就斬殺了兩隻猿猴，旋即檢查每一棟房子。

治平認為一旦自己被發現，必定會遭到質疑，於是打算先躲進倉庫。他在躲藏之前，把女兒放進了大箱子，以便隨時都能搬走，然後蓋上了蓋子。

沒想到大箱子被旅人發現，將其直接帶走。當他看到女兒被帶走時，整個人怔忡了片刻，隨即想到一旦搜山，自己就會被發現，於是溜去了街上，之後便一直躲藏起來。

然而，這次事件的敗露，他很快發現自己遭到了通緝，還聽說朝廷要將毫不知情的女兒交給地下街。他坐立難安，內心掙扎糾結後，決定出面自首。

在他打算自首之前，疑似被地下街的人掌握了行蹤，於是他決定寫下這封信。無論是鵶還是金烏看到信後，都能夠明白自己的女兒是無辜的，希望能夠保護她。

就算自己有什麼三長兩短，也必須證明女兒的清白。他下定決心寫完這封信之後，就前往中央，希望即便自己死了，也能夠釐清事實。

信中可以充分感受到他悲壯的決心。雖然如他所料，他真的遭到地下街的人殘殺，但基於互不侵犯協議，成為他遺書的這封信，也沒有遭到銷毀。

「地下街的人利用了我們。」

地下街的人。

路近說，更正確地說，是鵄或是朔王。

「地下街最多只能在中央自由行使實力，為了搜捕躲在地方邊境的治平，他們靈活運用了朝廷的權力。」

他們料到躲藏的治平遲早會向官府自首，打算在這個時候下手，因此事先埋伏，比中央的官吏先一步抓到治平。為達殺雞儆猴之效，殘酷地將其虐殺，卻保持了臉部的完好，讓朝廷可以比對身分。

如果治平真的造成其他八咫烏送命，就是百口莫辯的罪人，無論他多麼愛女兒。現下死在地下街的人手上，也只能說是罪有應得。

治平在信中詳細描述了自己和猿猴交易時的心情，並交代了猿猴走的〈捷徑〉在哪裡，以及自己寫這封信的來龍去脈。雖然筆跡顫抖，且改寫了好幾次，在看的時候十分費力，但信中所提供的線索，具有極大的價值。

雖然文字很感傷，卻也充滿了對自己行為的辯解，但其中有一件事絕對是事實——那就是關於皇太子和雪哉前往栖合時的描寫。

雪哉之後也拜讀了那封信，信中記述了許多只有在現場看到的人，才能夠知道的事。

當時治平的確就在現場。即使僅以這一點為根據，治平的自白信具有極高的可信度。

朝廷立刻派人前往自白信中所提到的賣水郎家，果然發現了看起來像是〈捷徑〉的乾涸水井。

向周圍居民打聽之後，得知這裡原本住著一對年輕夫婦，之後他們搬走了，目前並沒有人住在那裡。

武裝士兵進入水井內確認，發現水井側面有一個通道，一直通往深處。士兵走進通道察看，但中途變成了死路。

根據這份報告研判，那個水井側面通道內，應該有可以繼續通往深處的路，只是目前被岩石或是其他東西堵住了。雖然也有人提出，將水井連同那個側面通道都完全封起來，但如此一來，就無法確認那裡是否真的是猿猴闖入的〈捷徑〉。

最重要的是，自白信中最大的問題，就是那口水井中有某種動物會說〈御內詞〉。瞭解治平遺書內容的人都對這件事感到震驚，無一例外。關於聲音的主人到底是什麼生物，朝廷內也陷入了大混亂。

「如果那封信的內容屬實，水井內的聲音和賣水郎做了交易，讓猿猴闖了進來。」

「開什麼玩笑！猿猴怎麼可能會說御內詞！」

「目前並不知道那傢伙到底是不是猿猴？」

「水井深處到底有什麼？」

之前一直認為「**不會說御內詞**」這個特徵，可以用來辨別猿猴及八咫烏，如今已完全被否定了。

如果有猿猴會說御內詞，就可以在不知不覺中混入人形八咫烏中。在調查那封信真偽的同時，也必須查證如果信的內容屬實，猿猴為什麼會說御內詞？

官吏在朝議上爭執不休，經過一晝夜的商議，最後決定即使明知有危險，也要把聲音的主人引誘出來。

治平在信中寫著，『將酒倒進水井招猿。』根據這段內容，計畫由武裝士兵圍住水井，然後倒入大量的酒，等待猿猴出現。

皇太子自告奮勇擔任和猿猴對話的任務。雪哉原本以為即使皇太子能夠用他一貫的態度讓朝廷的人閉嘴，長束恐怕也不會同意。沒想到向來對弟弟過度保護的兄長，這次竟然沒有反對。

「因為對方是食人猿，皇兄應該認為這種時候需要〈真金烏〉。他也是因為這個原因，平時才會對我過度保護。」皇太子沉著冷靜地說著。「這麼重要的關頭，我怎麼可以不在場？皇兄平時就一直繃緊著神經，避免我在無聊的明爭暗鬥中送命。」

「喔，以殿下的本領，平時也不需要擔心吧！不過，我能夠理解。」

雪哉邊說著邊協助皇太子更衣全副武裝。

皇太子穿的並非威風凜凜的武官禮服，而是考慮到可能發生實戰，所以一身輕裝。他在不會影響活動的羽衣外，戴上了護腕、護手和脛甲。在穿戴這些護甲時，為了避免這些護具妨礙在緊要關頭的變身，都必須打上特殊的結，而這也是身為武家人最初要學習的事，普通的宮烏子弟是無法勝任的。

皇太子可能認為能夠勝任這項工作的雪哉很有出息，這次引誘食人猿出現的行動，要求雪哉也隨之同行。

雪哉原本就打著這個算盤，不過由於他個子矮小，沒有適合他的裝備，他只好編好一身羽衣，僅帶了一把短刀。他打算萬一發生狀況時，把戰場交由皇太子和澄尾，自己拔腿就逃，所以也是輕裝上路。

從招陽宮來到那棟房子，發現在武官的指揮下，大批士兵已經準備就緒，正在等候著皇太子。朝廷也派了數名文官前去瞭解事態發展，同時進行記錄，文官個個神情緊張。

長束和身旁的路近雖然佩戴著刀，但身上的服裝和平時一樣。房子前搭了帳篷，他們似乎打算在這裡守著皇太子。

路近看到皇太子和雪哉面色凝重，嘴角輕輕噙著笑。

「不知道猿猴何時才會出現，神經繃太緊，沒辦法打持久戰。」

他說話時把手揣在懷裡，似乎已做好了長期抗戰的心理準備。

皇太子在雪哉的陪同下，帶著數名武官和文官，走進圍住水井的小屋內，毫不停歇地將士兵搬來的酒往井裡倒。除了手上拿著不至於引起懷疑的燈火之外，小屋外也備了火把。

小屋內瀰漫著濃郁的酒味，為了避免引起猿猴的戒備，並沒有將門打開。小屋內光線昏暗，充滿了酒味和人的氣味，幾乎快反胃了。

果然如路近所言，暫時沒有發生任何狀況。

即使旁人建議皇太子先去外面休息，有任何變化會立即向他報告，皇太子仍然守在水井前。他拿著之前修補破洞時使用的弓箭，張著雙腿，直勾勾地瞪著井口。隨侧在旁的雪哉端坐在身後，澄尾和其他山內眾，以及高級武官都做好隨時衝上前的準備，等待著變化。

倒酒後約過了一個時辰。

水井深處傳來了岩石摩擦的聲音，雖然聲音很遙遠，但隱約聽得到。

所有人猛然陷入了警戒，一名士兵跑出去，向長束等人報告，事態似乎有了變化。

他們靜靜地等待片刻後，水井內傳來了窸窸窣窣拖行的聲音，正慢慢靠近中。酒的香氣中，浮現了野獸的氣味。

雪哉用力吞了口水，跪立了起來，緊緊地握住了短刀的刀柄。

窸窸窣窣拖行的聲音停止了，可以在黑暗深處感受到動物深深吐氣。

「喂！」井內驟然響起了像是老人沙啞的聲音。「是誰在那裡？不是之前的人……」

洩氣聲音所說的話，雖然帶著陌生的口音，但千真萬確就是御內詞。

皇太子將手放在水井邊緣，探頭張望著井裡。

「說話的你又是誰？」

山內眾手上火把的火光，照亮了向水井內探頭的皇太子白淨的側臉。

*是不是太靠近了？*澄尾以目示意，試圖制止皇太子，但皇太子不予理會。

等待水井內的聲音回應時，出現了短暫的沉默。

「唉，我就知道。」那個聲音發出心灰意冷的歎息後，沒有太多感傷地問道：「被發現了嗎？我就猜想時間差不多了。牠們死了嗎？」

皇太子暗忖著該怎麼回答，最後選擇說實話。

「如果你是問襲擊八咫烏的那兩隻，牠們已經死了。」

「你們殺了牠們嗎？」

「總不能讓牠們殺了我們吧！」

「那倒是。」那個聲音回應得毫無感情。

雙方有辦法交談的狀況，讓雪哉感到不寒而慄。

「所以，」深處傳來的詰問，仍舊語氣平淡。「也是你們在垃圾場殺了小孩子嗎？」

雪哉忍不住屏住呼吸，他抬頭望向皇太子清俊的側臉。

「你在說什麼？」皇太子不慌不忙，裝傻反問。

短暫的沉默——

「……你們不知道嗎？我們的小孩被殺了，太可憐了，那孩子很無辜。」

「你們襲擊的那個村莊，也有八咫烏的孩子遭到了殺害，那些孩子也很無辜。」皇太子也平靜淡然地駁斥，陰鷙地瞇起眼睛，緊盯著水井內的黑暗。「我有義務保護我的子民，既然你們先動手，我只能不擇手段。」

皇太子的話音才剛落，水井內的聲音驟然大變。

「你……你該不會是八咫烏之長？」那個聲音尖聲問道。

「對，我就是真金烏，你又是誰？」皇太子輕擰著眉。

皇太子的反問，又陷入了一陣詭譎的沉默。

「……這樣啊，原來是真金烏啊……」

井裡傳來的聲音和剛才不同，似乎帶著笑意，甚至有點樂不可支。

「很高興見到你啊！還是該說……『初次見面』？」

皇太子聽著對方的調侃，用力瞇起了凌厲眸光。

「回答我！你是誰？為何會說御內詞？」

「你別這麼凶嘛！我可是活了很久，非常瞭解八咫烏呢！也很清楚人類的事，可以說比他們自己更明瞭。」

笑著回答的聲音極其開朗，讓人聽了極度不適。

「為什麼要屠殺我們的同胞？」皇太子故作平靜，仍可感受到他克制著悶火狂燃。

那個聲音乾脆地回答：「沒為什麼，當然是肚子餓啊！最近和以前不同，無法再吃人類，無奈之下便開始試吃烏鴉，總不能嚐都不嚐就拒吃吧！沒想到你的同胞很美味呢！」

謝謝款待啊！皇太子聽到最後這句話，凌厲眸光倏地迸出凶殘光芒。

「你在開什麼玩笑！」

「我哪有開玩笑。話說回來，我完全沒有想到有朝一日，會和你有這番莫名其妙的問答。」那個聲音深有感慨地說完，傳來衣服摩擦的窸窸窣窣聲。「活得久還真不錯啊！」

聲音漸漸遠去——

「別走。」皇太子驚覺對著水井大喝，丟下手裡的弓，從士兵手上搶過了火把。

「不行！」澄尾伸手試圖制止。

皇太子閃過了他的阻擋的手，毫不猶豫地準備跳進水井。

「不行！」不知是雪哉，還是澄尾，或是其他人大叫了一聲。

皇太子雖然聽見身後傳來的制止聲，卻還是毅然決然的向水井裡跳。

直線墜落的眼前，是火把的火光照亮的井壁。他在往下跳的同時，看到側面有一個通道，當機立斷隨即踹向相反方向的井壁，反作用力滾進了通道，然後迅速站了起來，舉起掉落的火把，恰巧瞧見逃向前方深處的巨大棕色影子。

「別跑！」皇太子叱叫一聲追了上去。

對方雖然身體龐大，卻身輕如燕。皇太子還來不及追上去，對方已經擠進了前方大岩石的縫隙。一會兒，耳邊傳來沉重的聲音，皇太子察覺到對方正在移動大岩石，打算封住通道，忍不住焦躁了起來。

「猿猴，等一下！」皇太子急切地怒喝。

大岩石和岩壁的縫隙中，出現了一隻薑黃色的大眼珠子。黑暗中，那隻眼睛在火把的火光下發出寒慄的光，然後彎成了弦月形。

「後會有期。」

咚，隨著一聲悶響，大岩石就在皇太子面前擋住了通道。

「奈月彥！你沒事吧？」澄尾邊問邊追了上來。

皇太子沒有受傷，但他喘著氣雙手扶在岩石上一動也不動。無論他再怎麼用力狠瞪，擋住去路的大岩石依舊巋然不動。

隔天，針對水井一事朝議的結果，決定正式徹底封閉水井。

在完全封閉水井之前，由武裝士兵守在一旁戒備；在封閉之後，仍然打算以某種方式持續監視。受到此事影響，決定要詳細調查中央山的所有水井及洞穴。

目前仍然無法瞭解猿猴的真面目，也不知道猿猴為什麼會說御內詞。在封鎖闖入口之後，認為暫時解除了眼前的威脅。

與此同時，因為父親的死而證明了清白的小梅，很快被釋放了。得知父親的死訊後陷入沮喪的她，也漸漸走出了悲傷。

在朝廷恢復平靜的午後，濱木綿和真赭薄一起造訪了招陽宮，討論該如何安排小梅。

「我雖然覺得小梅很可憐，但這件事另當別論，我必須保護櫻君的安全，不能把小梅繼續留在櫻花宮內。」

難得被真赭薄用〈櫻君〉這個正式尊稱的濱木綿，也難得面露慍色。

「這次我也無法說：『這種事根本不重要。』若只有我一人也就罷了，但這件事也關係到皇太子的安全。」

向來我行我素的濱木綿，非常瞭解必須遵守的界線。

小梅獲得釋放後，目前被送到離招陽宮有一小段距離的縫殿寮角落。真赭薄派了自己信任的女官，在那裡全天候監視小梅。

目前尚不知小梅對她父親的行為有何種程度的瞭解，雖然不希望因為她是「罪人的女兒」這個原因就譴責她，但仍然無法消除對她的疑慮。**無法將可能會危害皇太子的少女繼續留在宮廷內**。濱木綿和真赭薄在這件事上，非常堅持。

「所以必須思考該如何安排小梅，雖然目前有人提出願意收留她……」

當雪哉在皇太子身旁聽到「願意收留她」的人時，不禁錯愕驚叫起來。

「我母親這麼說嗎？要把小梅安置在垂冰的鄉長官邸？怎麼會有這麼荒唐的事？」

他激動地忍不住站了起來。

「你先冷靜。」濱木綿安撫著他。「我們並沒有馬上答應。」

「這是當然的啊！」雪哉瞠目叱叫著，然後咬著嘴唇。「真不知道母親大人在想什麼，亂來也該有點分寸。」

垂冰這個地方，最不適合小梅前往。因為小梅的父親，導致一個村莊都滅村的地點，就是在垂冰鄉。垂冰鄉的人對叛徒的積怨，是非常沉重的。即使真的帶她回了垂冰，一旦別人知道她是叛徒的女兒，絕對不會善罷甘休。

「小梅明知道這些事，不可能會接受母親大人的提議。如果她欣然前往垂冰，不是真的愚蠢，就是厚顏無恥到極點！」

「雪哉，你說得太過分了。」坐在一旁的皇太子看不下去，試圖制止。

雪哉的暴躁停不下來。「我怎麼可能袖手旁觀！我和你們不一樣，這是我家的問題，不是與我無關的事。」

怎麼可以讓自己無法信任的人進家門？雖然他暫時離開了垂冰，但家人竟然在完全沒有和他商量的情況下，就決定了家裡的事，這讓他感到很受傷。

「我不能繼續留在這裡，我要先回垂冰一趟。」雪哉心浮氣躁地做了決定。

必須趕快和母親談一談，糾正她對小梅的看法。

「喔喔……」濱木綿愣怔了一下，眼神驀地飄忽起來。「雪哉，關於這件事，你可能不需要回去垂冰。」

「啊？」雪哉疑惑地皺著眉。

濱木綿略為心虛地移開視線，搔了搔桃腮，真赭薄也露出了尷尬的表情。

雪哉立刻領會出現下的狀況。

「她人在中央嗎？」

「嗯，那個。是啊，直截了當地說，就是這樣。」

從剛才的對話看來，母親應該打算來接小梅回垂冰，所以濱木綿和真赭薄才會來這裡討論。他只要知道這些就夠了。

「喂，你要去哪裡？」

「那還用問嗎？當然是去和我母親當面談這件事。」

「等一下，等一下，你並不知道你的母親人在哪裡吧？」

「既然由櫻花宮來通知這件事，一定是朝宅透過女官通報的。妳們兩位既然來這裡，就代表在妳們回覆之前，她都會留在朝宅。」

鄉長夫人在中央能夠逗留的所在地有限。因此，梓一定待在北家的朝宅，也就是北家位在朝廷的別宅。

澄尾和濱木綿慌忙想要阻攔，但雪哉靈巧地閃過了她們，準備走出去。

「等一下。」

雪哉聽到這個聲音，停下了腳步，因為聲音的主人是目前自己侍奉的主子。

「……皇太子殿下，請問有什麼事？您不能干涉小的家務事。」

「我無意干涉，但你現在無論說什麼，最後都會變成吵架。即使要去，也等心平氣和之後再去。」

「我心情現在很平靜。」

「你說自己心情平靜的時候，哪一次是真的冷靜？」

「殿下！」

「總之，現在暫時不要去，這是命令。」

他以為只要自己這麼說，所有人都會聽他的話嗎？皇太子理所當然的態度，讓雪哉終於忍無可忍。

「我從來沒有發誓要效忠您！」雪哉怒吼完，不聽勸阻地衝了出去。

真赭薄帶著難以形容的心情目送他離去，但隨即聽到身旁有人「啊」了一聲，總覺得聽起來不是什麼好事。

「怎麼了？」真赭薄轉頭看向身旁皇太子妃。

濱木綿露出了大事不妙的表情。

「不能讓他現在去北家的朝宅，因為小梅正要去見垂冰鄉長夫人。」
「妳說什麼？」
來這裡之前，真赭薄曾經為了打扮整裝，暫時離開濱木綿片刻。濱木綿說，那時候女官剛好來向她確認此事，但她忘得一乾二淨。
「妳直屬的女官不是負責監視小梅嗎？剛才聽說垂冰鄉長夫人在北家的朝宅，所以來問我是否能夠讓小梅去見她。」
澄尾和皇太子互看了一眼，他立刻敏捷地站了起來。
「我去攔阻他。」
「好，拜託了。」
「澄尾，很抱歉，我剛才忘了。」濱木綿坦誠地歉疚道。
不過，即使剛才想起來了，恐怕也很難制止氣勢洶洶的雪哉。
「唉，真麻煩，那傢伙討厭別人和他談家人的事。」澄尾一走出門外，搔了搔頭說道。
真赭薄在招陽宮的窗前看向戶外，為了保持良好視野修剪得低矮的樹木後方，是一片鮮豔的綠色山野。只戴了懸帶變身的雪哉，已經不見蹤影。

看到那個身影時，原本熱血沸騰的雪哉，覺得全身瞬間變冷了。

目前正是太陽從中天略微向西傾斜的時刻。

上午的一場驟雨將空氣洗得很清澈，綠色樹木在帶著黃色的日光下，灑下深色陰影。被雨淋濕的石板路兩旁，綻放的繡球花宛如夏日天空中翻騰的雲，蜿蜒著藍色波浪。

雪哉在上空就看到兩個身影走在其間，他用翅膀抓著沉重的空氣，從空中滑翔到兩個人面前後轉身落地，在驚嚇地縮起身體的小梅面前站了起來。

「雪哉，是你。」小梅發現是自己熟悉的少年，鬆了一口氣，放鬆了臉上的表情。

「妳怎麼會來這裡？」雪哉看著她的表情仍然十分僵硬。

「我聽說夫人來到中央，就再也按捺不住。你也來看你母親大人嗎？」

小梅的臉雖然有些憔悴，但還是很可愛。也許是因為心情沮喪，所以不像平時那麼聒噪，看起來成熟穩重許多。

年輕強勢的美女。雪哉此刻才發現，小梅完全符合這個特徵。

「今天妳們不要去朝宅，請直接回去吧！」

雪哉不是對著小梅，而是對陪同在她身旁的女官說了這句話。

「為什麼？發生了什麼事？」小梅不解地眨了眨明亮的杏眸。

「因為我有事要先和母親討論。」

小梅可能從雪哉帶刺的話中察覺到什麼，不由得繃緊了全身。

「……等一下，我並不是想要向你母親大人提出什麼特別的請求，只是想跟她討論未來的事。」

「討論？要討論如何在垂冰的鄉長官邸隱瞞自己的真實身分嗎？」

「雪哉，我沒有這麼想。雖然至今仍然無法置信，但我已經知道父親做了什麼事，也不奢望能夠得到原諒。」小梅略帶責備，悲痛地大嚷。「即便是如此，我對於那件事是真的一無所知，也完全沒有察覺他做了什麼。雖然我必須為無法阻止我父親負起責任，但我真的不知道。雪哉，拜託你相信我。」

雖然小梅說得情真意切，卻完全動搖不了雪哉的心。

「很抱歉，我無法相信妳說的話。」

「……為什麼？你為什麼無法相信我？你不是也看了那封信嗎？」她可愛地歪著頭，眼眸中帶著焦慮，恬不知恥地問道：「我父親用他的生命證明了我的清白，不是嗎？即使你可以責備我沒有主動瞭解他做的事，但除此以外，沒有理由懷疑我吧！難道你要讓我父親白白送命嗎？」

「我上次不是說了嗎？妳的父親曾經出入買賣仙人蓋的藥站。」雪哉冷哼了一聲。

雪哉突然改變了話題，小梅露出詫異的表情。

「那又怎麼樣？」

「曾經有人在那裡看到符合妳特徵的女人。只是和妳父親不同，很謹慎地遮住了臉。」

小梅聽到這句話，露出了明顯的反應。她猝然一語不發，面無表情，目不轉睛地注視著雪哉，她沒有再誇張地睜圓了眼，也沒有倒吸一口氣。

至今為止，她的臉上從來不曾這樣完全沒有表情，雪哉覺得第一次看到了她的本性。

「……那並不是我。」沉默片刻後，小梅比雪哉更加冷然地緩緩問道：「我知道了，你認為那個人是我，其他宮烏也這麼認為嗎？」

雪哉瞇起眼睛，沒有回應，雙方展開了沉默的視線攻防。最後，小梅輕輕嘆了一口氣，硬是結束了這場攻防戰。

「……很遺憾，雪哉，真是太遺憾了，我原本以為可以和你成為好朋友，看來是我誤會了。」小梅略顯惋惜的淡淡一笑。「我今天就回去吧！」

她極其開朗的語氣，和平時沒什麼兩樣。

「代我向夫人問好。」說完，她便轉身和一臉不知所措的女官沿著來路往回走。

雪哉目送她們離去的背影，好半晌，才繼續前往北家朝宅。

朝宅的下人都認識雪哉，因此當雪哉要求通報時，下人便直接將他帶進宅第，他也立刻見到了母親。

「母親大人。」雪哉跟著下人來到客房，對著正坐在案前的母親喊了一聲。

梓畢竟是母親，一回頭，馬上察覺到兒子快快不悅的心情。

「你露出這麼可怕的表情，發生了什麼事嗎？你怎麼會來這裡？小梅等一下會來。」

雪哉聽了，微微閉上眼睛，緩和一下情緒。

「我就是為了這件事而來。不能將小梅帶回垂冰！」雪哉冷冷地斷言道。

母親不為所動，輕點螓首說道：「我知道。在現下的狀況，帶她回垂冰有相當大的風險。不過，她的父親犯下了滔天大罪，她無論去哪裡，狀況都不會有太大的改變。」

中央的人都知道她的長相，恐怕很難找到新工作，因此打算透過宮烏，為她安排在外地工作的機會。

「她無法逃去任何地方，所以不是要為她找藏身之地，而是要找一個瞭解她的情況，也能夠接納她的容身處。」

梓認為要小梅自己找這樣的地方太殘酷了，而且也不可能找得到，如果袖手旁觀，她真的只能去谷間賣身。梓既然知道會有這樣的結果，當然不能對她見死不救。

雪哉認為這也是一種報應，梓卻有不同的看法。

「她的確沒有做正確的事，但她並沒有主動殘害八咫烏。只要現在向她伸出援手，她還有機會過正常的生活。所謂的懲罰，就是要用正確的方式補償罪行，如果現在對她見死不救，那只是在報私仇。」

梓說得有條有理，也很正確，但雪哉認為自己對小梅罪行的見解，和母親迥然不同。

「我認為小梅完全知道她父親的行為。」

既然這樣，小梅就犯下了背叛山內百姓的行為，和她父親同罪，當然不能輕易原諒。

「你為什麼會這麼想？」母親並沒有顯得太訝異。

雪哉露出堅定的眼神望著母親。

「因為有人在仙人蓋買賣的現場，看到和她特徵相符的女人。」

「聽你的語氣，並沒有明確的證據證明就是她。靠這種不確實的消息草率地下結論，不像是你的作風。」

「……我一開始就覺得小梅的舉動很可疑，從她父親生死不明時，她就說了一些大逆不道的話。」

她所犯下的罪，就是懷疑父親和猿猴共謀殺害了八咫烏，卻秘而不宣，她的行為根本沒有任何矛盾之處。

「因為她當時確信父親還活著，所以會說那些話也很自然。」

雪哉聽了母親的回應，發現自己無法說明為什麼會懷疑小梅。

「但是，她來到櫻花宮之後很高興，試圖讓父親扛下所有的罪狀，只為自己過好日子。除非是最初就計畫好，否則根本不可能做到。」

「所以一切都是你的感覺。」

梓斷言說道，雖然小梅有點聒噪，容易遭人誤解，但並不是壞人。

「母親大人，您不也是憑感覺說這些話嗎？」

「我們的人生經驗不一樣，論看人的眼光，我有自信比你好。」梓從容不迫地反駁。

雪哉無言以對。**小梅在母親眼中到底是怎樣的人**？

「小梅在垂冰時，不是極力討好我們嗎？她隨時都在察顏觀色、拍馬屁，還刻意博取了您的歡心，說什麼在找到她父親之前，想一直留在鄉長官邸！」

「是啊！只是在找到她父親之前……」梓用意味深長的語氣說完，喟歎道：「我的確這麼對她說過，因為聽說她在中央吃了不少苦，所以問她不管她父親如何，是不是願意繼續留下來工作？」

梓當時提議，即使她父親還活著，也可以留下來做事，學習禮儀。她起初興奮地問：「**真的嗎？**」但隨即改變了主意。她說雖然父親是個混帳，但仍然是她唯一的家人，如果父親活著回來，不能讓他孤單無依。

『**即使他回來了，也不會有好日子。**』

小梅當時是這麼說的，也確信當時父親還活在世上。她知道還沒有找到她父親的屍體，卻也預料到即使父親還活著，一旦被找到，會有很大的麻煩。

『但是，只要爸爸還活著，他一定會回來找我，我不能不管他。』

小梅把自己父親的事都一五一十告訴了梓——父親膽小怕事，雖然他賭博輸掉所有的錢，在外面到處借錢，也不好好工作，但從來沒有動手打過小梅。

『他平時絕對不會和別人吵架，但有一次在我工作的地方動手打了人。』

對方是一個中年男子，一直覬覦在店裡當跑堂的小梅，每次來店裡，就說一些不堪入耳的話，對小梅的反應樂在其中。

有一次，那個男人問小梅：「要多少錢？」當小梅意識到對方是在問自己的價錢時，發現男人已經從椅子上飛了出去。剛好也在店內的父親氣得滿臉通紅，將那個男人打飛了出去，還怒吼著：「不要碰我的女兒。」

『結果事情鬧大，我被那家店開除了。當時我覺得很丟臉，很生氣地責罵父親，應該更心平氣和處理這件事……但其實我有點高興父親為了我的事動怒。』

父親的確是混帳，這件事千真萬確，即使如此，他仍然是自己的父親，所以不能置之不理。小梅當時靦腆地笑著說。

我不知道這樣的小梅。雪哉頓時感到茫然不解。

「而且她只有拼命取悅你。」

「啊?」

「因為她好像喜歡你。」

雪哉聽到完全出乎意料的話，腦袋一片空白。

梓萬分無奈地搖了搖頭。「她對你含情脈脈，沒想到你竟是這麼看她。我兒子竟然如此地遲鈍啊!」

「等、等一下。」

雪哉試著以這個前提回想小梅的行為，發現的確有這種跡象。雖然小梅的行為並沒有改變，但有很多事卻有了不同的意義。

自己該不會是全天下最蠢的傻瓜吧?他感到心跳加速。

「好像、有很多誤會和差池……我會再去找她，和她好好談一談……」

他驚慌失措地轉身離開，來到走廊上時，發現澄尾不知何時已經站在那裡，澄尾也覺得很尷尬。當雪哉得知他聽到剛才和母親的所有對話，很想找個地洞鑽進去。

「看來你的愛狡辯，是得自母親的真傳。」澄尾的語氣顯得感慨萬千。

雪哉想起尚不知自己出生背景的人，都經常說他在三兄弟中最像母親。或許自己的性格不像父親，是因為在不知不覺中，受到了母親的潛移默化。

雪哉和澄尾飛在回招陽宮的途中，尋找著小梅的身影，但沿途都沒有發現她。

皇太子等人看到雪哉垂頭喪氣地回來，和離開時判若兩人，都感到詫異，當聽完澄尾的說明，三個人露出了微妙的表情。

「看來你的不懂女人心，是受到皇太子殿下的影響。」

「怪我嗎？」皇太子意外受到真赭薄的攻擊，忍不住冷嗤一聲。

「但是平白無故和小梅鬧翻，真是太失策了。」

「我也這麼認為……」雪哉聽了濱木綿的話，幽幽低歎道。

「這也是無可奈何的事。你還是盡快和她言歸於好，我陪你去吧！」

真赭薄無奈地說完，便和濱木綿一起帶著雪哉前往小梅目前所在的縫殿寮，但小梅還沒有回來。

雪哉在房間等待小梅歸來時，跪坐在那裡如坐針氈，驀地他發現房間內放著一件縫到一半似曾相識的衣服。

「那該不會是……？」

「就是我弟弟的禮服，被你弄壞了。」

雪哉感受到真赭薄話中略帶刺，感到無地自容。雖然當時把衣服從地下街帶了回來，但有些地方髒了，有些地方扯破了，才會決定重新縫製。

「我無法為自己辯解……」

「你要道歉的人不是我，而是小梅。」

真赭薄說，禮服的事她早就有心理準備，不用道歉。

「其實當初會準備這套衣服，也是為了掩護皇太子出去的藉口。既然目的已經達成，那就足夠了。」

「掩護皇太子出去？」

雪哉這才想起一件事，他還沒有聽說當初皇太子是怎樣從澄尾的眼皮底下溜出去。

他好奇地開口詢問，濱木綿巧笑嫣然地說明。

「其實很簡單，就是找機會讓皇太子和冒牌貨調包。澄尾那傢伙絕對沒想不到，皇太子會穿著女人的衣服離開招陽宮。」

「但平時協助調包的澄尾，那時不是負責監視嗎？怎麼會沒發現？」雪哉困惑地問。

濱木綿露出「你終於問到了重點」的表情。

「這就是計畫的關鍵，和皇太子調包的人並不是我，是菊野。」

即使聽到菊野的名字，雪哉一時想不起那是誰。

「菊野……就是真赭薄女史以前的貼身侍女嗎？」

濱木綿等人進入櫻花宮，等待皇太子選妃時，菊野是照顧真赭薄生活起居的貼身女官。雪哉回到宮中後似乎很少見到她，記得她雖然比濱木綿矮一些，但也是一個身材高挑，站姿很挺拔的女人。

「菊野目前也在櫻花宮做事，是我的得力助手。」

「澄尾只注意到我會冒充皇太子，但完全沒有想到其他可能性，所以我們就來個出其不意，攻其不備。」

那天，雪哉被帶走之後，負責警戒的澄尾立刻請濱木綿回櫻花宮。但在隔天早晨，她說要確認雪哉的禮裝，同時帶上皇太子的太刀，所以就和送衣服來的女官一起來到招陽宮。

除了真赭薄，西家出身的女人都很寵愛孩子，十分反對將雪哉當成人質，決定一起協助皇太子。

反過來說，澄尾承受了很大的壓力。她們七嘴八舌地數落著，試圖分散澄尾的注意力，讓菊野和皇太子乘隙交換了衣服。

「皇太子因為澄尾不聽他的指示十分不高興，前一天開始就不跟他說話。雖然事實是故意假裝很生氣。」

在真赭薄和其他女官離開後，即使皇太子沒有說話，對澄尾不理不睬，澄尾也沒有起疑心。更何況他辜負了皇太子的信賴，內心感到愧疚，才沒有隨時確認皇太子的臉。

最重要的是，雖然皇太子背對著澄尾，但濱木綿就在身旁。經常假扮皇太子的濱木綿在眼前，他根本沒有想到還有其他可能性。

「之前我假扮皇太子時，曾經多次要求澄尾擔任護衛，他難免會先入為主。」

也許是因為澄尾和皇太子從小一起長大，所以平時做事也經常摻雜私情，護衛不夠徹底，這也是他需要克服的弱點，但這次反而是他的弱點幫了大忙。

雪哉現在才終於瞭解，真赭薄那天早晨親自送衣服的原因。

「怎麼這麼久還沒回來？」真赭薄略帶焦急地嘟囔。

小梅還沒回來。

來到這裡之後，真赭薄已經派剛好有空的女官去前去尋找小梅和陪同小梅的女官。

濱木綿聽了，彎起手肘放在雪哉的頭上，用力抵在他的髮旋上轉動。

「女官會不會看到小梅很傷心，帶她去吃甜品了？」

雪哉痛得幾乎飆出一泡男兒淚，快抬不起頭了。

「饒了我吧！」事到如今，他只能先求饒。

這時，門外突然傳來一陣騷動。

「真赭薄女史！」帶小梅外出的女官大叫著衝了進來。

「發生什麼事了？」濱木綿察覺到出了狀況，代替真赭薄問道。

女官發現濱木綿也在，慌忙端正姿勢，向濱木綿行了一禮。

「櫻君，很抱歉，小梅不見了。」

「趕快把狀況說清楚。」濱木綿頓時臉色大變，硬聲命令道。

小梅向雪哉道別時顯得格外開朗，果然只是強顏歡笑。當走到雪哉絕對看不到她的地方時，她立刻垂頭喪氣，一言不發。

「不一會兒，她說肚子痛，於是就向附近商家借了東廁。我猜想她想在沒有人的地方哭，所以即使很久都沒有出來，也沒有去叫她……」

因為實在太久了，於是女官前去察看。

「結果沒有聽到回應，我很擔心，打開門一看……」

東廁內空無一人。

「而且借她東廁的商家少了一件衣服。」

「濱木綿，」真赭薄急切地喚了一聲。「既然一度離開宮廷，她身上必帶著門籍。」

出入宮廷的門籍有時可代替身分證明，既然小梅帶著門籍，非常有可能已通過關隘。

在中央的城下，有專門的「轎夫」，只要有客人委託，轎夫就會變成鳥形，帶坐在轎子裡的客人飛去目的地。如果小梅使用了轎子，很可能已經離開中央了。

「雪哉，趕快去通知奈月彥！」

雪哉聽到命令，還來不及回答，就衝了出去。他連滾帶爬地變了身，向招陽宮飛去。

皇太子聽了雪哉的說明後，立刻命令山內眾尋找小梅的下落。朝廷認為小梅已經和這起事件沒有關係，同意釋放她，因此皇太子僅能指揮自己的禁衛兵行動。

雪哉看著皇太子發號施令的背影，雙手抱住了頭。**這到底該怎麼解釋？小梅到底在想什麼？自己無心的話刺傷了小梅嗎？會變成這樣，該不會是我的過錯？**

剛才母親說了意想不到的話，讓他腦筋一片混亂。冷靜！他深吸了一口氣，試著告訴自己。**要像平時一樣冷靜思考。**

如果小梅只是在衝動之下離開，暫時沒有太大的問題。最糟糕的是，她和仙人蓋或是猿猴的事確實有某種關係，擔心遭到追究，所以逃離了中央。

雖然雪哉不知道自己剛才說的話是否傷害了小梅，但她臨別時的態度的確不太對勁，是自己說的話造成了這種情況。

當時自己說無法相信小梅，還說有人在買賣仙人蓋的藥站，目擊了和小梅特徵相符的女人。小梅聽了之後斂起了臉上的表情，還問：「**其他人是否也這麼想？**」自己卻對這個問題並沒有明確做出的否定回答。

如果遭到目擊的女人就是小梅本人，她是否聽說自己遭到懷疑，終於覺得無法再掩飾了嗎？但是因為這樣就逃亡，手法未免太粗糙了，而且她應該很清楚，在目前的狀況下遁逃，一定會遭到追捕。

如果遭到目擊的女人並不是小梅，當她得知自己的清白遭到懷疑，為什麼要逃亡？

如果相信母親所言，小梅並沒有說任何謊，雖然她嘴上抱怨，但還是愛自己的父親。即使她隱約察覺到父親和猿猴之間的關係，卻沒有說實話，是因為想要袒護父親。

但是，她的父親卻為了保護她而遭到殺害。

小梅得知父親的罪狀後一直說：『**我爸爸膽小怕事，我無法相信。**』

雪哉悵然地抬起頭，看著澄尾在皇太子的指示下離開的身影，腦中閃過剛才在縫殿寮聽說到的澄尾被女官欺騙一事——澄尾對濱木綿假扮皇太子充滿警戒，卻因為料想不到的女官介入，導致完全受騙上當。

「……原來是這樣。」

如果那個女人不是小梅，出入藥站的女人就是此案中的第三個人，而雪哉和其他人甚至根本不知道有這個人存在……

初次見到小梅時，她的打扮乾淨俐落，但絕對不奢華，也從來沒有聽說小梅家很有錢。

原本以為是用去還債了，但如果販賣仙人蓋得到的大筆金錢，完全落入別人的口袋呢？

雪哉驚愕地單手捂住了嘴。

小梅應該只有在自己面前，暗示過有第三者和仙人蓋有關。她在那一刻之前，或許還不知那個人的存在，但會不會從自己提供的線索中，猜到了那個人是誰？

看來小梅知道誰是真正的凶手。

然而，這件事雖然逐漸落幕，她仍舊遭到懷疑，沒有人相信她說的話。在這種狀況下，如果要將懷疑的目光引導向那個人，小梅目前的行動就很合理。

皇太子的禁衛兵已經出發去尋找逃亡的小梅下落，如果在追緝到她的同時，發現那個出入藥站的女人，就必須審問那個女人。

看來小梅應該去找那個讓他們父女頂罪的女人了。但那個女人是誰？

『**曾經有人在那裡看到了符合妳特徵的女人。**』

小梅為什麼聽到雪哉說這句話，就知道那個人是誰？猿猴出入的水井。以前是一對賣水的年輕夫妻住在那棟房子。

雪哉絞盡腦汁思索之後，終於找到了答案，全身倏忽不寒而慄。

「殿下！」他喊叫的聲音也不由得變尖銳。

皇太子送山內眾離開後，轉頭看向他。

「你發現什麼了嗎？」

「我……」雪哉的聲音像是全哽在咽嚨，抬頭看著自己的主子，顫音說道：「我可能犯了天大的錯誤。」

北領的北家直轄地內，三條街道匯聚的地方，是一個名叫霜原的驛站。

那是北領最大的城鎮，也是從中央走陸路往垂冰、風卷和時雨這三個鄉時的必經之地。

雖然沒有中央熱鬧，卻是一個充滿活力的城鎮。

那家客棧位在商店林立的區域，附近的商店都賣一些品質較佳的商品。

現下正是忙著準備晚餐的時間。許多八咫烏在廚房忙碌，雖然逐一確認很辛苦，但小梅終於在一群談笑風生的女人中發現了那個女人的身影。

那個女人有一頭富有光澤的栗色頭髮，和自己很相像的臉上抹了高級胭紅，身上的衣服很華麗，一眼就可以看出料子很好。她在這裡只是幫忙做一些不會髒手的事，簡直就像是小孩子辦家家酒，而且很快就結束了。

「初音，這裡完成之後，妳就可以下班了。」

「啊喲，真的嗎？」

「妳老公快回來了吧？歡迎你們一起來這裡吃好吃的。」

「啊喲。」

女人笑得合不攏嘴的樣子，讓小梅怒不可遏，卻也讓自己冷靜了下來。

那個女人變美了，簡直就像在幼蟲期間吃了有毒的葉子後羽化的蝴蝶。

「……我找到妳了。」小梅站在廚房門口，用所有人都能夠聽到的聲音，硬聲說道。

女人聞聲急忙轉過頭，一看到了小梅，驚嚇地瞪圓了媚眼，周圍人尚未問及她們之間的關係，女人就慌張地跑了過來。

「妳跟我來。」

那個叫初音的女人扯著小梅，走進空無一人的房間。一走進房間，立刻聞到了濃烈的香粉味道，這應該就是她的房間。房間的窗戶或許是朝西的關係，暮景殘光從窗戶照了進來，將雜亂的房間照得通紅。房間內有大量衣服和飾品，夕陽照在衣服上刺繡的金線銀絲，以及丟在一旁髮簪上的無數寶石，發出耀眼的光芒，而梳妝台前的一整排胭脂水粉也都是高級品。

任何一件物品都可以讓自己和父親過上半年的生活。小梅用麻木的腦袋思忖著。

「妳怎麼會來這裡？」把小梅推進房間的初音，反手關上了門，質問道。

「我一下子就猜到了。上次我說住這麼好的客棧很浪費錢，父親卻堅持要住在這裡。」

小梅和父親前往栖合時，曾經在多家客棧投宿。父親沿途一直想住這家客棧，雖然父親沒有說理由，但當時心神不寧的樣子，令她印象深刻。

「……沒錯，我馬上就知道了。爸爸那麼膽小怕事，怎麼可能做那麼殘忍的事？會指使他做這種事，而且還讓他留下那封信頂罪的人，就只有妳。」

父親真的是傻瓜。

「太驚訝了，原來妳還和那個男人在一起。我聽說那座水井也乾涸了，還以為那個男人也被妳拋棄，因為妳只對有錢的男人有興趣。」

「妳在對妳的母親說什麼？」

「我從出生到現在，從來沒有覺得妳是我的母親！我問妳，到底是從什麼時候開始的？」小梅激動地尖聲責問。「妳從什麼時候又來找父親麻煩？」

左鄰右舍都說，因為父親沒出息，這女人才會離家出走。事實上，並非這麼一回事。初音還在家的時候，父親打算重整旗鼓，他試圖向許多錢莊交涉，想要做新的生意。但是初音拋棄了父親，和同樣做賣水生意的男人在一起。因為當時那個男人出手闊綽，小梅家的水井卻漸漸乾涸。

造成父親一蹶不振的直接原因，並不是水井的水乾涸，而是初音拋棄了他和女兒。

「那封信上所寫的事，全都是妳做的吧？竟然全都推到父親頭上，妳卻逍遙法外。即使這樣，他還是喜歡妳。」小梅悲痛地大嚷著。「妳利用了他，然後再度拋棄了他。」

「我完全聽不懂妳在說什麼。」

小梅狠瞪著冷酷無情的母親，幾乎要用視線殺了她。

她又驚又怒地尖聲叱責道：「雖然他很混帳，整天游手好閒，是個很不中用的笨蛋，但還是我的父親，是我唯一的家人。妳這個殺人凶手！」

「別說了，妳給我閉嘴！」初音也大聲叫罵著。

諷刺的是，她的聲音和小梅的聲音很像。

「妳給我這個母親添了麻煩，到底想要幹嘛？」初音語帶憐憫地說。

「我希望妳被逮捕，讓真相大白，就這麼簡單。」小梅冷酷無情地斷言。

初音看著女兒，皺起了眉頭。

「……啊——，真是急死人了。妳說這種話，只是想要勒索我吧？」

「妳在說什麼……？」小梅聽不懂母親說的話，茫然地眨了眨眼睛。

「我會給妳錢，也會買很多漂亮衣服給妳。妳可以過過吃香喝辣的生活，想把事情鬧大才是傻瓜。」

「妳靠殺害很多可憐的女孩，還讓猿猴吃掉這麼多無辜的人得到的錢，我才不要！」

她難以置信事到如今母親竟然還厚顏無恥地說這種話。

「妳不要把我想成和妳一樣！我死也不想成為妳這種人！」她的語氣充滿了蔑視。

初音聞言臉上剎時閃過一絲受傷，隨即露出掩飾的笑容。

「……隨便妳說什麼，反正妳和我像得可怕，很有心機，也很狡猾。」初音好像吟詩般地說完，然後嫣然一笑。「那封信就是治平寫的，事到如今，無論妳說什麼，會有人相信妳嗎？我勸妳別做對自己沒好處的事，現在我還可以原諒妳。我們在一起時，別人不會覺得我們是母女，會以為是姊妹。我也會對廚房的人這麼說，然後我會把現在的老公介紹給妳認識，我們一起去吃好吃的東西。」

妖怪。小梅對已經無法對話的母親感到心灰意冷，但只要確認母親在這裡就足夠了。她推開初音，打離開這裡前往這裡最近的官府。

當她走過初音身旁，袖子和袖子相碰時，初音臉上仍然帶著詭異的笑容，隨即把手伸了過來。小梅還來不及瞭解母親想要幹什麼，白色的指尖已經掐進她的喉嚨。下一剎那，小梅被按倒在地，初音用盡全身力氣掐住了她的脖子。

「雖然他是個混帳，但妳還是有一個愛妳的父親。」初音依舊面帶著笑容地呢喃著。

她將臉湊到小梅面前，兩個人的鼻子幾乎快碰在一起。

「但是沒有人願意愛我，妳一輩子都無法理解被親生父親出賣的痛苦。」

小梅拼命掙扎，指尖抓著地板，即使用雙手雙腳抵抗，也無法掙脫初音的手。她感受到脖子的骨頭和筋碰在一起，發出了擠壓的聲音，視野周圍漸漸變黑。

「妳不要以為事不關己，如果妳處在我的境遇，也會和我一樣！」

正當小梅覺到眼前發黑，隨時就要昏厥時，壓迫喉嚨的力量突然消失了。

「到此為止。」伴隨一個年輕男人的說話聲，初音慘叫了一聲。

小梅覺得這些聲音都很遙遠，接下來一陣耳鳴。她茫然不知發生了什麼事，卻感覺到有人跑了過來，讓自己趴在地上，然後用力按自己的背。卡在胸口的東西突然消失，呼吸一下子順暢了，她貪婪地吸著新鮮空氣，接著拼命咳嗽。

她在身旁的人攙扶下坐起來，視野漸漸清晰了起來，耳鳴也消失了。

「小梅，對不起！」

一個熟悉的少年身影出現在她的視野中。

「……雪哉？」

雪哉和最後一次見面時的表情不一樣，此刻的他一臉擔憂地注視著自己，而且看到自己眨眼後，露出鬆了一口氣的表情。

「很多事都對不起，都是我的錯，我應該更早相信妳。」雪哉深深垂首歉疚道。

「我們是來追妳的，因為猜到妳會來北領。」按住初音的年輕人淡然地說明。「我們已經瞭解情況了，朝廷一定會讓妳母親罪有應得，之後的事就交給我們來處理。妳一個人撐到現在，辛苦妳了，抱歉！」

小梅聞言，放鬆了緊繃的身體。

初音被年輕男人扭住手臂，似乎失去了抵抗的力氣，惆悵地瞪著地板。

小梅再度看向雪哉，思緒還在混亂中。

「你現在說什麼鬼話！你不是不相信我說的話嗎？」她脫口而出詰問道。

「嗯。」雪哉一臉老實地點著頭。

「既然現在道歉，之前為什麼不相信我？我以為沒有人和我站在一起，想到你一直懷疑我，我就覺得這世上沒有任何事都值得信任了。」

「嗯，真的很抱歉。」

聽到雪哉的道歉，小梅終於流下了適才在初音面前流不出來的淚水。

「……父親死了，我該怎麼辦？」她嚎啕大哭了起來，跪坐在地上。

雪哉猶豫了半晌，戰戰兢兢地撫慰著小梅的背。小梅雖然沒有抱住雪哉，卻也沒有甩開雪哉的手，只是一個勁地放聲大哭。

皇太子露出憐憫的眼神看著小梅，然後迅速調整了心情，一臉嚴肅地將癱坐在地上的小梅母親拉了起來。

「妳跟我走。」

離這裡最近的官府，是維持霜原治安的兵站。

不過，目前暫時不需要到那裡去，因為澄尾已經率兵趕來這裡。

皇太子看向敞開的拉門外面，長長走廊外的門口，擠滿了來看熱鬧的人群。

「誰可以借繩子給我？還有如果有人知道這個女人的老公，希望提供協助。」

皇太子押著小梅的母親走在走廊上時，俐落地發出了指示。

就在此時，雪哉和小梅身後的紙拉門猛然打開，彷彿就在等皇太子離開的這一刻。

雪哉還來不及回頭，就被人從背後襲擊，扒倒在地上。搞不清楚狀況的他，掙扎地抬起頭，才知道自己被踹了一腳。眼前一個凶神惡煞般的男人，正用菜刀抵著小梅的脖子。

「所有人都不許動！」

正準備沿著走廊走出去的皇太子聞言停下腳步，看到眼前的狀況，下顎猝然繃緊。

「老公！」被皇太子擒住手臂的小梅母親，雙眼發亮地看著男人。

雪哉為自己的疏忽懊惱不已，但無法改變眼前的狀況。

男人用手臂勒緊小梅的脖子，小梅雙腳幾乎懸空，因恐懼而抽搐的臉上還掛著淚痕，根本無法抵抗。

「不要做無謂的掙扎。」皇太子謹慎地對著男人喊話。「即使你這麼做，你和這個女人都逃不掉。」

「閉嘴！」男人驚吼一聲，把菜刀對準了皇太子。「你放了初音，然後趴在地上，只要你敢輕舉妄動，這個女孩就小命不保了。」

男人噴著口水大叫的樣子很不尋常，一旦殺了人質，自己就會陷入困境，但他目前情緒激動，很有可能真的下手。

小梅驚恐萬分，男人架著她；皇太子站在離自己五、六公尺的地方。雪哉看著這樣的位置關係，突然想到一件事——不久之前，不是發生過和眼前相同的狀況嗎？

幾乎快咬碎銀牙的皇太子腰上掛著他愛用的太刀，嗯，那就沒問題了。

雪哉暗忖後，向皇太子使了眼色。皇太子領會了雪哉的想法，黑眸中閃過一絲訝異。

「等一下！」皇太子驚懼地喊叫了一聲。

男人以為是在對他說話，再度將刀尖對準皇太子。

「閉嘴！」男人憤怒狂吼。

雪哉乘隙而入，撲向男人，把整個身體都掛在男人拿著菜刀的手臂上。

「你！」

「殿下，趕快動手！」掛在男人手臂上的雪哉，抬頭看向皇太子。

皇太子露出了分不清是絕望還是下定決心的表情，直視著雪哉的眼睛，流暢地舉起太刀。他的動作如行雲流水，彷彿曾經重複做了數千次、數萬次，沒有絲毫躊躇，從揮刀到投擲之間的時間甚至來不及眨眼。

不過，當刀子在離手的瞬間，太刀的刀柄在皇太子手上旋轉了一圈。刀子像鞭子般微微抖動，穿越了風，朝著小梅的臉飛去，然後擦過粉頰，削掉幾根頭髮後，狠狠刺中太陽穴後方的位置。

旋即聽到了滋咚的沉悶聲音，隨著一聲呻吟，勒住小梅的手臂放開了。

雪哉推開了男人手臂，保護著小梅想要逃走，卻被人從後方揪住了後頸，他嚇出一身冷汗。那傢伙沒有死，只是被刀柄擊中了眉心！

雪哉深感不妙，皇太子見狀衝了過來，抓住男人手臂一扭，手上的菜刀落下，在地板上滑行，而在此同時，男人也被順勢摔飛了出去。

被皇太子推開的雪哉，一個重心不穩撞到了臉，頓時眼冒金星。他忍不住發出呻吟，但仍努力忍著暈眩，急忙回頭往身後看，出現在雪哉眼前的，並不是想要制服男人的皇太子，也不是試圖反擊皇太子的男人。

他愣怔地看著眼前的背影……不知道什麼時候跑過來這裡的小梅母親，手上拿著剛才被皇太子打落的菜刀。

鮮紅的血從發出銳利光芒的刀刃上滴落。

「初音，快逃！」男人掙扎著站了起來，抓著失神的小梅母親的手衝了出去。

雪哉只能眼睜睜看著他們兩個人撞開看熱鬧的民眾逃走。

皇太子倒在初音和男人離去的地上，抱著側腹，血海在他身體下方無聲地擴散。

「殿下……？」

皇太子沒有回答，他無力地擰著眉，蒼白的額頭冒著冷汗。

「殿下！」雪哉驚恐地尖聲大叫。

門外傳來士兵趕來的聲音。

第六章　神秘火

傾盆大雨的雨聲顯得沉重。

黑暗中雷聲隆隆，閃電照亮了在庭院內被雨水淋得濕透的士兵身影。

失去意識的皇太子在緊急包紮之後，被送往離霜原不遠的北家主宅。

北家人得知皇太子的身分後驚訝之餘，連忙找來平日為北家看病的大夫，立刻為皇太子治療。陷入昏迷的皇太子躺在別屋一隅，至今仍然有人進進出出，忙碌不已。

雪哉默默地看著眼前的景象。躺在房間的皇太子臉色蒼白，簡直就像是雛人偶，只有包紮在腹部布條上的鮮紅色，訴說著他還有生命。

叫喊聲此起彼落，正在治療的大夫跑來跑去，雪哉努力不妨礙他們，卻完全不知道自己該做什麼。他來到不會影響大夫出入的簷廊上，抱膝坐在地板角落，氣溫稍有寒意，但不可思議的他竟不覺得冷。

日落時分下起的雨並非驟雨，夜深之後，雨變大了。有幾匹馬降落在面對別屋的庭院，大雨中起初看不清來者，看到跳下馬後飛奔過來的身影，雪哉急忙迎了上去。

「濱木綿太子妃……」他輕喚了一聲。

長束跟在濱木綿後方，他們沒有看雪哉一眼，急奔向皇太子昏迷的房間。

室內響起一陣急迫的對話聲，不一會兒，長束踉蹌走了出來，無力地垂首坐在階梯上。

澄尾見狀，從庭院跑了過來，雙膝跪地，向長束深深低下了頭。

「我會負起所有責任！我無法為自己辯解。雖然您再三叮嚀……」澄尾悲痛地懺悔。

長束聽了，臉上的表情就像哀莫大於心死。

「……你道歉也沒用，如果他死了，一切都完了……」長束悲憤地用雙手捂住了臉。

事發之後，澄尾率兵立刻趕到，及時逮捕了小梅的母親和那個男人。以時間來說，再等幾分鐘，澄尾就趕到了。

濱木綿可能發現幾個男人在雨中不知所措，光著腳走了出來。雪哉不知道該說什麼。

濱木綿來到了庭院，一把抓起趴在地上的澄尾胸口，一拳打在他的側臉上。澄尾倒在地上，濺起了很多泥水。然而，濱木綿低頭看向澄尾的眼中既沒有憤怒，也沒有哀怨。

「你必須為離開他身旁，沒有善盡護衛之責負起責任，剛才就是對你的懲罰。」濱木綿態度冷靜，語氣中有一種不容忽視的威嚴。「所以，不要再想一些莫名其妙的事了。」

「櫻君。」長束無措地叫了一聲，驚詫的眼神看著澄尾和自己的弟妹。

澄尾倒在地上，低著頭一言不發。

濱木綿對長束的態度不以為然，冷哼了一聲。

「長束，你不必現在就一副好像快死的樣子。越是這種時候，不是有更多該做的事嗎？即使你露出這樣的表情，他的身體也不會好起來。」說到這裡濱木綿停頓了一下，拍了拍長束的臉頰。「反正只能聽天由命了，有時間絕望，還不如好好做事。」

長束看到濱木綿豁然的態度，沉默了片刻。

「……嗯，沒錯，妳說的對，奈月彥應該也會說同樣的話。」長束長吁低喃道。

當長束再度抬起頭時，臉上已恢復了毅然的表情，交代了一句「有什麼變化時，通知我一聲」之後，便走向正在審訊初音的牢房。澄尾也搖搖晃晃站了起來，走回警戒的崗位。

雪哉目送著澄尾的背影，覺得錯不在澄尾。他的確晚了一步趕到，但事情發生時，距離澄尾趕到只有短短幾分鐘，只要稍微忍耐一下，就不會發生這種狀況。

無法忍耐那一下子的不是別人，正是雪哉。

「……殿下遇刺，是我的錯。」雪哉向濱木綿坦承道。「我判斷錯誤，擅自認為皇太子有辦法讓那個男人一刀斃命。」

然而，皇太子並沒有殺了那個男人，反而讓小梅的母親乘虛而入刺傷。

「雖然澄尾可能也有責任，但是直接的原因是我造成的。」

濱木綿聞言覷了雪哉一眼，下定決心似的開了口。

「你不必放在心上，當時的情況我已經聽說了。正如你所說，如果皇太子殺了那個男人，應該就不會發生這種事，所以你的判斷並沒有錯。」濱木綿說完停頓半晌，然後語氣沉靜地坦承道：「……之所以會發生這種事，是因為我們向你隱瞞了關於真金烏的事。」

「隱瞞……？」雪哉驚訝地抬起頭。

「雪哉，那個男人無法殺死八咫烏。」濱木綿直視著他眼睛說道。

雪哉聽不懂這句話的意思，茫然地望著濱木綿。

「真金烏無法殺死八咫烏，即使是有某種必要性，必須動手斬殺八咫烏，奈月彥也無法做到。真金烏就是這樣的動物。」

成為真金烏妻子的女人，很有耐心地重複了一次，堅定的語氣中帶著豁達。

「我不太瞭解。」雪哉誠實地說出了自己的想法。

「其他的事，就由他自己告訴你。」濱木綿淡默地苦笑。「不過，你不必擔心，他不會這麼輕易死掉，很快就會若無其事地醒過來。」

濱木綿看向皇太子所在的別屋，眼神中透露出她已對最壞狀況做好了心理準備。

遭到逮捕的初音被關在北家主宅附設的領司牢房。領司是掌管領內政治的官府。

初音被送去朝廷後，會對她展開正式的審問，但在準備押解相關工作期間，由中央趕來的審訊官會先向初音瞭解情況。

長束加入時，初音正在乖乖接受審問。她既沒有慌亂，也沒有辯解，只是淡淡地回答審訊官的問題。她的態度讓人感到不太自然，難以洞悉她的心境。

初音坦承，小梅的父親是在佐座木第一次參與猿猴的事。

治平因女兒受苦感到於心不安，當拋棄自己的妻子說有賺錢的生意時，他立刻上了鉤。但他知道女兒無法原諒妻子，所以並沒有把工作的詳細情況告訴女兒。

治平起初以為只是送東西去遠離中央的邊境，在佐座木看到猿猴吃人後，對初音哭訴：

「和當初說的不一樣！」當初音塞錢給他後，他立即閉上了嘴。

初音也是在那時候把水井交由治平管理，然後她和丈夫一起搬來霜原。她還故意讓治平販售仙人蓋，試圖把之前犯下的罪全都推卸到治平頭上。

治平很沒出息，而且腦筋不靈光，對初音言聽計從。初音知道即使不需要強迫他，他也會袒護自己，所以就算他遭到逮捕也無所謂，沒想到地下街比朝廷更早採取了行動。

治平打算栖合那次之後就洗手不幹，遠離中央，因此帶著小梅前往北領。

之後的情況幾乎就如治平在信上所說的——

為了避免猿猴對小梅下手，在猿猴襲擊栖合期間，治平一直守在沉睡的小梅身旁。沒想到皇太子和雪哉出現，他慌忙躲藏了起來，在小梅被帶走之後，跑來向初音他們求救。他們把治平藏在霜原，原本打算在適當的時間把他送去官府。就在這個時候，聽到了小梅要被送去地下街的傳聞。

「那封信並不是我逼他寫的，真的是治平自己寫的，他真是蠢。」

初音頭髮凌亂，難過地嗤笑一聲。

「但是小梅誤會了一件事。」

小梅說，治平袒護前妻是因為他還喜歡初音。

不過初音說，事實並非如此。

「他不惜犧牲自己袒護我的真正理由，其實是不希望女兒知道，她的親生母親是這麼十惡不赦的人。」

那時候，治平為猿猴帶路已是眾所周知的事實，如果小梅得知不僅父親如此，母親也背叛了八咫烏，不知道會有什麼感想。

「……治平愛的是小梅，並不是我。他身為父親真的很愛小梅，這件事一直讓我羨慕不已。」初音口氣滿是自嘲，咬牙切齒不悅地說道！「當初我為了幫父親還債，被一群無賴強暴，那時候我才十三歲。」

當年她哭著質問父親為什麼把自己賣掉時，父親竟然冷酷地對她說：『是妳自己不好，誰叫妳不抵抗。』

「是不是很可笑？」初音露出了心酸的笑容。

初音認為，她的父親是不該成為父母的八咫烏。在她懂事之前，母親就死了，現在回想起來，甚至懷疑自己並不是父親親生的。那個男人毫不猶豫地賣掉自己的親身女兒，而且絲毫不認為這有什麼錯。

「好幾次我都必須賣身付他的酒錢，雖然我也曾經逃過，但他追我到天涯海角。無論我多麼努力，無論我多麼努力想要過正常的生活，只要他還在，我就無法如願以償。」

當父親死的時候，她發自內心鬆了一口氣。

看到喝醉酒的父親，睡在冬日的天空下，並沒有理會他，隔天早晨，當她發現父親再也醒不來，第一個想法是，自己終於自由了。在此之後，她認真工作，一個規規矩矩做賣水生意的男人看上了她，她順勢和他結了婚。

雖然小梅說她只對錢有興趣，但初音說事實並非如此。

她所執著的並不是終於成為賣水郎的妻子這個身分。剛結婚時，她想要好好珍惜苦盡甘來，得之不易的家庭。當女兒出生之後，丈夫比起初音，卻更愛女兒小梅。雖然身為父親，這是理所當然的事，但初音就是無法原諒。

初音嚮往的不是成為有錢人的太太，而是要一個深愛自己的男人，沒想到這個男人被女兒輕而易舉地搶走了。

「她說，從來沒有把我當母親，我也從來沒有將她當女兒。她簡直就像是我的分身，她是那個或許有可能得到幸福的、幸運的我。」

可是小梅卻只會抱怨，真是天真幸福的孩子啊！初音對小梅羨慕不已，卻覺得她可愛，總是恨得想要掐死她。

初音認為，在自己真的下手殺了小梅之前離開她，也是一種愛的方式。

「我從來沒有被人愛過的記憶，即使想要愛她，也不知道怎麼做。」

在初音眼中，原本愛自己的丈夫移情別戀，愛上了女兒，就是背叛了她。

「如果妳和現任丈夫生了孩子，妳的丈夫也很愛你們的孩子，妳有什麼打算？」

「……果真發生這種事的話，那也無可奈何，我只能再次選擇離開他們。如果不是把我放在首位，和這樣的人在一起也沒有意義。」

初音回答審訊官的問題時，臉上顯得有些寂寥。

「我知道你們想要說什麼，我應該也變成了不可以成為父母的八咫烏。」

如果父親曾經關心過自己一次，自己就能夠愛女兒嗎？如果丈夫愛自己更勝於女兒，自己就能夠身為母親，和女兒相處嗎？她絞盡腦汁，也想不出這些問題的答案。

然而，旁人聽了初音的話，一定會譴責她太任性，被她拋棄的丈夫和女兒才可憐，而且無論她的成長過程多麼悲慘，都無法成為出賣八咫烏的藉口。她當然知道這些道理。

「但是，我只有這個選擇。因為我現在的丈夫很愛我，無論如何我都想要保護和他在一起的生活。我只是為此做了認為自己該做的事，因為我沒有其他方法，這也是無可奈何。」

初音完全不認為自己有什麼錯。

「妳對自己的行為完全沒有任何反省嗎？」在一旁默默聆聽審問的長束，沉聲問道。

長束站在牆邊，即使官吏請他坐下，他也絕對不坐。

初音抬頭看著眼前身材魁梧，一臉震怒非常的男人，嘴角勾起一抹蔑笑。

「太好笑了！如果現在會後悔，當初就不會做這種事了，我很清楚自己做了什麼。」

初音發出銀鈴般的譏笑聲戲弄著長束，她像貓一樣，瞇起那雙和女兒一模一樣眼尾微揚的杏眼，對長束露出了輕眺的笑。

「那我倒要問你，我為什麼要感到抱歉？從來沒有人幫助我，也沒有人同情我，你們根本沒有權利罵我是叛徒，因為我完全沒有義務認為你們是我的同胞。」
即使我曝屍荒野，你們嘴上說著很可憐，內心也只會嘲笑我是自作自受，說我沒有過正常的生活，自己犯下了罪。
「相信你們會說我是出賣同胞的叛徒，想殺了我。即使這樣也沒關係，我原諒你們。」
初音露出沉靜的笑容，一滴淚水無聲地從她的臉頰滑落。
「……因為如果我和你們的境遇相同，一定也能夠說相同的話。」
長束將之後的事交給審訊官，走出了初音所在的房間。被雨水降溫的空氣，衝進了幾近窒息的胸膛深處。
黑暗中，路近和守著大門的士兵一起站在面對外側的走廊上。路近可能在門外聽到了初音說的話，瞧見長束板著臉，刻意用輕鬆的語氣向他打招呼。
「辛苦你了。」
長束對路近輕佻的態度感到不悅，向門口瞥了一眼。
「沒辦法，我完全無法理解。」

即使聽了初音說了所有的事，他仍然無法理解初音的心情。

「有很多八咫烏的遭遇和她相同，但那些人努力過日子，她為什麼認為自己的不幸可以成為免罪的理由？如果和她有相同遭遇的人，內心都有像她那樣的怨恨，我就必須殺了所有不幸的山烏。」

光是把眾多八咫烏出賣給猿猴就已經不可饒恕，她竟然還試圖刺殺真金烏。真正可憐的是那些死在猿猴手上的八咫烏，和被她刺殺的奈月彥。

「長束親王，你說的對，你說的每一句話都是金玉良言。」路近誇張地用力點頭。

「這是當然的，不需要你的贊同就顯而易見，我並沒有誤會。」長束反芻著自己說的話，狠狠瞪著路近。「所以，你給我馬上收起這副得意的表情，看了很不舒服。」

即使長束不滿地喝斥，路近也沒有改變輕狂的表情，長束的心情好不起來。

他完全不同情初音，這是事實。長束幾乎憑本能知道，自己不能憐憫成為加害人的她。

全都是她自作自受。腦海中浮現的這句話讓他難得咂了嘴。

長束帶著路近離開了牢房，準備將初音他們押送往朝廷。

那天晚上成為雪哉有生以來最漫長的夜晚。

深夜時，大夫向默默守在房間一隅的濱木綿打躬作揖，說該做的都做了，已經盡了最大的努力，接下來就看皇太子是否能夠醒過來。

濱木綿聽了，輕點螓首，僅說了一句「辛苦了」，慰勞大夫的辛苦。

雪哉從門縫中向內張望，皇太子無力地躺在乾淨的布上。濱木綿靜靜地坐在枕邊，低頭凝視著夫婿的臉。

雪哉無法再看下去，離開了門縫，然而即使將視線移開，也無處可去，他只能和剛才一樣，靠在房間的外牆上，等待皇太子甦醒。

澄尾的心情應該也一樣，他一再執行著已經為時已晚的護衛工作，警戒著周圍。

雨慢慢變小，天亮了，朝陽在雲層後方升起，天空呈現蘊含著白色微光的顏色。

雪哉茫然地看著戶外，突然聽到房間內一陣嘈雜聲。

該不會……？他跳起來的同時，原本緊閉的拉門被用力打開。

「皇太子殿下醒了！」

大夫助手驚喜大叫，在隔壁房間屏息等待的人都歡呼了起來。

由於失血過多的關係，皇太子還有點昏昏沉沉，但已經過了危險期。

女官們得知消息後紛紛忙碌起來，在北家工作的男人也立即變身，飛向雨後的天空，去向四處傳遞好消息。

澄尾聽到大夫助手的叫喊聲後，全速跑向偏屋。

雪哉渾身無力，整個人靠在牆上。

感謝神明！雪哉第一次發自內心感謝原本根本不相信的山神。

皇太子甦醒之後，濱木綿把所有朝廷相關的麻煩事，都交給了長束和真赭薄。為了避免還無法下床的皇太子勞費心力，也親自下達各種指令，勤快地照料著皇太子，簡直和平時判若兩人。

在皇太子醒來兩天後的晚上，皇太子召喚了雪哉，說要和他談一談。

雪哉和一直守在皇太子身旁的濱木綿不同，在此之前，一直沒有去探望皇太子。不過，他也沒有去其他地方，而是隨時都在皇太子房間周圍無所事事地發呆。

和激勵長束時不同，即使看到雪哉這樣，濱木綿也沒有斥責他。

一直陪伴在夫婿身邊的濱木綿，看到雪哉進來，便心領神會地走出皇太子的房間。

大夫傾全力治療時，安排皇太子住在偏屋，如今已經移到了賓客用的客房。可能事先清了場，濱木綿走出去後，室內只剩下皇太子和雪哉兩個人。

雪哉不敢正視皇太子，目不斜視地盯著插在壁龕前的紫斑風鈴草，直挺挺地跪坐著。

「讓你擔心了。」

三天未見的皇太子坐在床上，一臉若無其事，臉色卻依然蒼白。

「請您先躺下來。」雪哉擔憂地開口。

「那我就躺下來吧！」皇太子很乾脆地躺下去，他的身體應該還沒有恢復。

「你聽濱木綿說了嗎？」

雪哉意會到皇太子在詢問真金烏的真相一事，微微頷首。

「濱木綿妃說，您無法殺死八咫烏。」

「對，因為之前都沒有告訴你，所以讓你承受了不必要的擔心。不過，我不能把這件事告訴並沒有發誓效忠我的人。」

皇太子一臉嚴肅，淡然地陳述。

「我要對你說的就是這件事，因為我覺得應該讓你知道真金烏是怎麼回事。」

雪哉默默抬起頭，皇太子平靜無波地看著他。

「長束說我是『山內的救星』。」

雪哉聽到這句突如其來的話，困惑地眨了眨眼。

皇太子補充道，正確地說，是宗家流傳的說法。

「真金烏出生的時代，山內必定會出現災難。旱災、洪水、流行病。你應該也知道，目前的朝廷都在流傳『**真金烏出生，引發這些災難**』的說法，但事實剛好相反。」

「相反……？」

「對，並不是因為真金烏出生，引發這些災難。而是災難將要發生時，真金烏為了解決而誕生。」

普通的八咫烏無法解決乾旱和大雨的災禍。

在山內的歷史中，曾經多次發生天災或是疾病蔓延等威脅八咫烏存亡的危機，每次都會出現有能力解決當時危機的金烏，也就是真金烏。

乾旱時，出現了具有乞雨能力的金烏；水災時，出現了具有治水能力的金烏；流行病傳播時，宗家誕生了具有治療疾病能力的金烏。

「宗家的血應該是隱藏了這些能力，也許該說是要在山內留下八咫烏種子的意志，而真金烏就是這種意志的顯現。」

顯現力量者成為真金烏，掌握實權，除此以外的八咫烏必須盡全力整頓體制，保護真金烏。宗家的使命是「**保護真金烏**」，並不是統治山內。

這也是接受了身為宗家長子教育的長束，並不執著於權力的原因。因為他瞭解自己只是普通的八咫烏，並不具有那些力量；即便無視真金烏強行掌握了權力，遲早也會面臨自己無法解決的災禍。

長束很清楚，既然「奈月彥」這個真金烏出生在這個時代，就代表不可能是無災無禍的太平盛世。

「老實說，我也不清楚真金烏是在怎樣的安排才會誕生，但真金烏的確是《大山大綱》

所規定的存在。」

——金烏乃所有八咫烏之父、之母。

任何時候，都必須帶著慈愛出現在子民面前。

無論面臨任何困難，都必須守護子民，教導子民。

金烏乃所有八咫烏之長——

「所以，」雪哉感到口乾舌燥，費力地擠出聲音。「您並不是想要成為金烏，而是從出生時就是金烏了嗎？」

雪哉之前不瞭解這件事，還以為真金烏只是宗家的說法，認為皇太子想要的是權力。回想起來，自己之前對皇太子說了許多大不敬的話。

皇太子看著嘴唇微微顫抖的雪哉。

「你不必放在心上，你會那麼想也情有可原。」

「但是……」

「你真的不必介意，因為我並沒有心。」皇太子若無其事地丟出震撼彈。

雪哉霎時無言以對，沉默地盯著著皇太子。

「……這是什麼意思？」片刻後，雪哉用沙啞的聲音問道。

「也許是獲得特殊力量所必須付出的代價。」皇太子微傾著頭說道。

無論具有多麼強大的異能，若使能力者內心有私利私慾，就無法稱為真正的君主。

金烏之所以為金烏，並不是具有修補山內破洞的能力，也不是具有在夜晚能夠變身的能力，而是具備了無論在任何狀況下，身處任何立場，都能以山內的百姓為先的靈魂。

「所以我有身為金烏的自我，卻沒有身為八咫烏的心。」

皇太子不知道想到了什麼，突然露出了苦笑。

「我想起以前聽到一位母親對孩子說『己所不欲，勿施於人』時，感到不知所措。因為我在那之前，從來沒有因為別人對我做什麼而感到討厭或是傷腦筋的經驗。即使我雖然可以根據經驗法則想像別人的心思，卻無法產生真正的共鳴。」

皇太子露出為難的表情瞥向雪哉。

「我相信曾經在不知不覺中，讓你感到不舒服，很抱歉。」

雪哉聽到他這麼說，差一點哭出來。

「……這是怎麼回事？怎麼可能有這麼荒唐的事？」

「即使你這麼說，但這就是事實，我無法殺死八咫烏，應該也是因為這個緣故。」

父母無法殺死自己的孩子，至少大山大綱如此規定。

皇太子即使為了自衛，也無法殺死八咫烏。其實想要殺害皇太子，根本不需要複雜的陰謀，只要綁架八咫烏當人質，即使並不是皇太子親近的對象，皇太子都只有死路一條。

真金烏面對成為自己保護對象的八咫烏，是完全沒有任何防備的。面對山內的變故時，可以發揮神助的直覺，卻無法抵擋八咫烏的攻擊。

雪哉終於瞭解到，長束和澄尾為何對皇太子的生命安全簡直到了過保護的程度。

「您完全沒有任何感情嗎？無論對您做什麼，您都沒有任何感覺嗎？」雪哉問。

「是的。」皇太子說到這裡，眼神驀然飄忽了起來。「不，我也不清楚實際到底如何，老實說，我自己也不太清楚。就算有個人的感情，我也不知道如何去感覺。」

即使皇太子有金烏意志以外的感情，在他意識到之前就消失了。即便有這樣的情感，也像是濕透的薄紙，奈月彥的自我一旦遇到金烏的意志，就會溶化、消失了。

「如果是這樣，就意味著你明明有自己的心，卻被金烏的意志掩蓋了。」

「我也無可奈何。」

「為什麼無可奈何？」

「因為我是黃金烏，所以無可奈何。」

皇太子重複了這句話，黑眸好似琉璃珠子。

雪哉走出皇太子的房間後，捂著嘴，搖搖晃晃走在走廊上。他感到頭痛，也想要嘔吐，感覺像是有氣體要從胃湧了上來。

『我也無可奈何。』皇太子重複這句話的雙眸，烙印在他的腦海裡，揮之不去。

雖然皇太子向來被認為冷血和神經大條，但雪哉知道他有時候會令人難以置信地露出很像是八咫烏的笑容。

假設如雪哉所想，**皇太子不是沒有心，而是必須抹殺個人情感**。對他來說，那將是多麼痛苦的生活方式。

「你的感覺是對的。」

雪哉聞言，回頭一瞧，發現濱木綿出現在紙罩座燈微弱的燈光下。她在一件群青色的薄單衣外，套了一件內襯是深藍色流水圖案的紅色外褂，身影看起來很夢幻，沒有真實感。

雪哉覺得濱木綿彷彿看透了他的心思，感到有些不知所措。

「你的臉上寫著『難以置信』。」濱木綿用纖指輕戳著自己的粉頰。

雪哉下意識摸著自己的臉頰，濱木綿不禁輕笑出聲。

「濱木綿妃，您是怎麼看皇太子殿下？」雪哉感到納悶。

「嗯……」皇太子的妻子收起笑容，將視線移向整理得很漂亮的庭園。「我認為他說『沒有個人的心』這件事，絕對是說謊。」

「說謊？」

「正因為你也有這種感覺，才覺得他說的話『難以置信』，不是嗎？」

看著濱木綿帶著促狹笑意的明淨眸子，雪哉感覺壓在胸口的沉重東西消失了。

夜晚的天空晴朗，空氣中帶著水氣。雪哉發現外面傳來了蛙鳴聲，一旦留意之後，青蛙的大合唱十分吵雜，但不可思議的是，剛才竟然完全沒有聽到。

「殿下他……」

「他有身為個人、身為奈月彥的心，這件事絕不會錯。但正如他所說，他感覺不到。真是可憐的傢伙啊！」濱木綿無奈地歎口氣。「我們都會帶著好惡的情感看待八咫烏，但他沒有這種標準，也因此造成許多誤會。」

皇太子在挑選正室時，也曾多次說過相同的話——

『自己並不會對成為自己妻子的人有特別的感情，也不是在戀愛。只要政治上有需要，會毫不猶豫捨棄妻子。即使這樣，仍然想要成為自己的妻子嗎？』

「雖然真赭薄當時聽了很生氣，覺得這個男人太冷淡了，但他只能這麼做。」

真金烏必須平等地待他的子民，否則身為君主，會無法做出正確的判斷。

即使愛上某個人，也會嚴格控制不能有這樣的情感，所以皇太子不能有「對特定的人感到特別」的情緒。

「這並不代表皇太子對我們完全沒有任何感覺，他只是平等地愛著所有的八咫烏。」

即使因為私慾殘害他人，即使想要對皇太子不利，只要是八咫烏，就是他必須愛護的對象，他無法對任何人有特殊的待遇。

「即使是想要殺他的人死了，他也體會得到失去的痛苦，就和我們一樣。」

他很可憐。既麻煩，又可憐。濱木綿垂著螓首，低喃道。

「但是，朝廷那些人根本不瞭解，即使向他們說明真金烏是怎麼回事，他們現在應該只會想到可以利用人質來殺害皇太子。這件事讓我很不甘心。」

雪哉看著咬牙切齒說這句話的濱木綿，隱約瞭解到皇太子挑選她為妻的理由。她應該在很久之前，就看到皇太子的本質。正因為如此，才能理解、同情，同時愛上皇太子。

短暫沉默後，濱木綿猛然抬起頭，眼神銳利地看著雪哉。

「雖然他無法察覺自己的感情，但並不代表他毫無感覺，你要牢記這句話。」

雪哉端正了姿勢，一臉嚴肅地用力頷首。

「雪哉，我們去看神秘火。」

雪哉正在睡覺，乍然被叫醒，睡眼惺忪的他沒有立即察覺到是皇太子。

那是大夫認為皇太子的身體狀況已經沒問題，決定隔天回中央的前一天晚上。

大夫要求皇太子早點就寢，他明明就歇息了，為何現下跑來掀開自己的被子？

「神秘火……？」

「你不是之前也聽說，最近經常有人看到神秘火嗎？聽說這附近也有，我剛才去確認了一下，果然可以看得到。」

「您大病初癒，可以吹晚風嗎？」

「我已經沒事了，而且我也想讓你看看神秘火。」

雪哉聽皇太子這麼說，察覺到其中必有原因。

澄尾站在不遠處，雪哉用眼神詢問澄尾：警備沒問題嗎？澄尾肯定地點頭。雪哉決定乖乖跟著去看神秘火。

皇太子帶著雪哉、澄尾和可信任的山內眾，來到了不同於上一次的另一座山寺圍牆內。皇太子上次來這裡時，並沒有修補這裡的「破洞」。

雪哉走在夜晚的樹林中，擔心著主子的身體，皇太子卻顯得一派輕鬆。沒多久，雪哉和上次一樣，開出現了喝醉酒般輕飄飄的感覺，但他們已來到很高的山崖上。

穿越樹林後，前方的視野頓時變得開闊，雪哉看向斷崖遠方時，不禁驚訝地倒吸了一口氣。他跑去斷崖的邊緣，斷崖下方吹上來的風吹亂了他的瀏海。在包圍全身的黑暗遠方，照理說應該是一片黑漆漆的山脈，出現了雪哉從來沒有見過的景象——

無數星星墜落在那裡，放眼望去的平地上，有無數璀璨的星星在閃爍。白色、黃色和紅色光芒，密密麻麻地覆蓋了整個山麓。不計其數的亮光閃爍、移動，變化著顏色。

那顯然不是火光，也不是鬼火。

好漂亮！雪哉覺得很美，卻又感到可怕，他認為很不吉利。

星星要在天空中才是星星，這些侵蝕黑暗的光，不像是星星，像是破壞農作物的害蟲眼睛。那一大片的光讓天空中真正的星星相形見絀。月亮高掛在頭頂上，卻因為星星墜落地面的關係，顯得很黯淡。

「那是……」雪哉從沒見過這樣的夜晚。

「那是人界的夜景，這就是神秘火。」

皇太子說，只要不修補山內的破洞，偶爾可以看到。

「雪哉，你看。」皇太子說完，指向那片亮光。「人類生活在每一盞燈光下，神秘火就是人類使用的燈光，而且那些光越來越靠近這裡。」

在調查這次的事件過程中，無意間發現這些神秘火出現在山邊所有的區域，而且比以前更頻繁可以看到，山邊的許多村落明明沒有遭到猿猴襲擊，卻已經消失不見了。

朝廷認為這種現象是疏於登記造成的結果，數十年前曾經存在的村莊，因為年輕人來到中央或是去了其他地方，導致廢村。

皇太子猜測這些在朝廷眼中自然消失的村莊，其實是被逐漸靠近的人界給吞噬。

皇太子告訴雪哉，由於從山邊無法進入山內，也許在外界的眼中，山內正在逐漸消失。

「我認為這就是金烏會在這個時代誕生的原因，我具備了阻止山內崩解的能力，和修補破洞的能力來到這個世界。那些猿猴會在現在闖入山內，應該也和這件事有關係。整體來說，保護山內的力量逐漸減弱了。」

現在山內四處出現了破洞，導致猿猴闖了進來，這是以前從來不曾發生的情況，幸好這次順利封閉了猿猴闖入的途徑。

不過，既然根本原因在於山內崩解，今後也很可能發生相同的情況。

如果有朝一日必須與猿猴交戰，即使在皇太子必須保護的八咫烏中，有隨時想要謀害他的人，他身為八咫烏的保護者，應該也會一馬當先，站在戰場的最前線。

「真金烏是為了保護山內而存在。」雪哉注視著美麗又可怕的夜景，低聲嘟囔著。

真金烏是為了保護山內所有的一切，也包括雪哉想要保衛的故鄉。

皇太子看著雪哉，緩緩眨了眨眼，小心謹慎地開了口。

「真金烏是所有八咫烏的父母，所以……就是這麼一回事。」

雪哉默默地看著眼前的夜景半晌，下定了決心轉身面對皇太子。皇太子的淡紫色衣服的衣襟下露出的白色繃帶，讓人看了於心不忍。

「殿下，我還是無法適應朝廷的那些麻煩事。使用蔭位制參與政治這種事，隨時都可以做，而且我覺得即使用這種方式得到權力，也只能得到一小部分八咫烏的認同。」

雪哉突然改變話題，皇太子不為所動，耐心等待下文。

「那你有什麼打算？」皇太子示意他繼續說下去。

「我要成為山內眾。」他語氣堅定地斷言道。「如果要在待您身旁，就需要有更強大的實力，我不想再成為你的阻礙。」

皇太子聽了，噗哧一聲笑了起來，微微歪著頭，感到興味盎然。

「若你想靠實力成為山內眾，就必須成為勁草院的首席，至少也要成為第二名。」

〈勁草院〉是培養山內眾的機構。

院內都是山內對自己的武藝有信心的少年，他們為了成為預備高級武官，接受嚴格的訓練。只有以優異成績畢業的人，才能成為山內眾，成為保護宗家的護衛。

即使能夠克服嚴格的訓練，也只有少數人能夠成為山內眾。

「你有自信嗎？」

「我向來不做沒勝算的事。」雪哉回答得斬釘截鐵，完全沒有逞強。

雪哉露出不曾有過的銳利眼神，毅然地望著站在身旁的男人。

「長束親王說的對，保護您就是保衛我的故鄉，您和我所重視的對象原本就相同。為了保護山內，我會把自己所有的一切都奉獻給您。」

雪哉緩緩跪地，深深低下了頭。

「謹向真金烏陛下叩求，我垂冰的雪哉，從今往後，在我生命終結，粉身碎骨，最後一片靈魂消失之前，都將誓死效忠您。」

「好。」

皇太子等雪哉說完後，吐了一口氣，然後不經意地抬起一隻手，剎那間，那條手臂變成了翅膀。他的手臂就像幼樹生長般伸展，手指拉長，隨著嘩的一聲，長出了黑色的羽毛。

皇太子將富有黑色光澤的翅膀，輕輕罩在跪地的雪哉身上。

「你遲早會成為我的心腹，但成為我的臣下，將會感到痛苦和折磨。如果有必要，我甚至會捨棄你。我可能無法永遠成為你最好的主子，這樣也沒關係嗎？」

「沒關係，請讓我納入您手下的末席。」

「我就在等你這句話。」

真金烏心滿意足的笑容中，閃過一絲寂寥。

寬烏十年，陰曆六月涼暮月之際。

逮捕叛徒與封鎖闖入途徑之後後，制止了食人猿的侵犯。

有鑑於中央山上有捷徑，朝廷展開大規模調查，並未發現其他途徑。

雖無法瞭解猿猴的真面目，但山內的八咫烏已重拾暫時的安寧。

翌年春天，垂冰的雪哉一如宣告，決定報考勁草院。

因猿猴出現之故，在前所未有的眾多考生中，以優秀成績通過了入學考試。

八咫烏再度和猿猴交手，已是三年之後的事了。

黃金烏【八咫烏系列・卷三】

作　　者　阿部智里 Chisato Abe
譯　　者　王蘊潔
發 行 人　林隆奮 Frank Lin
社　　長　蘇國林 Green Su

出版團隊
總 編 輯　葉怡慧 Carol Yeh
日文主編　許世璇 Kylie Hsu
企劃編輯　許世璇 Kylie Hsu
責任行銷　朱韻淑 Vina Ju
　　　　　姜期儒 Rita Chiang
封面設計　許晉維 Jin Wei Hsu
版面構成　譚思敏 Emma Tan

行銷統籌
業務處長　吳宗庭 Tim Wu
業務主任　蘇倍生 Benson Su
業務專員　鍾依娟 Irina Chung
業務秘書　陳曉琪 Angel Chen
　　　　　莊皓雯 Gia Chuang

發行公司　精誠資訊股份有限公司
　　　　　悅知文化
　　　　　105台北市松山區復興北路99號12樓
訂購專線　(02) 2719-8811
訂購傳真　(02) 2719-7980
專屬網址　http：//www.delightpress.com.tw
悅知客服　cs@delightpress.com.tw
ISBN：978-986-510-196-1
建議售價　新台幣360元
首版一刷　2021年12月

國家圖書館出版品預行編目資料

黃金烏 / 阿部智里 著；王蘊潔譯.
-- 初版. -- 臺北市：精誠資訊, 2021.12
面；　公分
ISBN 978-986-510-196-1（平裝）
861.57　　110022121

建議分類｜文學小說・翻譯文學

※書封插畫設計：名司生 Natsuki

悅知文化 Delight Press

線上讀者問卷 TAKE OUR ONLINE READER SURVEY

權力的遊戲之中，看不見的往往比看得到的，更加怵目驚心。

——《黃金烏》

請拿出手機掃描以下QRcode或輸入以下網址，即可連結讀者問卷。
關於這本書的任何閱讀心得或建議，歡迎與我們分享 ◡̈

https://bit.ly/3Gc2io6

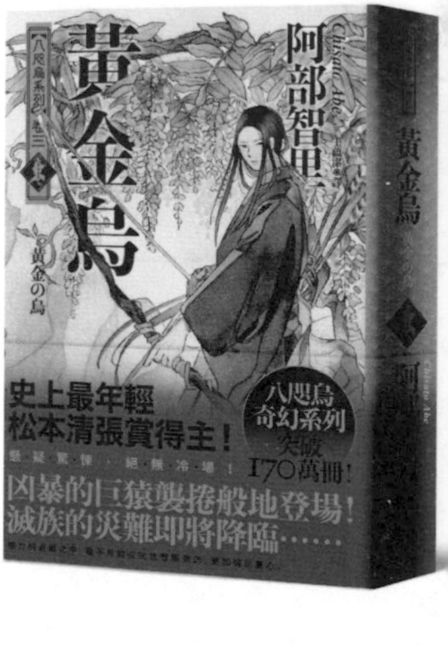